在光中看见了光

庞 培 著

开明出版社

图书在版编目（CIP）数据

在光中看见了光 / 庞培著 . -- 北京 : 开明出版社 , 2019.3

ISBN 978-7-5131-4634-0

Ⅰ . ①在… Ⅱ . ①庞… Ⅲ . ①散文集—中国—当代Ⅳ .

① I267

中国版本图书馆 CIP 数据核字 (2018) 第 120008 号

责任编辑：卓玥

在光中看见了光

著　　者：庞培

出　　版：开明出版社

　　　　　（北京海淀区西三环北路 25 号　邮编 100089 ）

印　　刷：北京市玖仁伟业印刷有限公司

开　　本：880×1230　1/32

印　　张：8.875

字　　数：120 千字

版　　次：2019 年 3 月第 1 版

印　　次：2019 年 3 月第 1 次印刷

定　　价：39.80 元

印刷、装订质量问题，出版社负责调换。联系电话：(010)88817647

目　录

帕米尔花

序

旅行是一种迟到。是在客人离去之后整理遗物。他原先答应和我们亲热，陪大家说笑，可他只给诸位留下略带忧虑、意味深长的沉默。他本来安排好了和大家见面的时间、地点；但那地点，仅存风徒然地在那儿吹，白云凄清地在那儿飘。而在预先约定的房子里我们只看到一大摞杂乱、遍布灰尘的旧相册。窗外，夜色渐渐浓郁。时间仿佛不是别的，恰好是遮盖住我们正在前往的那一大片伟大风景的旷野上的帷幕。一名吉尔吉斯人在路旁稀疏的白杨林中，骑着马朝我们唱歌。他胯下的坐骑正扬蹄跨过一大片湍急的溪流。而天山以北的牧场上的哈萨克牧民在吹遍枯黄原野的风中把他游牧生涯的缰绳慷慨地递交到我手中——但我知道我太愚钝了。我仍旧来得太晚——即使不针对我的灵魂、身心，我的脚和呼吸着的肺叶，这块土地上的最初的爱情的战栗也已远离了众人犹豫且探索着的手指。我的嘴唇干裂。我的亲吻沾满了遗忘和痛苦的灰尘——我仿佛是在用垂垂老矣的年长者的耳朵，聆听一名孩子的歌。最初稚嫩的声音的细血管，开始在我脑门上跳跃——激荡不已。但我已使风景布满了我额上的皱纹——我不知道我能够更好、更专注地审视谁：我所见的风景，抑或这风景中的我自己？比方说，在去塔县（塔什库尔干）的路上途经的圣山雪域——慕士塔格峰（海拔 7546 米），那积雪皑皑的峰峦坡顶之下，我怀疑，我的旅行是否真的存在过；我是在途经、体验一座高山，还是在眺望生命存在的可能的虚妄图景？

——我在光中看见了光，还是更深的黑夜？

一

当我们乘车离开塔什库尔干，那里街道一侧的古石头城遗址的外墙仍暴露在冬日的蓝光下面，石头的裂缝看上去经受了太多一代代活人们的遗弃。它甚至用人对它的遗弃加厚了一层外墙，一层沙漠旷野和戈壁地带特有的干土色泽。它的泪水在那种色泽内部尚未涸竭。它有着大路上一排排向后退去的电线杆的枯索苍凉。白杨树的头巾，娇嫩的酸枣树花，金灿灿一片的胡杨林，就像一棵从茫茫沙丘中突现出地面的老柳树盘根错节的粗大根桩，从古城废墟的墙体深处，有一双晶莹纯真的黑眼睛在朝外层空间长时间地凝望。那迷人的眸子宛如一节被少女的手指按凹下去、一动不动的象牙琴键，其中绝世的音色和弦以一种肉眼难以察觉的飞速漫延开来，一直到群山和远天的苍山峡谷之间，在大地细微的听觉中，军营嘹亮的吹号声音，冬季新兵列队的脚步声兀自升起，仿佛雪的腹腔内隐约传来的啜泣声——我看见远方高耸入云的山峰（慕士塔格峰）峰顶上的积雪层震颤了。雪的粉末腾空而起。在清晨的太阳光下显得如此黯淡无光，就像很快要流入沙漠、消失不见的一小股细长水流。经年积雪在我们的五官无法触及的远方崩裂开来，有如乡民们在十月的农场空地上扬起了的一堆谷粒——但更像银幕上的光柱突然扫向底下黑暗的观众席——旅途的大提琴仿佛由此而裂开了，面板和贵重的琴弦因遭重创而分了家。一轮银色的月亮仍停留在白雪皑皑的山峰的大块岩面上，向着底下荒凉的戈壁注入源源不断的、真正阒无人迹的荒凉……

我们的座椅颠簸着，非常权威、精确地丈量底下公路上的环形山。我们是从宇宙尽头返回的无名归来者。我们的太空舱已经丢弃。我们甚至不懂得哪一种确切的词意可称之为"旅行"。车轮仿佛悬浮在无边的瀚海，在远远的人类社会的上空，在它原始混沌的星际空间攀行。我们丝毫没有通常在某个地方乘车的感觉——与其说是在陆地上，不如说是在波涛滚滚的大海洋面上。换句话说：大家是在轮船的甲板上经历一次神秘山地的航行……我们的姓名怎么办呢？同伴中有人还声称他懂得语法——诗歌的天敌！交谈是完全不可能的。吉普车司机有一次甚至想计算——他俯伏在他那不停晃荡的秋千架一般的方向盘上——计算出自有游牧民定居以来的高原的确切纪元，塔什库尔干县城可靠的时间历史。这无疑（我事后猜摸）是在用家禽的足爪印推测一头恐龙诞生的（奇迹）纪元。

　　我们的座椅颠簸着。古石头城也在我怀里颠簸着，像一名不足月的早产儿，一名婴孩。脸部的五官几乎来不及成型，却已经努力在用幼小的指节抓挠母亲的脐带通道，抓挠空气中依稀可辨的血迹……；同伴中有人扭过头去，努力注目于一个濒危动物种类般移行的大峡谷。耳畔是"呼呼"的高原风声，是羊群大面积迁徙之后残余的雪。雪和草根——如此亲密相像的一对患难兄弟，宛如山地粗糙的舌苔，伸向无尽的荒漠纵深——

　　月球和太阳相并列，在湛蓝辽远的天幕深处。此时的两个星球显示出了它们之间罕见而难以名状的亲缘关系，如同前方有一小段公路陷入了惯常的高原反应。乘客的军绿大衣在白热的寒风中眩晕，衣襟下摆和衣袖已站立不稳，人却好像没事一样，叉开双腿立在两块崩裂的大石头之间，而从石头闪光的边沿，人们可以观赏到一大片雪亮刺眼的湖泊。著名的库力湖，喀喇库力湖。一九〇一年，斯文·赫定曾经率领了他的骆驼队，远涉重洋在此驻足……赫定胡须上抖动的雪花和热气仍镶嵌在附近岩壁上。他们告诉我山的名字：慕士塔格。他们向着天空高举的手指像扳机被扣动之后有一阵不易察觉的细微痉挛。他们痉挛着的身体里的音节。上苍的色块。天上的红嘴鸦在四处盘旋，下沉——从它们特殊、来自远古的翅膀姿势上，你可以感觉高原之上的空气何等清越澄澈……

　　那些小乌鸦——那些锐利眼瞳的飞翔。在它们傲岸的群类背面，漫长的戈壁沙漠、地平线和极地的高原只不过是一小块即将要到嘴边的永远的腐肉。积雪——腐肉。人类——腐肉。公路和岩石——腐肉……不停地啄食啄食啄食……

与其称它们叫乌鸦，不如称它们为——天空的黑。

卡拉库里湖，意为黑湖，是一座典型的高山冰蚀冰碛湖。我
们的吉普车驶经它身旁时，它远远地看上去就像一大块新近出炉
的钢锭；一大片钢板铺设的巨型广场，非常富有设计新颖的现代
建筑韵味，完美的平面效果以及饱满的立体感相交融的典范。公
路上除了乌鸦的影子，再没有任何活动的物体。我们等车停下
来，慢慢走近这高原极地之上唯一的柔软物：湖水。在我的印象
里，每一座真正雄阔著名的山峦旁边，都有一处与之相伴随的湖
泊，像忠实的情侣永生永世陪伴着那山峰白雪皑皑的绝色美景。
此地的卡拉库里湖——慕士塔格峰也同样。幽深明蓝的湖泊深处
可以清晰地看到慕士塔格山峰投下的影子，后者就仿佛是从尘世
的深渊里高高举起的一枚火炬，把整个远方、整个西方，整个四
面八方的高原湖泊都照耀得熠熠生辉。大量冰川峡谷劈头盖脸落
在它神圣的光照之中；而从卡拉库里湖畔的一侧，可以最清楚地
看到这座世所闻名的"冰山之父"全部险峻的威仪——那世界上
一切壮美的冰山绝域无与伦比的祭坛！确实，它就像一个史前遗
址的祭坛。那些山脊和峰峦之上无数笔走龙蛇状熠熠生辉的积
雪，恐怕自天主创始之初就存在在那里了……在进入帕米尔的头
一天，我们的车绕行了有三个小时，"冰山之父"却仍在震颤不
已（如我心）的车窗外面。天空是无限的悠远和湛蓝，永远像早
晨一样清新，又像正午一样公正澄明；那一瞬间，我感觉到了大

地本身腾空而起的火焰；我也看到了能真正照见人的一面镜子——慕士塔格峰像一根大地上的水银柱。我们在湖畔蹲下身子，后面天空的黑（乌鸦）又从波光粼粼的水面上掠过——如果说大家就差没有跪下来，朝对面的"冰山之父"磕拜，那是因为慌乱和惊奇弄昏了同伴和我的头……站在这样的冰峰幽景面前，众人全都手足无措，除了"噢噢……"几声赞叹，半天说不出话来。

凛冽的寒风"呼呼"吹过伫立在湖畔的我们，不一会儿，每个人身上的厚棉衣，都似乎成了冰冻起来的单薄雨披，在寒流中"刮刮"作响。在这样的高原飓风中，一切尘世的俗事都已经远遁，退后。我们又一次在金黄色的大气里，畅饮到了自由自在的极地琼浆。

冰再一次刺破了我们的身体。从此灵魂有了异乎寻常的一份明亮，一份激越。我的手与你相握时也有一道冰雪层天然的皑皑白光。我的眼睛像在初恋的爱人面前一样发光，腼腆，火热。高原修正、修改了我们身体内部全部的措辞。高原是全新的诗篇，全新的语种、发音、修辞法，音乐或歌唱用的发声法。我们面朝天空的三大男高音，地球上最巍峨挺拔的歌剧院，华丽、流光溢彩的歌剧院前厅以及金色演奏大厅（可称为"金色帕米尔演奏大厅"）。一切乐队的阵容，最最昂贵的舞蹈队列；最最名贵的小提琴、中提琴、大提琴的琴弦。阳光下的圆号、英国号、长号。峰峦形状的马头琴、昼夜交替的百合花形状普莱耶尔牌钢琴，以及庄严的乐队定音鼓、风的三角铁……全都在那里，在那熠熠生辉的峰峦之上整齐排放着，形成了一个巨大乐池的屏风形状，呈扇形状从歌剧院演奏大厅的金黄色前台位置上朝我们展开。歌唱！歌唱！全体贝壳形的起立。永远是新年主题的大合唱，没有一样是不尽人意的、走调的、是旧的——每一粒空气中的雪霰都预示全新的自然局面，全新的嗓音，全新的领唱风格，齐唱或高声欢呼；欢呼雪的到来、主的到来，神圣天主的降临，欢呼宇宙的新生，宇宙间万事万物在时间中的大结局——那一刻，我感到了全世界的生命在我身旁的聚拢；呼啸着并且完满。高原本身也成了一个悦耳的音符……"由此，人们梦见到神秘的境界。"这是音乐作曲家莫里斯·拉威尔在地球另一侧的柔和的话语。

二

歌声是用胡杨木制的木勺从村子附近的河水里舀上来的。那街头脏黑的吉尔吉斯人的歌声；那七岁小女孩的舞姿；那灵巧的脚腕脚趾——脚的尺码从未超过一把热瓦甫的面板大小。

当我们在喀什街头，随肉孜节舞蹈欢聚的人群从集市上散去，我仿佛耳闻到昔日草原上的千军万马。马的烈性、动物的禀赋有多少变体，多少种幻象在人潮奔涌的大街上呈现！在一名维吾尔族男子肩头我看到一匹棕褐色骏马的幻影。前者是后者的化身，如同后者长长的鬃毛披挂挥舞在前者凝视着路人的眼瞳中。那眼瞳内中年潦倒者的生气，仿佛另一个完整皇朝般的眼神，是完全不同的精神和大气组合。是擅长使用尖刀，使用玲珑剔透的英吉沙小刀的古老饮食。我真想去看看一名维吾尔族人喝酒的样子。坐在喧闹小饭馆凳子的一角，像一块矗直的绛色长方形，粗暴残忍地沉默着，外表相当文静——却又相当的尖锐危险。每一名维吾尔族人身上都清晰可见一个古代中亚的武士。当其中的一个坐在饭馆喝酒，另一个正备好了刀与马鞍，克制而谦恭地站在他身旁——一名冷兵器时代四海游弋的勇士——随时等待一声令下，夺门而出。两人之间相隔的距离从不超过半步。

我离喀什城郊外那条河流太近了，近到我就在那条空旷的水泥桥边上。我们曾俯身在桥栏上，向底下白茫茫的河面眺望。冬日的晨雾中是维吾尔族人一大清早的小驴车从远处马路上嘚嘚走来的声音。普遍的沙漠和戈壁滩的气息无处不在。在这荒凉的气息中，有时突然出现盖在驴马身上或后车架上一大块色彩斑斓的和田地毯。那种中亚古代波斯闻名天下的手工织品，给人以一种难忘的印象，就好像有人随身携带着他心爱的节日——他带着这个家人得以欢聚的节日四处迁徙。他自己在尘世间的辗转磨难已把这个心爱之物的闪亮日子弄脏。我远远地又看见一名维吾尔族男孩和一名老者坐在他小块的节日上微笑。驴车从水泥桥上经过我们身边时车铃声欢快地击响，使得周围的空气一下子充满铁的温情——金属的温情。那条河流——人们称之为人工湖的寂静水域，是否跟传说中的叶尔羌河流有关呢？我承认，我满脑子全是愚蠢的念头。我们向桥的西面走去。公路两侧是成排的高高的白杨树，就好像不远处有着一种机场（事实上机场也确实是在喀什城西面）。无论在任何北方的省份，我们都看到这种树，有着一种高大侍者向着其空气主人微微鞠躬（戴着优雅的背向身后的白手套）的姿势。只是在树梢最顶端，树干才略有些弯曲。同伴中的一个在向着另一个大声叫喊。我的女友仍在我身体右侧。公路桥左侧，透过那些干泥块垒就的简陋房屋、迷宫形的小巷，我们离喀什城内最大的巴扎（集贸市场）并不远。我们已经听到了从那个方位传来的驴骡马匹的嘶鸣、人群的喧闹。不知为什么，它使我在那天早上的胃口大开。它使途经它的人们那样地安谧和虔诚起来，渴望某种更好更健康的生活——四处踢踏的驴粪气和冬日的雾霭相搅和，其中夹杂郊外农田萧瑟荒凉的气息，在我们和不远处的城市之间形成了一道古老淳朴的空间的屏障。清晨的太阳还在那条类似的护城河又名人工湖的上空云层里，在那云层深处透出来一大圈朦胧混沌的光照——在这层冰凉可人的中亚之雾中，如果我们走到桥的另一侧，面朝河床的东南方向，我们就可以看见砌筑在一大块突出在山坡上的老喀什旧城街区的外貌：土黄色外墙的房子和房子相毗连。房顶、烟囱、过道、地基、院落、石阶……交互重叠，如同一个摆弄了千年，已被人遗忘了的建筑型积木，有着同样比例紊乱的正方形、长方形以及大小不一的住宅门洞。房屋和外部景致酷肖一小幅颜色斑驳脱落的小型油画——镶嵌在中亚大地上的巨型壁画，有着中世纪意大利画家笔下重彩描绘的宗教主题氛围，以及画面深处影影绰绰的战争或世俗生活场景——圣母显灵图，希腊神话传说、宫廷豪奢晚宴、国王觐见图、天使下凡、向着天堂飞升的裸女身姿……所有这一切，都在那一个早晨坐落在孤零零的山崖坡面——那山崖远远望去，就像一只沉落了的旧军舰——上的旧喀什城周围显露出来，以一种近乎于幻梦的方式，使得我们这几名来自遥远的大陆架另一侧的游客们惊诧莫名而又哑然地站立在原地，久久不能移动各自的脚步……我们仿佛亲眼目睹了——地球上的、空气的第八大奇迹。我们眼前朦胧浮现的是一个太虚幻境似的、光怪陆离而又破烂不堪的海市蜃楼……

街道是向下而陡峭的，时而又拐弯，朝上。一条条小巷的门洞直接凿开在年代悠久的泥墙上，使得围墙各处仿佛叠连起了许许多多隶属古奴隶时代建筑范畴的马蜂窝。人们就在那种神秘的洞穴里进进出出，时而向上，时而又一路攀下石阶。临街的店面，有些却是装饰繁复的木结构楼层，在它们的阳台、凉廊、窗户处，处处都有清真寺风格的图案——一种古老的花卉纹饰，以及墙体层层环绕的油漆边框。此地最常见的油漆颜色是近乎于暗旧、褪成灰黑色的一种靛蓝。蓝色是伊斯兰教图案里特别常见的一种色调——蓝色和深果绿色——在南北新疆的许多清真寺外墙上，我都看到以蓝绿两色为主的小型马赛克贴面。他们似乎只喜欢指甲大小的瓷砖、马赛克，鄙夷任何体积过大的外墙镶嵌用材料。他们的建筑有一种古代工笔画式的华美细致——细腻精美。这是奢华的另一种古代形式，他们一直传承到了今天在老喀什城区热闹的商业区；在恰萨路、欧尔达阿力提巷（"经文进修学校"）、阔孜其亚贝希巷，或者著名的吐玛克多帕巴扎巷（帽子巷）里，我们都注意到了这种在其民族魂魄的内部循环不已的建筑审美风习和其主要色调。我们的眼睛并没放弃对它的辨认分析。那种商业用楼房长长的木头墙檐给大家留下了深刻而瑰丽的印象。他们的房子是世界各地各民族住房宅邸中间的微型乐器，像他们擅长的各种弹拨乐器冬不拉、热瓦甫、都塔尔等一样。房子散发出乐器的味道。窗台和过道有一种音乐般的感觉，一种地球上其他地方很少会有的抽象音质，如同代数，如同建筑中的几何学，房屋线条轻巧而灵便，像舞蹈着的小姑娘手里丝绸的彩条——门廊显得敏捷，好客；巷子和巷子之间相连接的外墙则有一种肃穆清凉的意味，就像吃饭之前的净手。而街区上下之间土垒的台阶是欢快的，有一种民族内在的童年记忆——一种稚拙的手感。那里的左邻右舍、老人和孩子就这样散漫地蹲坐在冬日的太阳光下，蜷缩起两只袖管晒太阳，脸上显得那样幽深的满足，大人和小孩完全是一样的睿智，一样的虔信真主而又富于野趣……太阳照射到这里，这严寒土墙的深处，也有一种令人难以置信的黄金般的温暖；人和土之间甚至有几分相像，几分慈爱地相互亲昵、悉心领会；相认知，相和谐……噢！人和土之间距离最近的民族！

或者说，人和土之间可以相互温暖——裸身相向，伸出各自的手搓揉取暖——伸出各自的臂膀……

人们告诉我那里的旧城区不久就要拆迁。人们告诉我她手里弹拨的乐器叫热瓦甫——但没告诉我她的大概年龄。她的年龄一定已经老得像街头寻常的暴风雪。我在一种悲凉歌唱的双重纪元里凝神伫立。我的女友在我身旁，小心翼翼捏住我的手——她知道我此刻的心情。在二道桥维吾尔族人集居区的集市街头，那异族卖唱乞食的老妇人席地而坐。她坐的位置——正好在一家最繁华商厦的大门入口处，介于人行道和拥挤的大马路之间，几乎醒目地占据了人群川流不息的十字街头的一个角落。醒目——不是她的琴声和歌喉醒目，而是在人都在急匆匆向前赶路时她却逆流而上，或者说，像湍急水流中屹然耸立的一小块磐石。所有的行人经过她身边时都仿佛与她有关，都至少看她一眼；但所有的人都几乎不假思索继续往前……只有少数几个人（我和我的女伴也在其中）仿佛水面回流中不停打旋的树叶忽然改变了流向，改变了各自的行走而围聚到她身边，听一听这块大冬天集市上的磐石发出的声音罢！那把热瓦甫像一匹草原上疲惫的小马驹，浑身无精打采，在卖唱的老妇人手中跟她满面皱纹的面孔一样风尘仆仆。琴弦的声音清脆悦耳。弹奏者几乎可以说已经使它显得铿锵有力……琴的音质里明显有马匹的幽魂，有无数世代草原文明的雄阔壮烈。总之，琴声很好听，老妇人的歌声又格外悲怆生动。她满头的白发和倔强的灰发相交织；她满脸的皱纹和漫天风雪相交织……风和雪仿佛成了她同族的兄弟；成了她情同手足的一对流浪儿。有时，是风和雪在唱，是她的白发在唱，在弹奏——而非她本人；或者说，她在集市的上空飞舞盘旋。她席地而坐的贫穷倨傲在街区上空狂吼。风的指法。雪花凌乱飞速的和弦（有时会在四处舞动中按错一个品位）。老妇人身上唯一我得以在内地见过的细节：她指头上裹扎的橡皮膏药……她使那一年整个冬天显得凄清大度。她一直印嵌在我脑海里。她甚至教导我们做梦——如何入睡时继续生活。她的眼睛已经像深嵌进沙漠中去的两粒硬核桃。她唱歌时候的身子仿佛骑伏在颠簸前跃的马背上；而马匹，自然是在风暴中冒雪驰行。她本人则在原地奔驰，像一匹突然凝固下来的烈马，一匹因世道变故而意外地停顿、伫立、仰天长啸的骏马。人们只能依稀看出一点点这匹马难以确定的衰老——她对自己的卖唱生涯是如此漫不经心，显示出如此开怀咧嘴的乐观的流浪者的姿势。她是柯尔克孜大娘，人们说。她是吉尔吉斯人——也许是艾特玛托夫笔下几经衰变，色相全无而且已离家远行的《查密莉雅》……她究竟来自中亚的哪一片土壤？哪个乡哪个自治区？人们何必要问这样愚蠢的问题呢？

大大咧咧。对严寒满不在乎。从不直接用眼睛看人。永远公开。身上的旧军棉袄显得暗哑，了无生气。唱歌时没头没脑。歌声变成了此地的大自然的一种呻吟……她只是化身成为这种呻吟。她呻吟。因为雪太大了，她有时看起来甚至像个儿矮小的白胡子老头，腿脚不便了跌坐在地上。她的身底下有一块专用的棉垫，跟她本人一样破烂肮脏，但结实管用。她唱的歌，她唱的曲调……

我的老天！就像草原被日趋风化的沙地不断侵蚀毁损的那一小块绿洲。

三

我坐在午后的阳光里，在回想我的中亚之行，我的新疆的蜜月旅行。富蕴县境内的皑皑白雪。马匹的气味和一名哈萨克牧民递给我的马缰绳。走近香妃墓附近清真寺旁边沙枣树的幽香。马蹄和驴车扬起的干土——我一生所见的世间美景。跟胡杨林、红柳丛、维吾尔族人的墓地相称的弯月，一弯新月，如此娇嫩轻盈的光泽。倾斜塔楼状的古旧清真寺。我回想起来寺院外墙镶嵌进去的彩色砖面所组成的美丽繁复的花饰图案，以及用马赛克拼嵌成的维吾尔族语经文。突厥人的房顶，哈萨克人的马鞍，柯尔克孜人头上华贵样式的帽子，塔吉克人路边深深的拥吻，蒙面的回族妇女的冷淡克制。田间坎坷的小道（坎坷这一词真正来源于中亚田畴的地貌）以及《喀什噶尔大词典》作者的圆穹形大墓地——我站在那里，远望苍穹尽头的西北方向；远望同行的友伴用手指给我看的空中的、大气层中的世界屋脊——帕米尔——我感到那亘古的帕米尔高原像一朵缓缓飘逝的浮云，一朵白云。我走上了踏上云层之路。我从此登临那白云苍狗的深奥阶梯——无限蔚蓝的苍穹，仍在我的脚下颤动。那白云上有一行依稀可辨的小字：1999.9.18～2000.1.25。

在南北向贯穿全喀什古城，呈流线型的阿提亚路，我们至少来回穿行了七次。有两次是用脚走路，因为载客用的马车和驴车突然没有了，在古旧店铺的街角上失去了踪影。而我们自己也乐得走路，这样可以顺着凹凸不平的泥土路以及不时向下或朝上的台阶陡坡体味一下在异乡的新奇大胆。这种新奇一旦赋予相随的交通工具有时就遗憾无奈地没了，勇气和大胆也同样。在这方面，徒步是最实在、久经考验的一种方式。徒步实际上是人类最古老的一项技能，跟人的内心生活十分般配。经常性地，游客们跳上顺道而来的马车前仰后合享受着的是一种过度娱乐的行为，它在很大程度上影响着我们对到达的某座城镇或乡野风景的品评。乘车真的是太过平庸的事情。一个人一旦旅行到中亚喀什这样遥远的地方，就特别容易发现这些寻常的道理。沿街的店铺我们几乎挨家挨户地察看，而且满怀兴趣地把鼻子头脸伸到那些维文招牌和简朴的商品堆里去。这引起了维吾尔族店家普遍的不满。那条街上从早到晚几乎看不见一个汉族人。但也有特别好客热情的店主，从他剽悍的脸上洋溢出生动慈祥的笑容来，面朝我们，一一耐心地针对我们好奇的眼光打起手势，试图介绍他自己的作坊或柜台内正在出售的物品。你想想，连豌豆大米这样的食品我们也要绕着探头探脑询看半天，更不用说喀什街头特有的金银首饰铺、手工艺品和钟表店了。那些店铺也许已经有三百年历史，从房子的外貌判断，在过去的岁月里从未坍塌，土垒的门洞和梁木结构的门框，都结实得很。而一名会少量汉语的维吾尔族人告诉我，他们以为我们咋咋呼呼满街乱窜的样子有点像日本人。"日本人——?"他们用拖长了尾音的汉语问我们；但与其说是好听的语言，不如说是他们威严忧虑的眼神完成了这次询问——或者还有在空气中套牢了一匹小马驹那样巨大有力的手势。"不、不不——!"我们集体摇头，而且很显然不喜欢这次误会。我们继续盯视各人手里的铜烛台、镂花铜碗，以及制作精细的各类器皿。一名维吾尔族人店堂正中的墙上斜挂着一枚不知名的、类似青铜器一样的古老乐器。他的开价是三百五十元。最后妥协的价钱是二百六十元，不过由于我囊中羞涩，这笔生意仍未做成。货主和顾客双方都很失望。无疑，我要比他沮丧上十倍；我至今仍还记得那柄精巧的羊角一样轻盈的古乐器的模样——它垂挂在那里，在那家喀什街头门面朝西的店铺墙上，似乎自古以来，就一直没有人动念它，经手买过它——或要求店家拿来过一过目；它挂在那里，就是为了给我的眼睛以一份珍贵的、永久的纪念——连同那名店主，似乎也因为我慷慨施爱或特别的癖好而久久地表现出来内心的激动……他等待像我这样的主顾仿佛已等了许多年；无奈，这只是一份柏拉图式的交易。自那以后，我再也未能在新疆的任何城镇碰见过比那把小型古代乐器更欢喜的东西。我也一直没有弄清楚它的名字。虽然有过几次，向朋友们遗憾地谈论起这次旅行时我曾提到过它，用话语描绘过它那小巧奇特的外形，但大家似乎都感到茫然不解。它挂在那里，像远古的银子一样没有光泽，浑身只有一把长笛那么大小，像横放的一把小型琵琶，有一个浑圆的矩形，中间凹陷，一头圆肚处大，另一头细小如马鞭。我想任何一名维吾尔族人都能了解它的确切名字，我却无从知悉。我的女友就在我身边。她确切地知道我的喜好和心情。她甚至连我的脉搏跳动的次数都了解。她俯身过去，急于把它买下来——要不是我几次劝阻的话！我们不是没有买下它的钱，但那些钱恰恰只够我们俩回到八千里路以外的老家的路费。我们必定精心计算旅途中的每一笔开销，甚至还要在每笔开销之外留下一部分机动的余额。而她一定已经在我恍惚而热望的眼睛里看到了我正待把这柄中亚的艺术品挂在我们故乡家中的书房里——那一刻，我对这座城市中的这条暗陌的小街流露出了真正的贪婪羡慕之情。

马车的后座只是一个载货用的空木头架子，上面既载货物也载人。底下用两个大胶皮轮子跑路。主人挥鞭把一辆马车吆喝到我们面前，一股略带温情的旧时代气息立即扑面而来——仿佛逝去的往昔真真切切地长有一个马的颈脖。马匹本身不时低下头转过脸去的嚼草声，是地球上一切古老民族的兴衰史实。一般地说，市场上的马都不大情愿看人，而且它似乎也为自己的这种腼腆和不起劲感到羞愧。马车走近时我并没有感到什么特殊的气味，我只感觉到一种特殊的激动，仿佛在那匹马走近我之前，我刚用西部牧场上古老的技艺驯服过它——人和马之间这样的奇迹令人难以置信。我的灵魂也有一个不停低头啃噬的马嚼头呢。我的心情里一下子涌现出许多童年时的情怀。我的整个身体都处于极度惊喜亢奋之中——我的整个身体都在翻江倒海。对于长期在内陆，在遥远的海平线之下平原地带生活的我，在这样的时刻，能够清晰感到马匹走近人类社会时身上所携带着的那一团秘密的温良恭顺，这是人和大自然的动物之间某种源自远古的无言的允诺；是由不同的空气和空气、呼吸之间相产生的契约。人像孩子似的抚爱马，跟它主动相亲呢；马也一反它野性的常态，而在人面前表现出某种忸怩、文静和奔跑的渴求。那天早晨，我的手里持有这样一份古老的契约。我坐上马车前座的车辕上面，听马蹄"嘚嘚嘚嘚"向前走动的声音。一刹那，我们同行的四人都在这一马蹄声里不约而同嘻嘻哈哈面面相觑欢笑起来。这是平常没有的笑容，即便在我们笑的时候，也缺乏这样一种古老诚挚的开怀。这里面有着不同的心性渊源。也可以说，我们中几个人都是第一次这样欢笑——这是笑声中的笑声，是完全裸露在草原和阳光之下，更为淳朴得体的欢笑。马蹄嘚嘚着地的声音，使人朦胧地回想起他的前世，他那轮回的奥秘。马蹄声中又有一种人在其他时候感知不到的精神气派——一份往昔的华贵。仿佛马车前往的不远处就有一处金碧辉煌的宫殿。童话般一步步踩踏在石板路上的马蹄声在一路不停地高呼：罗马罗马雅典雅典长安长安阿波罗阿波罗亚历山大亚历山大拿破仑拿破仑凯撒凯撒……马蹄声音也在说埃及的法老地中海的波光克里奥帕特拉的美貌。马蹄声在讲述古老的征战；在说勒班多海战，在一种孤寂性命的困顿中回想中国隋唐年间中原地带的好汉英雄；回想曹操、成吉思汗，以及过天山山口时铁木儿的雄师千万……这是一份格朴敦实的荒凉，每一匹街头走动的马都是一份活的化石。马匹自己也生活在那石头的纹路里，在耐心中回味……古代耿直的武士倒伏的坐骑和那无边的旷野上金戈铁马的岁月的空气生活的肖像，它那漂泊者的鬃毛……

马车走动时街道也跟着前行，退后。一家首饰铺在大街一侧叮当作响。牙医诊所门前镶牙的绿色招牌仿佛是对此地中亚气候的一个特别的注解。我们看着刚刚离去的集市向后倾斜。我们来到了一长段干泥地和卵石路相接壤的陡坡上。马的前蹄在一小块青石上打滑。马的身子左右摇摆着，赶车人用舌头抵着下颚处和口腔，不住地发出"特特"的声音，这是驱使马加速的一种特殊的吆喝声。马车终于越过那段泥泞的斜坡，到达通往艾提尕清真寺（始建于1442年）后街的主要马路上。屋顶上的空气向后晃动，一月里的冷风呼呼有声。马主人用机灵乌黑的眼睛微微笑起来。他的手势中充满了对我们这些内地过来不懂马的游客的体谅，他大概已将近九十岁，但看上去仍身板结实敏捷，充满古老的活力。他试着要用维文夹杂简单的汉字跟我交谈，因为我坐在他的身体右侧，我的女友紧挨着我坐在他身后。他回过头来慈爱地看我一眼，突然明白了我不能够讲话的缺陷。他看我的眼神仿佛我是一名可怜的哑巴。为了证明事情不全是这样，于是我作了一连串友好的笑容作为应答，并且拿我所知道的（从汉文中读来）喀什城里一些地名反复轮换着念几遍。他看看我，点点头，似乎比一开始明白得更多了。他的马时而一阵缓步，时而又一阵急驰。在街窄人多的地方马的身子和车架子总是在最后一刹那及时避开了可能的冲撞，赶车人的灵活机警令人叹服。而我那高声的应答总是"艾提尕艾提尕……"或者故意卷着舌头喊："阿热亚路阿热亚——"我真担心我的这番胡扯使他把我们带到完全偏僻的街角。噢！根本不用担心。车主每次都稳稳当当地把马车停在了我们确实想去的地方；停在艾提尕广场斜对面，或一座百货商厦的后门口，马车所能走的最主要的一条街就是此地——喀什城的其他地方，都已有了口里（内地）来的各种车型的出租汽车。这座城市——在地球上被誉为"离海洋最远的人类集镇"——的大街空气中，已经开始夹杂进来一种新的刺鼻气体：汽车发动机尾部的废气。

喀什，无论如何，这里仍存留着最早期、古老的波斯迷宫。满面苍凉而尊贵的乞丐在街边上弹唱。小孩在敲鼓、玩耍（木制陀螺）。妇女们大白天蒙面而过。房屋显示出在尘世上平淡的欲念。人们遵循古老的训诫而恪守贫穷。运水车在冰上滑行。一根黑色、长长的铁管子从小巷深处伸出来。地面上满是积水、黑雪、泥泞、马或驴子的粪便。旧木头门的铺面、镶牙的彩面招牌、首饰店以及窗台下挂着的啼鸣不止的鹦鹉——鸽子成群地飞过，在那些早该随人类所谓的文明史沉入地层，却又奇迹般在街巷中显现、生还着的屋宇和居民上空，儿童们手捧宛如战争年代残留下的铁皮碗，里面盛着一小碗煮熟的豌豆，目光里流露出古老而欣喜若狂的儿时的欢乐。街区两旁的建筑物保存着人类最纯真年代的家园憧憬，对家园的感情——与其说它们是真正的新疆，不如说它们是地球上古老东方的真正的中亚——中部亚细亚；是《喀什噶尔大辞典》作者的故乡；是马可·波罗或《大唐西域记》作者的足迹曾一度触动其疆域的神秘东方；也是斯文·赫定——"瑞典之子"朝思暮想，而诗人欧亚姆·鲁达基怀着无限相思四处游荡的地方——

在艾提尕广场，人们在清真寺楼顶上敲鼓奏乐；广场上群众在狂欢，围成一个集体跳舞的庞大队列。我们试着挤到前排去，但有一名同伴神色紧张，用目光示意我们千万小心！而我已挤到了最前排。有一刹那，各人也想加入到那跳着舞的大圆圈里，但随即——气馁了……广场四周人山人海，我们一伙人似乎是那天在场唯一的汉族人——旁边围着的维吾尔族人、吉尔吉斯人、哈萨克人都在用打量外来者的警觉的眼光瞪视我们。

乘驴车到老城区，赶车的是名面目慈爱的维吾尔族老汉。第二次是一名小孩，第三次是小伙子，然后又是老汉、儿童……儿童们在迷宫般的小巷深处穿行。他们的房屋呈现土黄色，有时是一面直接凿开在悬崖上的洞穴，巷子与巷子之间的顶壁用横木支撑着，没有石灰涂面——也许石灰贴不上去，气候太干燥了。清晨，一大早就走近广场。我和女友逛首饰街，但只有十分之一的店铺开张营业，大部分市民都在过节。在帽子街头，我们远远地越过街上的屋脊，看到远处另一片广场上"毛泽东招手"的巨型雕塑——若用摄影机照下来，绝对是幅妙不可言的摄影作品。

空气掺杂着刚烘烤的馕、羊肉、动物身上的气息，以及莫合烟的怪味道。但一到下午，我们就疲倦得不行了，赶紧回到住宿的宾馆——我们的嗅觉、听觉、眼睛全都是沉甸甸地装满了各种绚丽离奇的印象。而傍晚天快黑时，我们又互相诉说着想再上街去，再去那些奇妙的小巷、店铺看看——却谁也迈不开瘫软的双脚了。

四

喀什。梦幻。这种梦幻是从早上，还是从中午开始的，我暂时还弄不清楚。先是那个秦尼巴克（花园，原属英国领事馆），司机把我们送到它们庞大的遗址上，就在喧闹行人的中心，在大街上，和另外一些位于大街上的著名建筑物遗址别无二致，可我还是远远地觉得惊奇。附近有一棵巨大的用栅栏被保护起来的高大榆树。我们和一块插在行车道旁的铁皮牌子（标有花园字样）合了影。背景是一幢英国式或亚洲殖民地建筑风格相混杂的长方形楼房，在绿树丛中呈现一种奢侈古怪的橙红色，但又修饰得似乎过分精致——而在它的大门口，我似乎看见将近一百年前来此地作客的那几个著名的欧洲人：斯文·赫定、斯坦因、俄国大将军……我开始向随行的朋友讲述那个帐篷，搭在尘土飞扬的空地和大路边，离艾提尕尔清真寺不远——仿佛我是当时年代的亲历见证人似的。随后，当我们在一个阴冷的早晨从自己的住所出来，开始走近清真寺广场时，我们正遇见一大群一大群人做完礼拜的伊斯兰教徒们结束了功课回家，人行道上全是面呈喜悦或淡漠神色的喀什的维吾尔族人。那天是他们一年一度的肉孜节，这个节日相当于中国汉地的百姓过年的春节，而大广场上庆祝节日的舞蹈刚刚结束了，我们赶不上了。兴奋的人群正在散去。

我们四人坐驴车，从一个尘土飞扬的旧巴扎一直坐到繁华的街区，赶车的是名小个子维吾尔族人，脸黑里透红，一双水灵灵幽默热情的眼睛——使我回想起秋天在草原上遇见的那名哈萨克牧羊人——也只有到了喀什或福海这样偏远的地方，人们才能见识到当今人类社会里还会有这么富有诗意的普通人的眼睛，热情而狡黠——但那又是一种诚挚的狡黠。我个头大，因此坐到了驴车的最前面。小伙子赶驴车快跑时发出各种有趣的嘘叫声，我也跟着学，每学嘘一声，小伙子就发出会心而灿烂的一笑。彼此虽语言不通，但交流却全实现了。街面凹凸不平，上坡时明显可以看出来驴子走不动了，四条腿往前迈得很费劲，小伙子就谨慎而又果断地用鞭子的硬木柄根部狠击驴背，鞭棍在驴身上发出沉闷的击打声，我感到很心疼，几次想跳下车来，减轻车子的分量。到了目的地，他只肯收每人五毛钱。转眼间我们就汇入了喀什的维吾尔族人街上拥挤的人群中，感觉周围都是愉快而古老的人间景象：阳光、集市、街巷，买卖的吆喝声和一辆接一辆四处奔跑的马车和驴车。

我现在已经看不见喀什城郊外那个火车站的站台了。那一幕离去的印象已经模糊。我努力想了一两分钟，仍旧记不起来进口处房子的格局，检票员或任何铁道上工作人员的模样，仿佛我是在一片虚幻中离开了那座城市。归途坐火车的印象倒记得。因为我们乘坐的车厢是世界上最破旧的火车样式。硬卧车厢有些床铺的铁架子已经生锈，油漆完全没了。在一月寒风呼号的旷野上乘客用手紧握住那种作为支撑力的铁架子，你想想会有什么冻冷的滋味。每名乘客都穿着臃肿的棉大衣。窗外日复一日漫长的沙漠和戈壁。不断有人热心地报道车厢停靠的站台名——伽师、温宿、阿克苏、轮台、巴楚……每一站台名里都有一个交相重叠的古代。火车走的路，当年的玄奘、法显、马可·波罗全是用马匹或双脚走出来。如今，人类却发明了那么一个笨重咣当响的铁家伙，瞎了眼睛顶风冒雪地前行。人类实在太过于害怕旷野的风雪了。那广漠、一望无边的沙丘，地球上最大面积不毛之地之一的塔克拉玛干沙漠，就在车窗凝结了一层霜花的玻璃层外面呵！远远望去，沙漠像一只瘦小的黄羊，孤零零地受了惊吓，正在向着大地的荒无人烟处逃遁。沙漠又像一只鼹鼠，到了僻静的藏身处自己打洞，至多从附近低洼地拖来几棵枯萎的荒草。车门"咣当"一声，有两件什么铁器家伙彼此相撞，空气里立即充满铁器撞击出的令人齿寒的声音。一名醉汉下了车，另一名醉汉上了车，如此而已，我们去喀什的那一年火车才刚刚通车了四十天。以前喀什至乌鲁木齐是没有火车的，火车只通到库尔勒，后来又通到了什么地方。草原上一片惊慌。南北疆自人类创世纪以来首次通上了火车。各地新设置的火车站相关部门赶紧连夜找人裁制铁路工人的新制服，于是，蜿蜒数千公里的欧亚大陆架上，又增添了一种新的职业——铁路工人，新的语言词汇——站台、站警。我不知道维吾尔族语是怎么称呼的，还有其他散居在中亚这片草原上的柯尔克孜人、吉尔吉斯人、哈萨克人。他们的语言，想来都会纷纷做出应变。我知道的实在太少了。我称呼"火车"一词时就像置身于内地的中原、江南江北。我完全不明白它那在中亚大地上震撼人心的新奇含义。车厢里的维吾尔族人、哈萨克人倒是很多，他们脸上均有一种感受奇迹时的光彩……以前，两地间的往来，需要七天七夜，而如今火车的汽笛声长鸣，意味着从喀什到乌鲁木齐只需三个昼夜……那么，人类的机器是如何来完成历史上最勇敢的骑手和马匹都无法完成的壮举的？只不过是一部分贮存的煤块、水蒸气，一长串生铁的沿途冻馁的车厢，而且厕所门总是关不严实。过道上凶巴巴的列车员总是出售一些廉价伪劣的食品，而且要以比平时高出数倍的价钱……

清真寺外墙上的冬天：

那镶嵌着各种马赛克贴面，但主要以一种靛蓝色为基调的寺院外墙，远远看去，仿佛雨过天晴后的大路中央的一洼积水。水面倒映出残破的白云天空，使周围的街市甚至在最晴朗的天气里也显得暗旧。市场两侧的某些角落甚至像堆满了煤块一样脏黑；与此同时，刚刚出炉的馕饼则是热气腾腾、新鲜的。水汪汪的寺院墙上，无数白杨树、沙枣树皑皑树干的影子掠过，就像空中飞来了无数只美丽的燕子。一名男子高声祷告的声音从高大庄严的寺院穹顶上飘逸而出，那声音显示出激昂的沉思，祷告者仿佛站在高高的山巅之上，正从那儿充满忧虑地俯瞰着山脚下的人世……地面冻结了的雪已有一多半变成黑土，布满了肮脏的车辙印……各处散积的脏雪像屠夫手中剥下的黑绵羊的毛皮。

祷告者的声音直趋云端，越来越高亢激越，声音内部甚至夹杂有自感羞耻的哭泣声。附近街头的鼓声——一颗心沉下去，沉下去。市镇的声音平息下来；最后，只剩下一种单调的鼓声，仿佛在为寺院内那名男子激愤的倾诉和哭泣伴奏。

斯日玛意为"速滑圆舞"。

碧雅腕意思是"戈壁"。

多兰赛乃姆流行在叶尔羌河流域一带，民间的歌舞套曲。

热克帕西如间奏曲即《热克木卡姆》中的"帕西加"的间奏曲。

木夏维热克太再间奏曲即《木夏维热克木卡姆》中"太再"的间奏曲……

埃捷姆意思是指波斯人。

夏的亚乃词义欢乐。

亚泅词义"情人"或"朋友"。

牧羊人之歌，是流传在和田地区的一首古老的乐曲……

…………

五

我们的车子停在穿行过莽莽森林的公路一侧。公路两边深深的陡坡，坡面以麻石条块砌筑得整整齐齐。我们的汽车刚刚经过草原上的一抹晨曦，以及公路尽头一座钢铁梁架的公路桥。我们就在桥的另一头下车。同伴说"哎呀呀天气太好了……"意思是说我们可以下车去看看，四处溜达一番。这样的言谈本身就像一枚秋天的红叶，在西方蔚蓝的天色下闪烁。此时离清晨刚刚过去两小时，我们分别从公路的两侧下车。我选择了北坡，底下有大片茂密的林间空地。我的女友不跟我在一起，她站在公路边上，着了魔似的选择了南坡，因为那里的森林景致更加幽深广漠，看上去完全像一幅刚着完色画面湿淋淋的油画——我看到许许多多阳光照亮的白桦林；许许多多白桦树的枝梢嫩叶，就像无数飞翔着的鸟儿。我们一路向着林中狂奔，脚下齐膝深的草丛仿佛前一天晚上刚从河床溪流的深处冒上地面。你到了那样的旷原上，你会为大自然各处的干净明彻感到惊奇。树林宛如刚出嫁的新嫁娘，梳妆一新，脸上包着华贵的红盖头。眼前每一样东西都在太阳底下闪闪发光，连一根细小的草叶子，连飘拂到你脸上的树荫，也不像是森林枝蔓丛生的投影，而是树身上自然生长着的光的枝柯，光与大气衍生出的繁花——一整片旷野形式的花团锦簇……我们沉醉在这样迷离的斑驳秋色里，就像含在孩子嘴里的一小枚果核；又好比乡下的巴拉子（男孩）把手指头插进妈妈的头发丛中。这阳光的发丛叫人温暖倍生，撩拨得人心头痒痒的，充满无处倾诉的柔情蜜意。我们仰面躺倒在旷野草丛中，看头顶上高高的树梢成排成行簇拥向蓝天，形成了各种漫延生动的斑斓图案，就像森林早在我们到来之前，已经很好客地在我们头顶上方用阳光和空气编织好了一大块色彩绚丽的波斯地毯。我们惊异地闭上眼睛，不敢相信眼前这一份如此猛烈的视觉的盛宴——又轻轻睁开……中亚纯净的空气在我们眼皮上方燃烧。我们的身子似乎都——幻变成了哈萨克人土垒的褐黄色房子。就在这时，我们听到了不远处森林中有一种奇特的声响。一种轻微难辨的风声……潺潺水流声……这是在新疆的哪里？我们知道附近这条公路已经位于中国版图的最西北端，在离内地最遥远的西北偏北的一角，那么附近会有什么河流？我们把耳朵深埋在草丛中，沉浸在那秋天的早晨能见度很高的大气里……同伴中有人已站起身来，大声呼喊着朝那水流潺潺的微风的方向一路跑去，他仿佛追寻着空气中的一个精灵，而那河流的精灵在他眼前就像繁花丛中一只翩飞的蝴蝶，忽上忽下，时缓时急……逗引着他消失在密林深处……几分钟后，我们一行全都来到了著名的额尔齐斯河畔，满心欢喜——那是中国境内唯一一条流入北冰洋的河流。想不到在这样一个僻静的早晨和它相遇！原来，它就缓缓地从离我们嬉游着的林间空地仅半里路远的地方流经……

　　草丛稀落的空地上，裸露出大片干涸了的河床般的卵石地，一直延伸到水流潺潺的河中央，使我们的行走变得困难，像喝醉了酒一样摇摇晃晃。冬天大概是额尔齐斯河的枯水期。不知为什么，我们走近它时内心都有一分额外的骄傲和羡慕；我们不能够像它那样自由自在地越出国境，去看看阿尔泰山另一面的哈萨克斯坦或者著名的斋桑泊湖岸。当年写作《死屋手记》的陀思妥耶夫斯基，曾经在被流放的漫长岁月里到达过那个中亚著名的湖泊。那里的重要市镇塞米尔帕拉金斯克，陀思妥耶夫斯基后来的妻子：伊莎耶瓦，正是那里人——以及俄国近现代历史上著名的革命小组彼德拉舍夫斯基。他们的著作的一半书页上都闪烁有西西伯利亚极地纯净的风光寒冷的空气。我们站立在仿佛从俄国十九世纪风景画家们画作中流淌出来的那条河床边，不禁感到眼前的这一片古老的森林风光正是时间所不能够统领的永恒大自然。它是一切大自然景致中最完整、充沛的那一部分：陡峭延绵的河床，清澈如画的水流，歌谣般的空气，居住着古老的树神和精灵的莽莽丛林……

　　水的侧影是一些异常纯净的海蓝色，即使在它格外沉静的流速中，你也可以听见水流晶莹剔透的音程和音色，就像场面壮观的大乐队后面一小块三角铁，在它并未敲响之时，它也迫使周围的空气震荡着它敏锐触觉的音域。河床中间的卵石很大，有的高高隆起在水面上，使得潺潺流去的水流在这些障碍物面前变幻出各种不同的流速和水声的音调，汇流成各种光怪陆离的湍急水域。裸岩表层积起了滑腻腻的苔藓。水面像冰的颜色一样，时而幽蓝发黑，时而一片雪白，时而又显得浑浊不堪。波浪像移动的积雪，有时真的从密林深处载来小块的浮冰。冰块被卡在倒下的树干或巨石中间，一直到河水冲散把它们完全融化掉为止。

水的艾德莱斯绸。

此地呈块状的大片的静谧从树上掉落。森林就像隐蔽在繁华都市地下的巨型军械仓库一样森严壁垒，万籁俱寂。

胡杨被地质学家称为"第三纪活化石"，其树种远在一亿三千五百万年前就出现了。据说，全世界的胡杨林90%分布在中国的境内；而中国的胡杨林又主要分布在新疆——同样占90%的比例。维吾尔族称此树为"塔黑托克拉克"，并有活千年不死、死千年不倒、倒千年不朽之说。两千年前楼兰古城中的房屋建材，包括屋梁、棺木、独木舟、木盆、木碗、木勺、木杯无不为胡杨树干所制，至今不朽。

河床中央倒卧着几棵粗大的胡杨和干枯了的柳树。有时一大段树根仰面朝天，怒发冲冠，仿佛是被草原上的飓风吹刮抛掷到了这里似的，树的根须形成自然的栅栏或篱墙。河水在篱墙下面静静地流淌，发出小动物一样汩汩的声音，这汩汩的水声，就是最初吸引我们注意力的那个奇特声音的来源。这额尔齐斯河上的秋天是金黄色的，因为它所流经的大片林地，在它金黄色叶簇、气流和水域的深处，又隐隐透出一层蓝色幽光；森林上空万里晴空的蔚蓝大气，也加入到了这汩汩水声中去，使森林各处燃烧着的红叶显得更加鲜丽璀璨；使河床空地上的卵石更黑，更加饱满浑圆。而怒目而睁的树根的裂痕是白皙的，白得跟下面的河水一样清澈纯净。树的残骸处最大面积地裸露出瓦蓝的青天，不知不觉中，我们的眼睛面孔手臂上——甚至开怀畅笑的身影中，都被渗透进了这一层空气的幽蓝。我的女友加入到我们远征大河畔的行列。我站在河中央倒卧的树干上递给她一只手，仿佛同时也递给了她幽蓝的大气。大气的清凉、爽松、静谧……无处不在。无论我们走向哪里，它们都像湿漉漉的露水一样笼罩我们。如果不是在一条著名的河流边上，中亚的空气绝没有这样一份湿润，因此河水流经的地方，森林的植被格外茂盛，比我们所到达的新疆任何别的地方都更加茂盛——也许阿勒泰山区的哈那斯湖区除外——在我们的前方，额尔齐斯河流形成几个自然的水湾，那儿的树木都高耸入云，茂密异常，使人恍然觉得像是置身于火热阳光的夏天，或者是误入了几千公里以外的福建江西的山区——前方完全是夏天的景致；是水面辽阔平静的一泓深秋红叶相辉映的蓝池碧水。我们仿佛已在刹那间置身于完全不同的省份。我们向着那个前方的大水湾走去。由于空气湿润，天空看上去更加澄碧幽蓝，这一瞬间河流的瞳孔完全向我们睁开了，仿佛我们在卵石滩上的嬉笑打闹中断了它千年沉睡着的梦乡。额尔齐斯河流像草原上躺着的牧民的孩子，向我们睁开了他不谙世事而新鲜好奇的眼睛……

每一棵树都可以和人拥抱，都像清晨鸟儿的羽毛一样干净松软，散发出微热的体温。树身笔直，柔软——与其说是站立着，不如说是舒适惬意地平躺在大气的怀抱里。这里有松树、柳树、白桦、香樟、酸枣、胡杨……也有北方常见的穿天大白杨。每一棵树都像殷勤地陪伴其母亲的孝子，在静静聆听那条汩汩流淌的地下河——以及不远处碧波荡漾的额尔齐斯河，丝毫不理会周围贫瘠的地理环境，那一望无际的戈壁沙漠，以及随时要来侵扰啃蚀它们的漫天风沙。每一棵树和它相邻的树之间，都形成了一种奇特深沉的渊源和默契，一个自然整体，一个对观望它们的人类而言如此深奥费解的微微颔首着的无言……森林本身的浩大呼吸由此完成，从一棵树到另一棵树，从一个微小的枝柯、叶簇到另一个微小的枝柯叶簇——从地下深邃的空间到地上，到无限蔚蓝的天空——此起彼伏，连绵不绝。

森林的存在是一种音乐般的精美，只有从音乐、抽象乐理的角度，人们才能更好地理解树木的生命。它们是隐藏在大地的万籁俱寂中的一整列阵容完整的皇家大乐队。这里的每一棵树，都是真正的皇家乐队的成员。它们的组合表明了宇宙对于创世之美，对世间万物生命的浩大礼赞。地球上任何一块地方的树林都不仅仅是单个的吟唱，而是一种优美的合唱，仿佛是裸露出地面的大地斑驳多节的粗野喉咙，在歌唱时形成种种多声部的音域——是它们存留在自然深处的一份人类音乐史实的抽象证明，是音乐这一门特殊艺术形成源远流长的史前史……当我漫步林中，我仿佛四处聆听到了各种激昂音域的法国号、长号、长笛、风琴、班卓琴、都塔尔、箫、鼓、钢琴、小提琴们一刻不停地演奏，在声情并茂奏响着各种神秘创世的乐曲。森林上空飘荡着奇妙的旋律；而树丫和树丫之间，也随风回荡起真实大地的《欢乐颂》《冬之旅》《春之祭》或另一个更加匿名的斯美塔那的《我的祖国》……

六

车厢是再肮脏不过的那种窗玻璃，但高原上耸立的数不清的皑皑雪峰仍给这一节仿佛在旅途上溺死了的车辆贯注进了一束分外刺眼的光线。我们的处境就像是年幼的孩子第一次被大人带入深海水族馆中去参观。公路两旁大块的悬崖坡岩有时紧擦着长途客车摇晃着的车厢，眼看着一大块岩石的锐角就要划过乘客们的脸，驾驶员在最后一刹那及时打过了方向盘。高原上的阳光像大片腾空飞起的山峰也像深海中的鲨鱼慢腾腾地不断朝我们的窗玻璃驶近，身背后腾起一股阳光的金黄色粉尘。在游向高原另一侧时又傲慢无礼旁若无人地晃了晃它庞大身躯底下那段著名的尾鳍。在一幕幕惊险旅途的风景中我们甚至辨认出了地球上最高海拔的几座雪峰——它们的前额下面那双细小无人性的眼睛，那种神圣而冰冷的瞳仁周围的眼白。公格尔峰和公格尔九别峰像地球极地上的一对孪生兄弟，侧立在我们车窗的正前方。而与此同时，著名的拉达克达阪出现在公路边上的山地，一些海拔在六千米以上的峰岳围绕在其周边，大大小小不计其数，全都簇拥在我们途经的那条中巴公路的两侧。千百年来，只有最训练有素的牧民和异域探险家，才叫得出它们的名字——只有最敏锐的目光，可以将它们中间的一座和另一座的形状分别开来。车厢里充满了高原炫目的光亮；几个小时以前，它还停留在喀什城外充满了世俗城镇气息的黎明前的黑暗中，而如今，它已像一头耐寒的藏地牦牛依靠身上那层厚实的黑皮毛缓缓爬过了地球上最高最偏远的那层雪线。它登上人迹罕至的高原，没来得及息下来喘口气，又继续往高原纵深处的亿万年峡谷进军。一些塔吉克人纷纷用他们的母语招呼司机，开始预备下车。车上一半以上的乘客都是这些友好文静的高原居民，他们的家就在这一片峡谷内外。他们中的一位孤零零地下车，朝向茫茫雪原深处那块裸露着的岩石——家园走去，步履既说不上轻快，也不显得艰难。当他们依次到站下车时我甚至没能看清他们的脸——他们的脸，你是始终记不起来，也不可能真真切切看清的，正如人们想用眼睛看清空气、记住路旁的石块一样不可能——我说的是完全不可能。他们的相貌长相里没有五官特征，没有年龄——几乎看不见任何人类社会个体或集体的印迹。他们在这片世界屋脊之上生存下来，世代耕作，狩猎，呼吸，生儿育女，朝拜神圣的主……从一开始就超越了时间，也超越了文明的一般范畴。他们生存下来，就像早期爱斯基摩人，或并未绝迹的印第安人，为自己的独特和自由在地球上觅得了迥异的一大块古老空间。一年中有九个月时间是和严寒雪暴打交道。他们脸上的每一个表情，都像大自然本身的出产一样单纯，直接。自然，中巴公路的两侧没有任何站牌，他们似乎是从路旁的某一小块石头形状上，辨认出了自己下车的位置——

可是下车之后又怎么办？要穿越这大片乱石裸露的旷原，走到自己家里，还要徒步前行多远的路？我真想跟随其中的一位下车，领略一下真正的荒原风光，与此同时，我痛苦地意识到我不能也不可能这么做——而这意味着我将永远无法看懂这帕米尔高原上任何一处的风光；这孤骄、倨傲、冷峭的极地雪山，四周除了寒冷的风声，就只有偶尔鸣叫的乌鸦的声音（如同在风中钻了细小的孔眼）——半小时后，同伴中有人在座位上欢呼起来：我们大喜过望的眼前出现了举世闻名的"冰山之父"——慕士塔格山峰……

峰峦朝阳的一侧像新换上的提琴弦一样熠熠发亮，绛红色中夹杂着黄铜的光亮，又有几抹蜿蜒着的桃红和湛蓝色弥漫开来……整个著名的慕士塔格峰像刚刚打开的颜料罐一样色泽鲜艳，四周相间杂的银白的雪被"如马的银色鬃毛被挂……"有关马的意象是一九〇一年时的斯文·赫定带领他的小股探险队到达了此地，在当夜的日记中记录下的。在以后的岁月中，他绞尽脑汁，拼尽了全力试图冲顶——攀登上这一地球上著名的山峰，几乎动用了他能想到的所有冒险方案、各种装备器材交通工具，想在自己个人探险史上著下光辉的一页，但三番五次的尝试均以失败而告终。

失败之后，斯文·赫定仍怀着神圣而美丽的心情在他的日记里写下了关于慕士塔峰峦的最后的告别辞："……我站立的地方差不多和新博拉苏山峰——或名马克坚赖山峰——一般高，比

（非洲的）吉利曼扎罗、孟特兰以及三个大陆的一切山峰都高；只有亚细亚的最高峰和南美洲的安达斯山则比较高些。离地球最高山峰——霭佛勒斯峰还差两千六百公尺。但是我相信，在我眼前所展开的图像在狂放的、幻想的美丽方面实在超出了尘世上任何一个朝生暮亡的人所能望见的一切景致之上。我好像站在无限空间的边界似的，谜一般的世界永远永远在这里面打转，我同天星只隔一步之遥，我可以用手抚摩月亮，我觉得在我脚下的地球——它是重力法则支配下的一个奴隶——怎样遵循着它的轨道，转过这太空的黑夜。"（《长征记》，斯文·赫定著，中译本《亚洲腹地旅行记》，第133页）

　　无论在新疆的任何地域，我都随身携带着斯文·赫定的这部游记。而如今我正站立在他当年所谓"朝生暮亡的人所能望见"的那个景致边上；我的内心也同样充满了当年在这名瑞典人眼睛里不停地打旋的那份奇幻。斯文·赫定所言"吉利曼扎罗"，实际上就是指的非洲最高峰——乞力马扎罗雪山。而安达斯山——则是南美洲的最高山峰安第斯山。霭佛勒斯——这是欧洲人对喜马拉雅山–珠玛朗玛峰的习惯称谓，也可以说是后者在欧洲的名字……

　　斯文·赫定在微笑，坐着微笑。

　　他的脸上有一道中亚的沙暴。

　　坦然的青年的手，挂着一根老年的拐杖。

　　他那双勇士般探究的眼睛里有着一丝回忆的阴影、回忆的恍惚——他看见——沙漠中的骆驼刺……刺刀上滴淌下来的马奶。长城脚下一口干枯的井。他看见远古衰老的智慧，有着一丝驼铃声的淡蓝色晨曦。中亚的村落。胡杨林，秋天溪流般流淌的红叶。桌状山，雅丹地貌。一支月下的羌笛。塞外草原——他看见草原，无边无际的牛羊、白云、歌曲相缠绕的景象。落日如公路上的风滚草一样轻易地滚落……大海汹涌的美丽的准噶尔。牛车在羌塘草原上用沉重的喘息声划开的霜迹。沙流、沙团、沙波纹、沙浪……中国的古木塔、喀喇昆仑、喀拉库顺、阿提米西布拉克、安南、喀什噶尔、海生沙……他看见沙漠边缘一名长髯白发的老人，他从那名老人身上看见一些流逝年代的人名（他们的脸）：

帕皮巴依	马继业
达格利什	贾贵
冯·泽克特	刘复（半农）
切尔诺夫	法苏拉
奥尔德克	贝格曼
生瑞恒	昆其康
……	

　　一些散落在中亚乃至远古的灵魂遗址；楼兰上空的一轮残月；一堆堆死而未倒的枯树间的石斧、纺轮、陶片、料珠、汉简……太阳，像一只突然摔碎的蓝色刻花陶罐，早晨的汩汩清泉在沙漠中迅逝——

　　这名巴库的家庭教师利希霍芬男爵的瑞典籍学生在祷告，在回忆从沙砾的手指间见到他故乡年老的姐妹们容颜时的哀痛。落日中的驼铃和马銮铃声在他耳畔晃动，他最后的灵魂久久地凝望着如同中国西部甘肃边境茫茫风沙中的一幢角楼，一个古代的小小迷宫，一件文明的精致脆弱的饰物……他那回忆的手指头上粘上了一小片丝绸的碎片——

　　面对中亚，他用他破碎的心微笑，在瑞典海边上贵族别墅的壁炉前，他倾听大海的阵阵涛声，仿佛在那汹涌翻腾的浪涛之中，他的沙漠之旅——探险队仍会生还，全体队员仍在归来，暴风雪之夜将带给他一件小小的圣诞礼物：大卫·赫默尔医生手制的用树枝裹着银纸的小玩偶，以及一行瑞典文："嗨——我祝你快活！"

　　……处处是骆驼的蹄印。他五次穿越中亚大陆，其中一次过莽莽昆仑而进入藏北，前后历经四十年沧桑！而在他那北欧海盗的血管中仍旧跳动着大海清晨的阳光——

　　北欧人从前在海上撰写他们镇定自若的《创世记》，如今，一只脚却又踏进比大海更变幻莫测、更难驾驭的沙漠册页之中……仍旧是一流的水手、威仪堂堂的船长或轮机长。是的，他们被证明他们有着属于自己的神话或童话。他们勇士般强壮的肌腱上如今又镌刻下一个令全欧洲骄傲的名字：斯文·赫定！

　　他沿途携带精确的钟表、赞美诗集、浪漫情怀或酒神精神，以及他那从不言败，如《圣经》般厚的肩膀、惊奇的蓝眼睛、天真的测绘仪和美丽的圣诞歌曲，从西西伯利亚沿印度河一路走来，沿途与迷宫般的地貌、瘟疫、沙暴搏杀，置战火连绵于不顾，直抵亚洲腹地……啊！这名金发的海浪王国的臣民，已天性习惯在地球上任何地区、任何情况下的颠沛流离、漂泊不定中远走天涯……而在他灵魂的远行中他愉快地笑着，微笑，像在地球良知和人类智慧的荒凉中心见到白雪皑皑的帕米尔、天山。他见到哈萨克村落附近俏丽的小白杨，以及大漠深处一道道沟渠中伶俐跳跃的藏羚羊……

    山峦起伏的地平线像一条飞扬逶迤的哈达。

    风暴巨大白色的洞穴。

    蓝天底下的云层宛如千年冰寒的岩洞，

    洞壁两侧垂挂下来冰凌。

    白色的、形状各异、惟妙惟肖的冰凌。

    世界变成了一个原始炫目的洞穴。

    我们从未吐完过我们脸颊两旁的寒气——我们的呼吸里始终有冰雪辉映的阴影。我们从未发现过御寒的火种，从未发明任何耕作，或长途跋涉用的尖镐、轮子、鹤嘴锄、指南针、英吉沙小刀、马蹄铁、火药……我们被一座座连绵起伏的大山挡在了文明世界之外，而大地上的冰雪是一双双敏锐追踪着的嗜血成性的眼睛。

    冰峰之上——高原的阳光——就像有人把几千公顷金黄色的干草垛堆到了天上，堆到云层之上——帕米尔——天一样高的地方……

"……这片高原名叫帕米尔，骑了马要走十二天。在这十二天里，既无居民又无旅店，沿途只是沙漠、沙漠，没有任何食物；打算经过这里的旅行者应该自备粮食。这里地势太高，气候严重寒冷，连只飞鸟都看不见，所以不可能找到吃的东西。我还要告诉你们大家的是，由于天气太冷，火生不旺，火的颜色因此也和别的地方不一样，因此肉类是煮不（熟）烂的……"（《马可·波罗游记》）

七

我们的旅程被雪霰打散了。吉普车车窗外面是一片白茫茫的世界。几分钟之后，连公路两旁寻常所见的那些崇山峻岭也在茫茫雾雪中消失不见了。司机小苏的面容开始变得严峻起来。他虽然仍像平时那样紧闭嘴唇，不大开口说话，然而从他的身体和四肢间蓦然升起一股使车厢座位四周空气紧张的寂静——他在这股寂静中全神贯注，仿佛轮船甲板上的缆绳突然被绞盘机绞紧了。虽然部队驻防人员是帕米尔高原上唯一生活着的一群汉人，虽然每隔十几公里，附近的戈壁峡谷中总会出现终年驻扎在那里的边防哨所的影子，但他仍不愿意行驶中的车辆出任何闪失——在这样的暴风雪天气里，任何闪失都有可能使车上的随员瞬间毙命！——刹那之间，茫茫戈壁滩上已经看不清前方公路的任何印迹。公路、戈壁荒漠已经在风雪中模糊了界限，彼此混合在一起。车厢前后的窗玻璃，包括驾驶室玻璃都迅速降低了能见度——汽车坠落进了高原严寒的蒸汽机房，前方已什么也看不清，什么也看不真切。一名骑马的塔吉克牧人差点赶着他的羊群从雪雾里冒出来，撞上行进中的吉普车车头。他在马背上困惑好奇地看了我们一眼——是我们在那场暴风雪中对外界的最后印象。无名的恐惧在同行的几个人心里悄然传递；每个人都最大限度地睁开着他的眼睛，试图在这条偏僻高原的狭长公路上辨认出足以醒目的平安回家的（部队）标志；而每个人在那段时间里都怀着发现这条公路的印迹的希望——但这是不可能的！好在旷野上每隔一里地会出现一根歪歪斜斜的电线杆，从车窗的前头慢慢闪过。这一根根漆成黑色的电线杆，就成了这危险航程中救命的灯塔。在前一根电线杆和后一根电线杆之间那一大段的空白开阔地，就只好凭借一半是经验一半听天由命的司机的感觉和运气了。我们左边高耸入云的萨雷阔勒林山脉和我们右边的茫茫戈壁滩全都消逝不见，在阵阵风雪中失去了踪影。我们的吉普车越过的那个山口叫木孜吉里阿达阪。我们的正前方是里斯玛姆喀喇昆仑山口。军用吉普车刚刚离开著名的水布浪沟，从红其拉甫边境哨口返回。

　　此地附近是著名的瓦罕走廊，一条蜿蜒通行过漫长峡谷的古代商队留下的崎岖小径，是连接过东西方两地伟大丝绸之路在中亚高原一带的活化石。可以肯定如此陡峭荒凉的峡谷深处当年曾回响起精美的瓷器声音，高原的阳光照亮过商旅队列中成匹的丝绸，驮马背上沉甸甸的茶叶香料的货物。可以肯定在危险的严寒天气里曾有数不清的商人马匹被峡谷深处鬼哭狼嚎的寒流飓风冻僵过，变成了屹立不动的自然界岩石峭壁的一部分——而一直要到来年的五六月间，尸体上的冰层才会被阳光晒化融开——我曾在近代一部分探险旅行家笔下见到过那一幕，在谢苗诺夫的《天山游记》，在《外交官夫人回忆录》里……

沙漠的波纹状有时扩展到旅人脸上，越过了军用吉普车草绿色的车厢篷顶和外壳。貌似笔直的公路线似乎一直在蜿蜒峡谷的窄道和绕经大山的小路深处，跟迎面不断出现的锐角和三角形，群山的锯齿形、椭圆形打交道。车上的司机不像是俯伏在方向盘上，而是在一大块广漠巨型的旷原黑板前计算一道几何数学题。吉普车扬起的尘埃和沿途干土就像是从计算者手里掉落的粉笔灰。落日在远远的戈壁另一侧掉落下去，晕红的晚霞经久不息，甚至到夜幕降临之后仍旧在西方天际底下明亮地燃烧着。黑夜与白昼交织在一起，从单纯的天色里，人们很难分辨清楚一天中的时辰。夜就像一个清新的早晨一样绚丽稚嫩，有着大块大块殷红的云层。地平线上的一道红光映红了我们的脸。在这荒无人烟的沙漠戈壁里有着怎样辉煌灿烂的落日呵！也许只有四处散落的孤寂石块，或偶尔途经的飞鸟才会知道。这是地球上经受过人类的眼睛最长久注视过的一道风景；是对于我们的视觉而言最耐久古老的自然形象。茫茫戈壁，光秃秃的群山峭岩，峰顶垂落的冰舌雪被，以及偶尔有野羚羊穿行其间、黄羊跳跃的褐石和风沙地带，似乎自地球诞生之日起就一直是这样；那高耸的峡谷、荒凉的河道从未有过变化，以后也不太可能印下人类途经的刻痕。一切的一切，在这样的自然界，都从一开始被消除了过去和未来。时间只是归属于人类名下孤零零的一笔小钱。他花费的时候，用于开销其日常支出时总是摆出一副悭吝的嘴脸。时间成了旷野以外的一缕青烟，成了悲哀人类的智性的代名词。整个无垠的戈壁荒滩都呈现出一种无生命的陨石颜色，散发出露珠般清新的亘古气息。一切人类社会的影子，在此都无影无踪，到达了它们结束、不存在、永不复返或者虚无的边界。政客、妓女、广告企划人员、大学讲师、业余摄影爱好者、古玩商人、探险家、有钱的精神病人或无钱的演艺歌手……全都到达他们虚无的世界；先是通过他们旅行用的装备，通过进入高原的服装，再是他们的呼吸、血液……最后是被天上的红嘴鸦的盘旋低回弄得六神无主的可怜的大脑。

——用天山这样的山脉，用一整座沙漠去忍受遗忘——这样的代价太昂贵了！

而帕米尔……人从那样的地方回来，而又说平常说惯了的话，过惯了的生活，是不可思议的。那样的旅行，会在人的体内植下一颗圣洁的、空气清冽的种子。这时候，人的眼睛像旷野尽头一小颗雪的胚芽，催促他成长的溪流、融雪、一望无垠的山峰（像大地上的庄稼一样在大风中倒伏）和美丽的骆驼蹄印在他灵魂的口中滴下奶白的乳汁。你的记忆会长久地告诉你，地球不是别的——既不是海洋，也不是阡陌纵横的平原——而是不可撼摇

的神圣的岩石；一大块朝阳的、史前的岩石——仅仅在史前意义
上，这里的自然界才显得真实。在塔什库尔干县城里，一千多年
来人类在此垒砌了一小座规模有限的石头城，然而久已颓圮了。
尖锥形的城墙一半已向旷野洞开，这是文明在过去几千年里最后
徒劳、渺小的挣扎。大地的空间无边无际，人的空间却缩小了无
数倍，或者说，回到了他们赖以生存的最真实的比例、最初的起
点。人的地位一点也不比马匹、羊群更尊贵；而比人类更富于生
气的有时是此地的牧场、飞鸟、漫天的风雪以及山中神秘的湖
泊……一些大地上原生状的颗粒在空气中闪烁。我们是在一种人
类目光所及的抽象视觉中行走，在足以使人类窒息的一小根地平
线上，在一小束光线之上，我们融入光线，或者已融入光线之外
巨大的黑暗中。帕米尔"八个帕"范围之内的每一寸土壤都足以
使一名现代游客在瞬间化为齑粉，化为万劫不复的亡灵。我们是
在用亡灵的眼睛享受此地的白天、清晨的光线和遥远的日照——
这太阳光照耀在人身上是多么亲切、熨帖、温暖！这是地球上最
纯净的日照，更何况是在那样一个渺无人迹的冬日。我们的身心
像野地上的石头一样裸露着。我们像此地的小草，像一棵枯草一
样欢欣！眼睛里是怎样一种温暖柔美的被称之为"太阳光"的物
质在滚动、在流淌呵！所有的太阳都像一行行热泪——是最初的
婴孩或九死一生的峡谷之间生还者的热泪。人不知不觉就学会并
实践了他的感恩。蓝天之下仿佛尚未诞生过一页《圣经》或一小
句《道德经》里的箴言……一切仍旧是创世前夜的、圣洁的、纯
朴的。阳光像世上最美的教堂尖顶或廊柱，直竖过来。人由虔诚

进入感恩，由感恩折向祈祷——仅仅在一秒钟时间里，人完成了他全部的灵魂升华，全部的信仰，那地球上最高山地的信仰——由黑暗进入光明的美丽的心智！由低向高、由大地到天空的感悟过程——我清晰地听见，我血液里像是有一根火柴在骤然间被划燃，"哧嚓！"一声，一小团火焰在暗夜中划响——在这高原清寒的早晨，我像孤单的小鸟——在这一瞬间——一头扎入了归乡的茫茫大海。

八

在乌鲁木齐市区，市中心西南角的位置，有一个名叫"红油桶"的位于地下室的迪吧，一九九九年秋天，我旅居所需的家就在那附近，几乎在马路斜对面过去一点点，名叫"跃进街"的一个小区弄堂内。小区紧傍着一个巨型马蜂窝般的维吾尔族人聚居区——雅玛里克山。我在租住那儿的房子时丝毫没意识到自己离这座古老山坡的街区竟然会这么近！几乎隔了半年之后，我才知道，山脚下的一条街道，一幢名叫"幸福"的旧电影院，一所聋哑学校。我的住地离后者是那么近，只要出门向右转，再一拐弯就到了。学校附近有一家汉族人开的小店，租借书籍录像带，我在那里腌臜暗黑的书架上竟然发现了一本封皮已脱落的《曹雪芹传》，周汝昌著。另一个意外收获是两卷本的陀思妥耶夫斯基的《卡拉玛佐夫兄弟》。小说中的场景似乎被一股神奇的力量移植到了外面的街区。暴风雪，贫民区终年不化的冰窟，山坡上一个紧挨着一个的原始民洞穴——你只能从隆起的雪被下面一孔竖直的

小烟囱冒出来的炊烟才能判断出此地尚有活人们居住。街区的多
数地区酷似北方冻土带的小山城，一条街道和另一条街道之间道
路的连接是由蜿蜒向上的层层石阶完成的。我到幸福大街去必须
要攀上那一层层高高的石阶，石阶顶端是一条拥挤的陌巷，两旁
的商店有清真面馆、包子店、五元小炒店、副食商店。陌巷的另
一侧放了很多地摊，形成一个小型菜市场。地摊上没有什么新疆
民族特色，纯属内地汉族人养家糊口的那种。接连两家紧挨着的
水果摊倒是很有鲜明的边地色彩：石榴、哈密瓜、葡萄，各式水
果应有尽有；干果摊至少也有八种以上的品种：无花果、核桃、
沙枣、果脯……公共汽车歪歪斜斜从山顶另一侧的弯道上驶过
来，在经过对面电影院时我想起一部意大利影片令人过目不忘的
场景。车子轮胎溅起马路上化开的雪水泥泞。那是一长条坡度很
大的盘山公路，但因为最近五十年拥塞进来的店铺居民，形成了
可观的街区，故最初的山势地形已经被新村楼房所覆盖。从外部
看，几乎察觉不出这种被征服者的典型地貌。我记得那年冬天那
家电影院内曾上演英、俄、法、意四国联合拍摄的《安娜·卡列
尼娜》。银幕上映出的似乎也是一个北方冬天的王国，一半清真
寺，一半是东正教堂的空气。一个永不间断的巨型圣诞节。安娜
在圣彼得堡露天广场上滑雪，似乎正要从神奇的宽银幕世界直接
滑入我坐在黑暗的座椅之上头晕目眩的怀抱。安娜的扮演者——
那名英国女人的微笑啊！……在走出影院的一刹那，我简直觉得
自己已经来到了她那种美貌和风情的故乡。边上的维吾尔族行人
似乎都是在说俄语，他们有着绝望的渥伦斯基的眼睛、卡列宁的

脸孔；又有着安娜的眼睫毛——晶莹，浓黑，大胆……茫茫旷原一样的深情。街道、行人身上的气息，全都有了电影中的俄国军人的制服，全都像铁轨一样锃亮，像火车头喷吐着骇人的白色蒸汽那样从银幕深处向着放映大厅的左右纵深处的空间弥漫开来……

我也读有关新疆的书，三卷本的《新疆简史》。那段时间里，简直对殊如卡尔梅克、阿古柏、库车、喀什噶尔、克拉玛依等人名和地名着了迷。当我真正在精神上走近中亚这片神奇之地，我发现汉族人从未有过一部像样的文学作品，配得上新疆或西域此地的离奇生命。将来能够写的人，也必定得要有一副强健的肺叶、必要的地域知识和丰富英武的心灵！在天山另一侧，吉尔吉斯人中间还出了个写出《查密莉雅》的艾特玛托夫，还算得上自然优美，可是在亚洲腹地主要的区域新疆，神一定在每年的积雪中呼唤着——冰清玉洁的诗人！他要对着清澈的蓝天大吸一口气，以具备某种程度上不可思议性质的体魄作一次荒野中彻底、酣畅淋漓的深呼吸，才能理解那些人和牲畜的生命，以及他们颠沛流离的血肉。此书的扉页上应有一个寒冷的清晨，冷到足以使一般庸俗的生命望而却步——冷到书籍世界内部的冰河果真有半尺厚的霜雪！可是他如何燃起这堆篝火——牧民的篝火呢？如何让读者去倾听天边传来的马匹嘶鸣？

——西方人中最深入涉及这一区域的，除斯文·赫定之外，还有法国作家圣·琼·佩斯——以及一名更加奇特的俄国人——巴别尔，《骑兵军》的作者……

草原文明……其内部必定积贮有一股亘古的力量，是什么呢？那也许是人类中间属于黑夜的最深邃力量的体现……我只能朦朦胧胧体会到；而文学的宴席，总共有三大（三大菜系）——现在还剩下两大：中国菜、土耳其菜（古怪丰富的调味品，以及在烹饪过程中对于火的应用）……由是——人类对伟大文学的胃部需求，还很大。外部来说……

有时我想，亚洲就是一匹马的形象：白马、天马（飞马，神话中的动物）、汗血马、草原骏马……哀伤地伫立在它的边界尽头：大海边——也许是希腊的海边，也许在意大利。是的，整个亚洲都是在世界贫瘠的草场上奔驰的一匹黑夜中的马。印度神马，汉武帝所渴慕一见的宝马，驮佛教《四十二章经》过天山（史称阴山）的白马。亚洲是一匹马的永恒塑像——其最好的产地，在中国新疆的伊犁……

想一想成吉思汗纵横四海的征伐吧！

忽必烈的坐骑——汗腾格里峰——草原文明的全部精髓在于一匹善良而悍烈的母马。从马的肚腹中，诞生下我们英勇的祖先！

马眼中的沉静，马眼中凶悍的血光！

马眼中的清真寺……

马的眼睛里满含对世间万物和生命的体恤——多么像贫穷而伫立在寒风中的母亲……

洛维萨·恩瓦尔——这是一个值得全体各民族的新疆人用心

灵去铭记的名字。

她是瑞典籍传教士，独自一人在库车等地居住和工作了二十二年，在那里她救治了无数当地的病人。根据曾写过她的讣告的格奥尔格·罗本茨的文章，恩瓦尔在谈到她自己时曾说过："上帝对我比对上帝本人更加仁慈。"罗本茨介绍说："她属于人类中间这样一种人，她宁愿失败也不放弃自己的打算。其他人干涉她，想来救援她的所有企图都产生了相反的效果。正是这种她性格上的特点，才是她在库车城内生活多年，治病救人，与其他欧洲人隔绝的主要原因。"……格奥尔格·罗本茨又说："在那漫长的隔绝生活期间，她最害怕的是（自己死后）被葬在穆斯林中间。她并没有被葬在穆斯林中间。她有一个不同的结局。当她最终要返回瑞典时，得了一场大病。那里离莫斯科大约还有十二小时。她死于塔什干至莫斯科的列车上，后葬在莫斯科。那是一九三五年十月十六日，离她七十岁生日还差两天。"（摘自贡纳尔·雅林著作《重返喀什噶尔》）

我的座位靠近暖气管，但仍不时要把阳台门打开，吹吹冷风。我似乎在害怕房间里的空气不够。有时晚上睡觉我们也把阳台上的门打开一小条缝隙。室内气温顿时冷下来（房间墙上贴满了各种画作的复制品，从俄国的弗拉基米尔画派风景名作，到莫奈、马蒂斯、高更等人的作品……）而适度的寒冷，会使人感觉很舒坦。上午，女友走后我就有一整天空闲下来的时间，随便怎么支配，看书，闲坐——我又能和熟悉的清静待在一起了。同时在新疆这样的地方待着，你确实能感觉到欧洲文学已经离得很远了。虽然我书架上总是有一本艾米莉·勃朗特……

在亚洲，此地已是文学的极地——至少是现代文学的极地。

那名瑞典妇女的故事深深打动了我。她走到了一名欧洲人所能走到的地球上距离现代文明最为偏远的荒僻之地。她在库车利用传教士身份救治了数不清的病人和穷苦人。她到达新疆时，已经快五十岁；离开新疆时，已经七十岁（差两天）……一九三五年，俄国境内正在闹大饥荒，斯大林的高压清洗最恐怖的年份——而她只身一人，骑马翻越天山山脉，取道塔什干回遥远的欧洲故里。当时中亚的火车，只通到塔什干，此外皆为人迹罕至的冰川雪岭。她要去塔什干，必须要走翻越天山峡谷的那条路，关于那条路沿途的崎岖荒凉，我曾在《外交官夫人回忆录》（凯瑟琳·马嘎特尼著）一书中读过详细而恐怖的介绍文字。因而在归途中她"大病了一场"。她能活着坐上西伯利亚大铁路的火车，已经很不容易了，她最后死在火车上，至死都没能真正回到自己的瑞典故乡，不过，临终之前，透过轰隆作响的火车车窗，洛维萨·恩瓦尔女士也许已经真切地呼吸到了一口黑海上空来自欧洲大陆的清新空气。她的一生如愿以偿了，把自己的灵魂交付给了天主，交付给了旷野上湛蓝的自由空气……她竭尽全力救治他们却又逃离异教徒的墓地。她整个是一座移动着的坚贞不屈者的墓碑——黑色方尖碑。

那列穿越旷野和世界上最漫长黑夜的火车车厢，在我眼前久久地晃动……

——我走到这些人中间，常常感到自己一无是处。这些维吾尔族人、塔塔尔人、哈萨克人、吉尔吉斯人（在苏联，著名红军将领伏龙芝，是吉尔吉斯人）……在他们面前，我所学的知识和教养已完全作废，不起作用。他们才真正是这块土地本身，他们的身上有一种远比其他（至少是中国内地）人种更为真实的漂泊气息，无始无终，无根无凭……他们与其说是人不如说更像一种物体，一种亘古的物质。他们像沙漠里的沙子一样彼此相像，也彼此照看，宛如山丘上被风吹走的一小股流沙；而他们又确实是人，是人类中间较为古老的那一部分……我歉疚而胆怯地挨近他们。我承认，不可能在相对平行的角度上看待他们的境况、精神和宗教。这是其内在需求完全不同的两个世界。这就是基督教为什么不能在这一地区传播并战胜伊斯兰教的主要原因。双方处于不同的物质世界甚至不同的时空，这也不是完全不可能改善的，但需要漫长的时间和双方共有的耐心——决不能比较孰优孰劣，因为中亚的这一行列还在漫漫黑夜之中行进。他们已经习惯了沙漠、新月和黑暗，习惯了地球上普遍的荒凉——这正是他们最大的美！——而来自地球上其他区域的文明只可能刺痛他们的眼睛……他们习惯了荒凉，这是何等的禀赋！这是草原文明最深刻辉煌的力量之所在！

寒武纪、岩石、雨水……贫瘠的牧场和终年积雪的毡房。一个国家和另一个国家之间争斗的牺牲品。三孔骨笛，灌进人耳朵里去的风沙，低矮山脚下的栅栏……

——矿脉的声音在我耳中"嗡嗡"作响。

——没有一种文明，比此地的草原文明蕴涵有更多的失败的力量！没有一张面孔，比牧民们的面孔更挨近火焰！

人要忍受失败，到草原上去，在开阔无人的地方，在大地的气息里寻觅亲人，或者，和天空一起抱头痛哭，和蔚蓝的山岭——人必须要有这样哭泣的能力，他才可能去赞美生命的美！人要在哭泣里像翱翔的鹰——正如鹰在秋季晴朗的山谷——在气流上空自由滑翔。人要在自己的痛苦里寻觅自由的权力和一点点幼稚的能力——在痛苦里寻觅自由的心情！痛苦是存在唯一舒适的怀抱！

小孩的柳条筐。清晨的雪，雪还停留在清晨。但时间已经是一天里的中午。时间正在向灰暗的下午温柔过渡，如同上坡行驶的公交车辆，那么缓慢，即使时间已经到了寒风呼号的黄昏，到了傍晚——天黑；时间进入了人类熟习了的漫漫长夜，那些雅玛里克山上的皑皑积雪仍旧停留在清晨，停留在人类金黄色的童年时代，停留在先祖们孩提时代生活的白夜场景里。因而北方的冰天雪地历来是孩子们忘我玩耍的天然游乐场，其游乐的内容项目是肉眼不可见的，与生俱来、即兴的。那些维吾尔族小孩手里在拖煤，拖雪，拖木头的柳条筐子，仿佛也从雪地上拖曳过他们满载而归的童年时光，呈流星状从山坡的一面滑入山坡的另一面，窜入了更深的陌巷、更加抽象的人间灯火之中。他们满脸满身沾着雪的粉末，耳朵通红，两眼大睁着，尽量往体积庞大的雪堆里塞入他们对大自然的满心惊奇——如同往旷野的篝火堆上添加树枝木块。由于寒冷，他们面颊的肌肤仿佛已经透明，像婴儿一样闪烁晶莹鲜嫩的光亮。山坡上，放眼望去，处处都是狡黠欢快的念头、顽皮而大胆的行进、童年狂放的印迹。因为雪堆四周没有时日，雪中没有岁月；在雪地玩耍犹如和人类生存的永恒性相嬉戏……有人看见一辆运载面粉或黑煤去清真寺大院的卡车途经山坡上的公路。只有北方的司机才能在那样的雪野上辨认出正常前行的路径——维吾尔族"巴郎子"们有一部分就跟在缓行的卡车后面，用手去扒拉车厢尾部某个零件，整个身子就开始悬空在雪地上，就差没再往里钻入车厢底盘。这是整个雪地游戏中最富想象力、最惊险的高潮部分，使我不禁回忆起我自己小时候在故乡运河的两岸泅游，守候过路的船只并游过去，用手吊船的快乐场面。所不同的是，一个是旱陆运动，一个是在水上——犹如在辽阔的大河河面，雅玛里克山的雪地上也处处铭刻下了维吾尔族小孩们欢快嬉戏的印痕。他们的身子从雪地上松松地下垂着，跟随卡车的行驶拖向前方，仿佛是夜间直立行走着的灯火。他们拖走沉重的柳条筐，吃力地攀爬到山坡的制高点，又从那儿的山顶上一路飞滑下来……这时，手中的柳条筐成了天然的雪橇，也许是北极地带居民所用的雪橇最原始的雏形，一个古代版本的交通工具。那个天真强悍的民族，就这样世世代代在漫天的雪雾和雪暴中成长——

九

古　谣
——车过富蕴县所见

在某处僻静的草场，
有一个哈萨克人的墓地，
一处落日的墓地。
一名士兵的最后归宿。

一匹马嘴里在咀嚼荒凉，
一头翱翔的苍鹰在沙漠边缘，
一只无头的羊羔在风雪中
鲜血淋漓地徘徊。

在某处僻静的草场，
一个月亮的墓地。
一名骑手孤零零的勇气
被葬在荒漠深处。

（1999. 10. 17）

额尔齐斯河上的秋天

林中的雪水，
少女新剪的头发，
一个秋天在白雪皑皑的山中
露出齐耳根的恋情。

树叶在亲吻里蜷曲，
原野上传来冬的耳语；
羊群平躺在霜冻里
沐浴初冬的阳光和鸟鸣。

雪在坡崖上变黑，消瘦，
河床的底部渐渐凹陷，
溪流载来了去年的秋风，
把满地的红叶一路吹跑。

(1999. 10. 18)

青河县城

夜已完全黑下来，
我看不到我旅途的终点。
在我的身体上，有一些白雪皑皑的景象，

无边的荒凉，在慢慢
咬啮我的心。

村子里，无人看顾的马匹
仍在落雪的沟沿徜徉；
马匹下垂的腰身，勾勒出
贫穷和自由
灵巧的轮廓。

那一望无际的峰峦，
月亮的面积已大过太阳。黑夜
秀美，孤寒；
雪的针在刺大地的盲眼
在为我缝制新生的襁褓。

（2005. 5. 21）

✝

街上很明显地，风冷，太阳热。一方面，气温已明显下降，
似乎真的是冬天了；一方面阳光是初秋的感觉：温烫。去跃进街
对面马路的维吾尔族区，从"肃州大寺"四个字样的清真寺门前
走（儿时熟稔的泥泞）。街头坡角，仍有些门前堆满一摞摞金黄
色馕饼的小店，不时地在路边上还能看到凉粉摊、水果摊。来回
的路上分别见到两名绝色的维吾尔族少女，目光里凶悍和妩媚仅

一线之隔，容貌生得十分峻严、庄重，都披着头巾：一个从我身旁匆匆走过；一个坐在家门口，在看带自己的小孩。到一熟悉的小店去吃"罐罐肉"，在店堂里坐，必有一维吾尔族青年提上来一只油腻的水壶，往桌上扔两只小瓷碗。喝茶，羊肉汤是滚热的，上面漂荡一层亮晶晶的、令人嘴馋的油花和碎香菜叶；汤里也放了少许胡萝卜、土豆块。店里顾客是一水维吾尔族，有神色庄重的老人、服饰华丽的老妇人，也有表情痛苦、不说话的小伙子。另有两名似乎出入娱乐场所的姑娘，倦怠而衰老，双双结伴走进店里，默默坐下。店里的小伙子似乎不用问就知道她们想吃什么……对维吾尔族人而言，这样的店堂有一种浓郁、古老、纯真的家庭氛围，一旦我们走进去，从他们眼睛里所得到的只是一种很古老的敌意。没有人说汉语，连电视里的对白也是维吾尔文。我学众人的样，要来一个馕，用手掰着吃。这一长条街，一部分中亚游牧民族的性格暴露无遗——通过他们的饮食。街上常见一些戴白帽的回族老人，都有种种睿智、严峻的相貌，一种老年优秀的睿智，显得深沉，风趣；即使是街头潦倒的乞丐身上，也透露出一种苦修的托钵僧式的令人肃然起敬的风度。

我另外注意到，很多副食店门前用简陋的木牌子写着"肖家豆腐"字样。我想这肖家品牌的豆腐一定很好吃。在回民中，"肖"和"马"是两大姓。张承志的《心灵史》里记述过马姓。这种豆腐我没吃过，但北方的豆腐我一向爱吃。有一次我拐进一家黑洞洞的店堂，想去买，结果问了之后，竟买回来另一种我很爱吃的泡菜，用卷心菜腌制的，叶酸而略带茴香的甜味。这地方的副食小店很有特色，不仅油盐酱醋，也稍带卖大米、蔬菜、布匹、针线等各种日杂用品，几种烂旧的杂志。店门外（口）一律没有门面，仅用帘布遮挡。那些设置在露天的羊肉摊，总是一两只剥了皮的羊被用铁钩子置挂空中，店主正以一把尖刀熟稔地分割羊身上各个部位的肢体。这是离沙漠太近的土地，居民的信仰里似乎没有白昼（太阳）的成分，而只有月亮——冷冰冰，神秘；虽异常温柔但又残忍的月亮——那是一种几近于午夜的智慧——午夜的生存或生还……

下午经回族和维吾尔族居住区逛到"二道桥市场"。我的经历有点像乔伊斯的一个短篇《阿拉比》。我仿佛也是那午夜梦醒怀着无限的旅行渴望的小男孩。我被一种奇境，被远方的华丽深深地打动。我从泥泞和雪霁的街上走过，街两旁全是喧嚷不息的行人、饭铺、商店及烤肉串的一长列一长列冒着烟的摊位。中午最热闹的用餐时间已经过去，当街架设的煮羊肉汤的大铁锅子里已经只剩下剩余的汤水。大铁锅里的抓饭冷却下来，饭里插着一只扁平的圆盘，店主已不再往底下的炉膛添加燃煤。天空底下是大片大片歪斜发黑的房顶，重重叠叠；街边上的树木都成了萧瑟的枯枝。我从未见到任何城市的某个街区有这么拥挤的行人，而且民族身份如此混杂，这是在人群中的拖延过久的年代；是典型的、有着贩运奴隶气息的传统中的波斯画卷。人们大声说着我听不懂的话。天空阴沉，白昼里仿佛也有一层乌云遮盖着的月色——这冷冷的月色溶在我脸上。每经过一家店铺，店里伙计都用半生不熟的汉语大声吆喝我进去。店里空荡荡的，突然的热闹和突然的冷清同时到达，构成街区特有的景致。一会儿，我又走到门庭冷落的一条小街上，那儿的抓饭馆门前用很大的字牌标明此地有"梭梭柴烤肉"。店面被烟熏得脏黑一片，地上的冰层在泥泞中凸起；一张张简易餐桌有时就摆放在这路边的泥泞中，空气却异常得香，各式各样的食物都在锅中、灶台上；各种面食，馄饨、饺子、小吃……此地的市场用一种高墙架起巨大的天棚，那些风味各异的小吃店摊就在这样的天棚底下做生意。到处都是小小的餐桌、炉灶、厨房、菜肴。市场的格局呈一个阴森森的"丁"字形；横向的过道里有数不清的工艺商店、干果店、服装店；甚至，不远处还有个露天的旧货市场。所有的店铺光线都不佳，都有一部分进身处的台阶浸淹在泥泞中。在其中的一家小店，我探进身去看了看墙上挂的乐器，而店主是个脾气暴躁的维吾尔族小伙子，他一个劲问我："你要什么要什么——"声音之大，足以引起旁人的围观。而我只是微笑（很害怕）。当他看见我注视墙上的一把乐器，立即就把它取下来，抱在怀里弹奏——乱弹一气，嘴里不停叫嚷："要冬不拉吗？要我就弹给你听——弹给你听！"他看来处于一种生意长时间冷清的狂怒中，他生顾客的气，生自己的气，生天气和这该死的市场的气；面对这种局面，我只能报以也许是汉族人特有的懦怯和礼貌——我奇怪，我竟如此熟稔！——在这不属于我的陈旧的古代（一大堆商品的洞穴深处）徘徊着，对一切东西都要说声"谢谢！"也不管有人听没人听——并诚挚地心怀感激。当我离开那里时，我隐约觉得奇怪：我那种过分的诚挚来源于何处？它表明了一种似乎并非我所

有的莫名其妙的态度，或者与生俱来的奸猾、审时度势——此地
的中亚民族一定恨透了这种表情。

冬天，乌鲁木齐像一个大的铁匠铺。整座城市的居民都在扫
雪，而雪变成了冻得硬实、发黑的冰块。街巷、建筑物、空地宛
如一幢巨大冰库的残余物……到处都是军用、民用铁锹或铲子挖
掘碰撞雪地的声音。城市渐渐变成了一个个冰窟窿里挖出来的排
列着的土坑。铲雪工具计有：锹、铲、钢钎、铁锤，以及一块大
木牌做出来的（我在内地从未见过）推雪用的盾。在明亮的阳光
下，在维吾尔族人聚居区里，孩子们是用银幕上十九世纪式的手
编箩筐盛装从家里挖出来的雪块，以背在背上的绳索把这一筐筐
的积雪拉于街道另一侧的空场、土墙脚下，再把雪块雪渣倒掉。
那筐箩在雪地上轻捷自如地滑行，伴着居民区上空袅袅的炊烟，
构成了一幅幅古老冬日大地上颇具诗意的贫民区生活画幅。街道
向上蜿蜒的陡坡筑在悬崖之上，边上是一排长长的错落有致的矮
墙。不时地，小巷深处闪现一家卖馕的小店。一名年老的阿訇从
式样俭朴的清真寺旧院后走出来，身上带着羊油和残茶的香味。
卡车在路边雪堆里挣扎，像一头误闯入人世，毫无尊严可言——
也从不被人真正理睬或了解的古怪生物。因为房屋和街道各处积
雪的轮廓，天空也显得不大一样了：天空具有某种滞重的文学色
彩，像契诃夫小说里的天空；像十九世纪俄国偏僻乡镇的天空
（我们在哪里真真切切地体验过?）。在我的印象里，"俄国巡回画
派"或初期印象派所发现的视觉要点，列宾、希施金、西斯莱、
萨甫拉索夫或列维坦画里的天空大致有这类感觉：大地某处矗立

着古老木制的栅栏；沙皇和他的巡逻队在雪地上来回谨慎地游走……而在午夜的冷寂中，一名赶车人也在无奈地和他的马悄声细语（契诃夫《苦恼》）——

与此同时，雪在驱赶这座城市中的一切，甚至旷野本身的一切——驱赶着村落、土墙，瑟瑟颤抖的家畜群和盐碱地——也驱赶那其中的无助和荒凉。雪像一名相貌纯洁的老妪，有一些陈年的温柔，有一些狂野和任性——并为自己的天真所倾倒！

雪在涂抹这座城市的高楼，在白茫茫的冬日大地上铭刻一条条远古的陋巷、毛茸茸的窗门、枯干的屋檐以及大雪中静止的车辆、新年红色的剪纸。

……我背着风，有时迎着风走。雪像干硬的沙土扑打上我的脸。白茫茫的车辙印宛如葬礼上的素缟飘向远方——白茫茫的车辙印和仿佛在茫茫风雪中拔地而起的孤零零的电车站牌。

在我住地的附近，我几乎爱上了楼房对面街边上那家卖馕的小店——当街是一个大的炉膛，用于烤制金黄色的馕饼。每天的清晨和黄昏，总有一个维吾尔族的小伙子，瘦小脏黑的模样，围着一件过大的围裙，在那里用铁钩子娴熟地钩取刚出炉的热馕。馕的大小有三种，都有字母花饰般的花纹。中午我吃了一只热烫的小圆馕，那上面一层表皮烤得焦脆金黄，吃在嘴里咸咸的，十分可口。小伙子有时整天在他的烤炉前唱歌，并不时把手里的铁钩弄得叮当作响。他的身子由于常年单调的劳作已有些佝偻，脸上留着板刷状的胡子，说一口音乐般悦耳的维吾尔族语，有时却又冒出来几句清晰的汉语："好吃吗?"他问我，我回答好吃，边上立即就有人说，不要去夸他，"夸了他就要上天了……"在寂静的早晨，在天明时分，整条街都只有这名维吾尔族小伙子愉快的歌声、屋子里的鼓风机和他辛勤劳作的声音。这声音给这北方的冬天平添了一种古老的温情。我从楼上的窗中，从街对面瞧着他们，觉得他们是那样幸福，那样健壮而不可摧毁——这是一种如此普通平凡的不可摧毁的激情。一名汉子在我面前往他正在添煤的炉膛里低下他长相凶悍的秃头顶，另外有一只小煤炉放在店门前，在我右边，蒸制着白面包子。水蒸气、煤烟、霜雪和冬日的寒流，这一切搅在一起，加上一整条大街清晨浓郁的睡意……于是，人们的呼吸里获得了一种仿佛只有穷人才会有的甜蜜平安；这气息，壮大了人们生活的胆魄，使他们眼目清朗，灵魂闪亮。……或许，只有古老是不可摧毁的！

而古老所依赖的，主要是劳作（而并非智慧）——在时间中。

智慧可以说（加以评判）：那是……"悲哀的劳作"。

劳作本身——却不言不语。并非它无话可说，而是它有比说话更重要的事情要做……

——劳动是世上唯一无暇评判自己的品（质）德。

我们到一个地下商场，那儿拥挤的人群、过分窄小的走廊和空间令人喘不过气来。那不是商品陈列的理想场所，而简直是一个商品的噩梦。人们就在那样的地方举行着热碌的交易：有家电柜、日杂品柜、工艺礼品区和鞋帽区，还有几家小型书店——书店又和流行的音像、磁带、风铃、贺卡搅和在一起。总之，一切能卖钱而又不值钱（价格通常很便宜）的东西，那儿全有——而就在所有这些旋流般的地下商场旋涡的中心，在一家小书店，靠墙杂乱堆放的书架上，我一眼窥见一本一九八九年版，新疆人民出版社（现在不可能再买到这类版本的书了）出的书《西北民歌精粹》——就此一本，此外再没有其他！我连忙从人群中伸出手去，隔着几步路远的距离（手正好够得着）把它从书架上取下来——仿佛从摇摇欲坠的楼房墙壁上匆匆摘取一件亲人的纪念品：一个夹照片的旧式镜框，或某个青年时代珍贵的饰物——书脊已经发黄……所选歌的词曲均十分优美精当……我感到一本书待在它如此合适的命运里。一个古老民族的亲情和无言的宿命！是的，它不可能再有别的地方可去了，它只能待在世俗生活的最底层——待在它现在待的地方，再从那儿辗转到达我手中——而因为它是万古流芳的草原、沙漠地带的歌曲，所以被当代俗世的喧哗声响掩盖着，层层掩盖！这座城市里的人们的脚步声就像层层黄土一样落在这本书的封面和书页，落在它泛黄的书脊上——而在书到达我手中，书活过来的一瞬间，人群的生活刹那间化为了废墟——化为乌有……为了从这废墟的乌有中逃出来，我用一只手和焦灼的心——抓住它……

> 我与情人去幽会，
>
> 在那宁静的花园；
>
> 情人拴住了我的心，

用她那美丽的发辫。

——选自《西北民歌精粹·我与情人幽会》

维吾尔族民歌，张世荣译

十一

在俄国著名探险家谢苗诺夫所著《天山游记》里，我印象最深的一段是他描述他的第二次天山之行，在雄伟积雪的崇山峻岭里遇到一小支奇特的讲究"音乐与和平"的游牧部落。那是在一八五七年的六月间，谢苗诺夫的探险队装备有七十四匹骏马、十峰骆驼、各种武器和六位向导。他当年的目标是考察天山最高峰之一的汗腾格里。他们在天山山前地带沿一条名叫"萨尔特焦尔"的山路朝向布古族的一位"白骨头"贵族巴尔德桑的山村驰去——当时游牧民中贵族以"白骨头"和"黑骨头"相区分。那个山村就是以那名奇特贵族的姓名来命名——一位吉尔吉斯人中间的幻梦家。

巴尔德桑——这是他本人的姓名，也是他的村庄的名字——

"我们于下午四时抵达他所在的山村。他是喀喇吉尔吉斯人中间典型的爱奢侈享乐的人。他生性酷爱和平。首先是珍惜他自己生活的平静，因而他从不参与与布古人和萨雷巴吉什人的流血内讧，也从不参加绑架。他喜欢在天山深处萨雷巴吉什人袭击不到的地方游牧。他爱好艺术，尤其是酷爱音乐，在喀喇吉尔吉斯人中间是最好的冬不拉乐手；他喜欢听民间艺人和即兴作者的演唱，有时会整夜整夜地沉醉在这种古老的弹唱中。"（《天山游记》

中译本第 215 页）

——这段文字似乎向我们传达了来自积雪皑皑、莽莽丛林深处，根植于孤寂野蛮生活中的一小缕天国的福音。真所谓"此曲只应天上有，人间能得几回闻……"在古代游牧生活习见的异族争斗和流血内讧中间，冒死跋涉的俄国人及时向我们描述了一幅十分珍贵罕见、优美欢快的和平生活景象。我被这一场景中流露出的原始温情所深深地打动，仿佛听闻到了大雪纷飞的山峦背后，村落牧场间隐约传来的欢快悠亮的冬不拉、热瓦甫琴声。我记住了那名天山深处的酋长的名字：巴尔德桑。这是吉尔吉斯人中间高贵的名字，他在人迹罕至的冰雪世界里为自己开辟出来一个自得其乐的精神乐园，这里面有着真正的豁达与强悍。他是地球上最渺无人烟之处的苏格拉底；他是荒凉地带自觉的陶潜；是惯于在积雪中栖身、在游牧人中间孤身奋进的伟大的亨利·大卫·梭罗；也是高原上风雪肆虐的禅房中用琴弦来舂米的隐修的慧能。

游记中那一段的结尾，谢苗诺夫记载，"白骨头"巴尔德桑"向我表达了自己的愿望，希望我回俄国的时候，把他带上，费用全由他自己负担，因为他一定要去听听俄国的音乐"。

有趣的是，《天山游记》的作者跟陀思妥耶夫斯基不仅同时代，而且还是非常相熟的朋友。从前两人在彼得堡时，他们就认识了。而谢苗诺夫分别于一八五六、一八五七年两次所作的天山之行途中，陀思妥耶夫斯基也正好被沙皇流放到远东边境。世界文学史上一般人只知道大概的论述，说的是这位《罪与罚》的作者曾被流放到了西伯利亚——这也是俄国十二月党人革命史上"政治犯"遭流放时习见的地名，殊不知准确的说法应该是在西伯利亚这一地名的前面再加上一个"西"字——即俄国人版图上中蒙俄三国交界地的"西西伯利亚"，而且这一疆域是以天山为屏障，自北向南逐渐靠近了中国新疆的喀什至阿勒泰这一条边境线，中间有现在吉尔吉斯斯坦境内的美丽的伊塞克湖、伊犁草原和斋桑泊——陀思妥耶夫斯基流放期间居住的城市地名叫塞米帕拉金斯克，是位于俄国境内的远东重镇，也是谢苗诺夫两次天山之行位于后方的大本营。

费多尔·米哈伊洛维奇·陀思妥耶夫斯基一八四九年因参加当时的彼德拉舍夫斯基革命小组而被捕，判处四年苦役，流放到西西伯利亚，那一带事实上已远离了俄国本地，而进入了中亚。从塞米帕拉金斯克到新疆境内的阿勒泰，地图上看，等于是现在我们从克拉玛依附近到阿勒泰这么六七百公里，这清楚地表明了陀氏离当时的中国边境有多近，而他流放期间和当地人一样始终在关注中国的新疆—中亚—西域一带的各种活动。他熟谙中亚的民俗、文化和气候。他在那里一待就是八年，并且娶了当地的一名富有教养的姑娘做他的妻子——他终身的伴侣。十年之后当他获释回到彼得堡，他根据自己在流放地的生活写成著名的小说《死屋手记》。

《天山游记》中译本第四十九页开始记载探险家、中亚地理专家谢苗诺夫在额尔齐斯河畔偶遇这名当时潦倒不堪的伟大作家的经历。书中说："……这位朋友穿着一件士兵大衣，从那间

'死屋'里走了出来。我认为他是……在彼得堡的熟人中最好的一位。（陀氏）匆忙地把他从流放开始的全部生活经历对我讲了一遍——"当时，应该是在一八五六年的八月五日或六日。第二天在一个更接近中国的渡口，他们又相遇了，陀思妥耶夫斯基"诚恳地祝愿我成功……"

将近三个月后，在长途跋涉见到了伊塞克湖、伊犁河、阿拉套山脉，从楚河又冒险深入现在的喀什（喀喇吉尔吉斯），在那里远眺到美丽的天山山脉之后，谢苗诺夫赶在冬季降临之前返回西西伯利亚，并且"以后的日子全是和陀思妥耶夫斯基一起愉快地度过的"（《天山游记》中译本第 123 页）。

至此，游记中令人惊喜地出现一段对《罪与罚》作者在当地生活的观察纪录："……他已享受到了某种程度的自由，如果不是由于他和玛丽亚·德米特里耶芙娜·伊莎耶瓦的爱情关系，从而命运赐予他一线光明的话，他的处境仍然是凄凉的。他每天在伊莎耶瓦的家里和她的同伴之间为自己寻找避难所和最温暖的同情……"

"伊莎耶瓦，这位还很年轻的妇女（不到三十岁），她的丈夫是一位学识渊博，在塞米帕拉金斯克有着很好的职位的人……伊莎耶瓦自己是阿斯特拉罕人。她以优异的成绩毕业于……女子中学，所以，她在当地社交界的女士中是最有学识的一个。但是，陀思妥耶夫斯基对她的评价是，她是一位至高无上的'妇人'……就她的婚姻来说，她是不幸的。她的丈夫……是位不可救药的嗜酒成癖的人……当突然……出现了一位像陀思妥耶夫斯基这样有着高尚品质和委婉含蓄的感情的人，不难设想，他们该多么快地就彼此了解而成了朋友了。"

然后是谢苗诺夫秋天路过该城时，伊莎耶瓦丧偶……"陀思妥耶夫斯基仍然打算和她结婚。主要的障碍是他们俩的物质生活完全没有保障，他们都近似赤贫"。

一八五七年一月，谢苗诺夫着手他的第二次天山之行，两位旧熟识又在附近另一城市库兹涅茨克（托木斯克省）见面了。使我高兴的是陀思妥耶夫斯基的到来。伊莎耶瓦终于决定把自己的命运和他的命运永远连接在一起……（他们）准备在大斋节到来之前举行婚礼。（陀氏）在我这里住了约两个星期，为他的婚礼做了一些必要的准备，每天都有几个小时，我们是在趣谈和朗读他的《死屋手记》中度过的，那时，他的这部小说还没有写完……

"不难理解，我对《死屋手记》产生了多么强烈、多么激动人心的印象……在艰苦的斗争中，沉重的铁锤，既能打碎玻璃，也能锻炼宝剑。诚然，写这种题材的任何一个作家，从来都没有处于更有利的条件下……可以说'死屋里'的生活把天才的陀思妥耶夫斯基造就成了一位伟大的善于刻画心理的作家。"

谢苗诺夫继续把他的在大自然中观察皑皑高山的目光凝聚在他的作家朋友身上："但是，他的天赋才能发展的方式，对他来说是得之不易的。疾病永远在伴随他，看到他的癫痫病的发作，令人感到沉痛。当时他的这种病的发作，不仅是周期性的，甚至是十分经常的。他的物质生活条件极端困难。当他开始他的家庭生活时，必须承受各种各样的贫困。可以说，准备着随时为生存进行艰苦的斗争。"

就这样，俄国历史上最伟大的作家之一曾在中亚的草原和阳光下漂泊、流浪过。他在额尔齐斯河畔领略西域的风沙和四季流转，在斋桑湖畔沉思他那部震惊世界的伟大著作；他在吉尔吉斯、哈萨克、塔吉克人民中间生活过，历尽磨难而寻求生存的安慰——通过那本《天山游记》，我们看到了这一切。

在我关注的有限史料里，除了大名鼎鼎的《阅微草堂笔记》作者纪晓岚和林则徐等人物，历史上曾被朝廷革职流放去新疆的名人里，还有一名名字如雷贯耳的人物，《老残游记》的作者刘鹗。

刘鹗愤世嫉俗的一生充满了现代人难以真正去理喻的坎坷和传奇。

他生于长江（镇江人）边而治理黄河，一生热衷于创办各类社会实业而以一时兴起之笔墨撰写了一部名著《老残游记》，也就是说，以小说而行世，纯属心血来潮。他在一九○○年四十四岁时遇八国联军入侵北京城，当时的京城内饥馑遍地，遂带头发奋将沙俄军队准备放火焚烧的清宫太仓大米从仓库里全部买出，充作赈粮以救济远近的难民，结果受到恶人诬陷，最后落得个被清政府勒令流放新疆的惨苦结局。当时流放他的"罪名"，有"勾结外人，盗卖仓米"，又有"垄断矿利，贻祸晋沂"两项。一九○九年夏天的一日，他以凄凉的晚景客死于乌鲁木齐。"身后无所资，贫不能治丧。"前后在乌鲁木齐只生活了八个多月，度过了他天才、激愤而奢侈的一生的最后时光。

今天的乌鲁木齐，有多少人会知道《老残游记》的作者就客死在他们家门口？知道那本书的人很多，至于书的作者……也许最好是上帝本人——

刘鹗的一生，奔忙疾走于大江南北。而终老天山之麓，是晚清著名的太谷学派的入门子弟。这个几乎已被国人遗忘了的学派思想，竟极其酷似法国人圣西门倡导的"空想社会主义"，仔细读读，差不多是这一主义在中国的奇妙翻版，一种无意识的思想巧合？学派的首领周谷，在山东黄崖山一带乡间讲学，人称"黄崖先生"，非常有影响，后来被清政府指为叛匪，并一次性屠杀学生两千多人。其得意门生张积中临危不屈，率领众教徒从容自焚，此为同治年间震慑南北的"黄崖教案"。他们的思想理论，只是反对以儒学独尊的官僚统治和愚民八股政策，憧憬一种君师合一、教养兼施、生产资料公有化的新型社会，并且要求思想自由，主张弟子们"穷则独善其身，达则兼济天下"。所以刘鹗青年时代受这一思想的影响很深，以至于断然摒弃了传统的以科举考试掠取功名的老路，于是花数十年埋首书斋研究的，不再是八股典章，而是治河、天算、乐律、农艺、辞章、医学和古代精湛的兵法精髓，包括一些当时新兴的科学，使他的一生走上了和同时代传统的知识分子迥然相左的道路。

刘鹗的祖上，曾与南宋抗金名将岳飞并肩马上作战。父亲为李鸿章淮军中幕府文书官。刘鹗早年曾挂牌行医，也开办烟草店和"石昌书局"，均一败涂地。三十二岁那年以自告奋勇去治理黄河决口立了功，而在当年被保送进京城的总理事务衙门，并且积极筹划办理洋务，兴建各地的铁路，开采矿务，抛开了各种高官利禄，自任山西晋丰公司总经理，他的一生比起当时和后来风云一时的盛宣怀、张静江来，有过之而无不及。他和梁启超有交往，曾赠诗："寂寞江山何处是？停云流水两悠悠。"（刘鹗《春郊即日两首》其二）

刘鹗还是中国甲骨文的最早搜集者和研究学者，著有中国第一部研究甲骨文的著作《铁云藏龟》。他在流放新疆途中，行经甘肃，写诗《宿秤钩驿》以一吐心声：

> 乱峰丛杂一孤村，
> 地僻秋高易断魂。
> 流水浮浮咸且苦，
> 夕阳惨惨淡黄昏。
> ……

押解到了平凉，他坐下来，写信给江南友人："新疆米为天下之冠，鸡猪果蔬，无一不佳。人以其远，皆不肯去，其实名利之捷径也，去者无虑回者也。"说明他是抱着乐观的心情走近自己的流放地的——

"人以其远，皆不肯去。"——为什么早年来中亚旅行或探险的知识分子和学者，多为欧美人士，而内地汉人中的所谓优秀人士，竟把这样一块距离自己最近的中亚梦幻之地纷纷视为畏途？

非要等到学术思想或政治上犯了错误，被朝廷革职查办、勒令流放之后，才能在全无人身自由、被动而非常的境地下接近西域？——是什么使得他们在长城以内的生活区域里惺惺相惜、裹足不前呢？而刘鹗信中那句话，说明他已经敏锐感知到这方面的忧虑……

在天山脚下，回顾自己的一生，刘鹗坦然致信自己的儿子，对已逝的时光作出了自我判决：

"启程途中，南望雪岭，直西不绝，以达昆仑，真壮观也！京中古玩，凡可卖者悉卖之，不必存也。"

十二（尾声）

火车过哈密，空气变得稀薄而清新。车窗外一掠而过的群山宛如史前海洋的遗址边缘无边无际的沙包；曙色如马奶子葡萄上一层薄薄的粉霜，使人初醒来的眼睛瞧着觉得沁凉而甜。在车厢过道里，人们走来走去说话时的鼻音一夜之间有了轻微的变化——言谈的话音里掺杂进了这一片塞外的寒冷，变得更加温柔低婉，所有的人仿佛都在这一层北国的晨光中轻轻地耳语，对着灿烂日出的方向——那里是无边无际的沙漠、废弃长城的风沙地带——打着手势，仿佛在一层层斑驳地表上惊讶地辨认自己的故乡。坐在车厢左侧靠窗的座椅上面部表情恹恹的一位小姐，忽然换上一层明亮的眼神，她从自己那一身时髦长裙里得意扬扬地站起身来，对周围的乘客宣称："我是新疆人——"仿佛在某个奇异的、周围人没有察觉的瞬间里，她已加入了一队无形的舞蹈行列。车上的广播也开始不住地播放起新疆音乐。我禁不住做了个捂着耳朵的手势，被女友欢笑着用手拿开来。"干吗？你干吗？"——像拿开一只蜜汁四溢的甜瓜。是的，此时我最不需要的恰好是人为播放的音乐；此时我们的身体已愈来愈接近那首歌了——随着火车轮子的铿锵声，一首著名的歌曲已经成为我们的身体本身。我们的嘴唇已经尝到它微温的肌肤——女友和我，此刻的身份已经从普通旅客变成了旅行着的（一边跳跃）三两个音符……

——一度遥远的歌曲之美现在变得近在咫尺。

身体里的嘴唇翕动。禁不住（哼）欢唱《掀起你的盖头来》——

盖头下那张脸，那隐蔽着的草原、沙漠、雪岭冰川的绝色之美，大概正是我们快要到达、已经马上要看到的新疆，美丽的新疆——中亚的神秘东方的面孔，中国的脸，中国的五官——恰好是国家疆域的六分之一！

眼睛……

睫毛……

鼻子……

嘴巴……

耳朵……

夜色般迷人的笑窝，青青白桦树的腰身，天山溪流的笑语（露出洁白的小虎牙），茫茫沙漠辽阔的心事，雪莲似的心，新月的肌肤，伊犁草原的梦境……

空气里全是马头琴的声音，古代的班卓琴和都塔尔的声音；全是曾一度有过那样的歌舞的民族的余香（响），一个充满了男性阳刚之美而又绝对阴柔的歌曲声音——随着火车轮子的滚动，离我们愈来愈近了……我们能清晰地感觉到自己的身子在一步步挨近那首歌——我们来到的并非人、沙漠、胡杨林的地方，而是歌曲的国度，一个多民族音乐相融合的疆域。在这里，人生存不是简单地依靠肌腱体力，而是依靠嗓音——空气和嗓音。人像马匹一样只需在大地上轻轻地踮足——我所看到的一切都在舞蹈和旋转。在中亚的太阳底下，人在这块土地上的形状不是直立着的、行走的，而是像在马背上一样颠动起伏着的、沙漠的石海之中波浪式的、梦幻的：

> 掀起你的盖头来，
> 让我来看看你的眉，
> 你的眉毛细又长呀，
> 好像那树梢的弯月亮
> ……

2000 年秋天　一稿

2003 年 10 月　改毕

附录：

民族语地名含义

地名	语源	含义
塔克拉玛干（沙漠）	波斯	葡萄之乡
古尔班通古特（沙漠）	蒙古	三墩芨芨草
准噶尔（盆地）	蒙古	左翼
塔里木（盆地）	突厥	注入湖泊和沙漠的河水支流
赛里木（湖）	突厥	祝您平安
布伦托（海）	突厥	杂乱的灌木丛
哈纳斯（湖）	蒙古	悬崖峭壁
艾比（湖）	蒙古	绿色的迷宫
青格达（湖）	蒙古	黑水泉
艾丁（湖）	维吾尔	明月湖
博斯腾（湖）	维吾尔	四围之水
乌伦古（湖）	维吾尔	小树枝
博格达（峰）	蒙古	神山
托木尔（峰）	维吾尔	铁山
汗腾格里（峰）	蒙古	山峰之王
慕士塔格（峰）	柯尔克孜	冰山的父亲
库鲁塔格（山）	柯尔克孜	干旱之山
巴音布鲁克（草原）	哈萨克	富裕之泉

香格里拉心灵

你一击鼓，迸发一切音响并引来新的和谐。

你一迈步，新人奋起而阔步前进。

你一转首——新的爱情！你再回首——新的爱情！

"改变我们的命运，射穿一切灾祸，从时间下手。"孩子们歌唱你。"将我们财富和愿望的实体升到未有的高度。"人们求你允许。

你必将来临，也定行遍四方。

——阿尔图尔·兰波

马帮的声音有点像妈妈手里递过来的油灯，在距今如此遥远的童年时代，我们的眼睛在海拔四千多米的藏民居住的山区，领受到了一份远古的温馨。每个人的脸孔似乎都在黎明来临前的黑暗中被放大。大家低声交谈着，仔细听，像是睡意正酣时的一阵嘀咕。马头直直地伸过来，马脖子上的铃铛、马鞍、挽具以及每一匹马的主人的靴子，都在一片忙乱中丁零当啷。有点像附近山冈的松林中降落下来一场露水。当时的场面，我记得反复听的次数最多的一句话是："马来了。来了……"每个人都以各自不同的方式把它重复一遍。这是古代部落出发远征之前一场庄严的送别。雪山的序幕正在被徐徐拉开。我突然觉醒，意识到这是我一生中与之打交道的事物中年代最为悠久、最古老的一种。我的周围充满了影影绰绰比我的童年古老得多的生命影像：茶马古道，高山原居民，黎明深黑的寒冷，马鼻子里喷吐出来的热热的气息，山上的积雪，附近不远处正在醒来聆受旭日初升的毫无人类纪元印迹凶悍养母一样的冰川，以及牵马的妇女小孩嘴里发出的含混语音——藏语。

这一天的中古之旅就此开始。当我颤颤巍巍样子生硬地骑坐到马上，眼前的景物顿时为之一变。我总觉得，马匹前行时的声音和姿势里有一种对于人类文明的评判。我虔诚无比，意识到这种评判的威严和权威性。骑坐在马背上，每一分钟心里都在暗自羞愧，仿佛骑坐在无言地托举着你的神灵的一只手掌上。我是在神的掌心上移行。马儿摇晃着，周围的深山溪谷也跟着摇晃。

稻城这一带的藏民有一种别的藏区没有的黑色崇拜。例如，喜欢把自己家里的门窗边框的颜色涂成黑色。我们看见了黑色玛尼石。我们经过一些奇怪的场景：一些高低起伏的山坡，一两处规模不小的建筑工地，有点像内地县城郊区正在开工的场馆。随着晨光熹微，我们头顶的天空渐渐发亮，很多藏民变成了工地上忙碌的民工。古老的草甸边上堆放着大块相叠的石材、水泥预制件。一辆巨型推土机停在山上潺潺而下的溪流岸边。这些溪流都

是从冰川深处从山巅最高处流下来的雪水。除了这些溪流，没有
迹象表明我们正置身于青藏高原的西南端，正在接近传说中祥云
朵朵相萦绕的三座神山。

凌晨五点，马帮走到一个山口上。闻名已久的冲古寺出现在
大家眼前。约瑟夫·洛克当年（1928年）眺望冲古寺的地点，那
个正在反复被二十世纪书写着的经典场景，缓缓到达我们脚下。

飞鸟敛迹。在诗人兰波的《彩图集》（一译《彩绘集》）
中，或者说在兰波一生波谲云诡的生平中，曾经出现过"亚丁"
这个词。因为诗人在世的最后两年是在去往非洲贩运军火的途中
渡过的。除了埃塞俄比亚，诗人去过的另一个非洲小国即为亚
丁，也就是后来的也门民主人民共和国。有一张照片，他跟另外
五个人合影，时间是一八九〇年，地点为舍豪特曼。因为他，我
记住了"亚丁"这个地名。

有趣的是，二十世纪七十年代最权威的波德莱尔中文翻译
者，名字也叫"亚丁"。我读的第一本《巴黎的忧郁》，正是这位
给自己取名字叫"亚丁"的老先生的精湛汉语译本。而在青藏高
原上，它成了许许多多最美丽的大自然风光之一。亚丁，身处香
格里拉，一个普通藏民族的村庄，酷似人们耳畔传递着的两位诗
人间秘密的窃窃私语……

"是哪一双友善的手臂，是哪一个美妙时辰将我归于这个地
区，我的睡意和最细微的动作全都来自哪里?"（兰波诗句）

此时此刻，那名小个子奥地利人似乎跟我们站在一起。他从随同马帮而来的藏民口中听说了"香巴拉"这个美丽神圣的词汇，不禁嗫嚅着嘴唇反复练习它的藏语发音。周围的一切蔼然如故：古老的噶举派寺庙那绛红色石块垒就的外墙，雪山、冰川、草甸、山坡上长势峻峭的松林，以及群山之间仿佛村庄炊烟似的清晨的雾霭。寂静和薄雾笼罩之下的高原景物，比一切人类的石刻、绘画都少有变化。山峦的每一根线条都深深镌刻进了明净的蓝天深处。这是大地之上唯一可见的太虚影像，跟任何生命种族的起源一样悠久古老。我们听见风吹过山谷，吹过旷野上裸露的巨石，仿佛感受了自然界最原始的心智。这一部分人类的心智都是指弓箭、器乐、舞蹈、印刷术、火的应用发明之前的心智，它们袒露在青藏高原险峻的山地一隅，就像是昨天刚刚来临，刚刚发生过一样。我们的马帮向前一步，立即就能追赶上那些奇迹的脚步，那些不可思议的史前人类的足迹和身影。这奇迹的身影部分体现在这些随同马帮行进的藏民们身上，在他们异常沉静的黧黑面孔和像是跟山谷里的雾霭已然融为一体的动作模样上，在他们天生乐天派的表情以及强悍的高原原居民劳动者的体格里。他们的胃，他们的酥油茶，他们的歌声，他们的糌粑，他们的青稞。旅途中，我对藏民们的牙齿保留下了深刻印象。无论到哪里，他们中的大多数都有一口洁白健康的牙齿，在如此高海拔、稀薄空气的高原谷地生存下来，他们都有着结实的牙床。尤其中国曾经的西康省一带，世所皆知这里是康巴汉子们的领地。他们的相貌更像欧洲人、印第安人，或许是中国版图上的巴斯克人。

溪流声，马帮铃铛，马身上散发出的气味，雪山激动人心的耸立，跟洛克们当年现场所见一模一样。仿佛冲古寺的当家主持仍旧是那个名叫边登的僧人。僧人的年龄一成不变，永远在那个传奇般的山谷里谦卑地低下好客的身子。对外面的世界既满怀儿童般的好奇，又用一种圣人才有的高贵的克制来加以掩饰。

我骑跨上马背的一刹那感到悬挂在马腹两侧金属的马镫子令人畏惧。我的血液仿佛在遥远的往昔认出它们来。我这一生骑马的次数没超过十次，其中只有两次不在纯粹的旅游项目之列。一次是八年前在新疆，在中国和吉尔吉斯斯坦以及巴基斯坦边境线上。因为要去采访一个位于海拔五千零二十四米高山上的哨所，我骑马走了三十公里。剩下的这一次，正是今天。我们绕着神山转山一天，需走四十八公里，需要从黎明到傍晚整整一天。马的身体和骑马人的身体无法水乳交融而"人畜"两忘。更多时候，以我自己的体会，我会感觉到自己大腿骑跨之下那个往前跃动着的身体是一个比我更高级、更富于高贵品质的生命。仿佛这些马匹一半是动物，一半已经升华成了神灵。我怀着难以形容的敬畏心小心翼翼骑坐在马背上。不消说，在转山途中如果我的这匹坐骑突然发脾气，不耐烦了把我从它背上摔下来，即使摔上十次我也不会对它生气，或对马帮队列中其他的任何马匹发泄内心的怒火。我一定会骨折或被摔伤得心甘情愿。我对这些马在任何情况下都绝无怨言。骑马这件事对于从遥远的江南来的我而言，与其说是享受，不如说是一种折磨，但更像是一份难以消受，让人诚惶诚恐的太过尊贵的礼遇。我们老家那里几乎已经看不见马了。这几年连猪或者家养的鸡鸭也看不见了。到稻城香格里拉乡，让我骑马，有点像一名藏族土著民被邀请去上海南京，刚下火车就让他乘飞机。来自体内的激动和晕眩，要迟至一周以后才可能真正到达身体表层。第一天，人是机械和麻木的。坐上马背之后右手紧扣住身后的马鞍，真是看什么都感慨万千。通过马身上这些原始的挽具，我的灵魂迟疑痛苦着，似乎有着一次模糊的再生，看到山区来的这一群马，就像看到了我自己活着的祖先！

每当旭日东升，这些藏民们是地球上最早一批被太阳光照耀的人类的面孔。他们已经绕着神山，口唱著名的六字真言，额头触地；他们已经开始砌房造屋；开始徒步牵马走在长路漫漫的马帮的队列里；开始把一群上百头的牦牛赶到几十公里外牧草肥沃的草甸子上。他们砌房造屋用的还是最原始的工艺和材料。材料无非是漫山遍野的岩石。每一块大小不等的石块都是村子里的女人和孩子们用背上绳索背的竹箩筐去附近山坡或山谷驮运上来。我在阿西乡里看见一个藏民家砌房子。在现场有一名藏族妇女的工作引起了我的注意：她工作的范围和职责可以说独一无二——别的小工或者被分工去山下负责搬运，她则负责在石块装卸的现场清理和筛选石块的均匀大小。她蹲伏在地上时背上同样背负着一只大箩筐，所不同的是，在空地上堆放的石块堆场上她上下不停地爬动，不时地从石堆中拣出一块可能跟工程进程相关的、适用的石块，头也不回往自己肩膀后面的箩筐里一扔，直至箩筐装满一大半，分量已十分沉重，压得她直不起腰来。我一直在旁边注意地看这一幕。有一次，我清晰地听见当这位妇女用手撑着膝盖试图直起身子时，她背负的箩筐仿佛要被石块挤破压垮时的"吱嘎"声响。她努力而艰难地把下巴朝上抬，起身向前走时一定是连头皮的力气也用上了。

通往村庄的小路上布满了泥泞。这些普通的劳动者们个个都是唱歌和谈天说地的好手，在他们被高原日光特有的紫外线强度灼伤的脸膛上，总是无时不在绽放出灿烂的笑容。他们毫无保留地放声大笑，样子单纯而又自信，无论静默休息还是走路，都透出一种高原特有的强悍生命力。在藏民们的生活中，粗野或粗犷或许就是优雅和极致了。生命力，自然总是第一位的。这些藏民中的康巴汉子，以及他们的女人和孩子们，健康在每一个人的身体和表情里都已暴露无遗；另一方面，健康又是内敛的，在他们每一个人身上，被小心翼翼地看护着。

我在村民们砌房子现场看到的那一群劳动者，充分证明了我对于康区百姓的理解。那一天参与砌房子的工人中间成分最多的是中年妇女和年幼的少男少女。主要的几个爬在围墙上砌筑石块的工人是三名十五六岁的少年，其余则是装运泥土、砂石的少女。几名说说笑笑的少女中间有一名陪伴她们、负责监督的中年妇女，比起样子轻盈的少女们，这名中年妇女显得木讷和寡言多了。所有现场的劳动者全部一概穿解放鞋，而女人们，包括年幼的少女，全部头戴女兵样式的解放军军帽。不知为什么，女式军帽在藏区很流行。据我看，戴这种军帽的确实用，遮风挡雨的。

至于它们的服饰效果……既庄严，又滑稽。不过，漂亮的少女戴什么都好看。海伦在这里的话，也一定会入乡随俗，戴一顶这样的帽子的。

如此艰苦的劳动强度，伴以如此优雅（粗犷）幽默的谈天说地，而且还不是藏民中间主要的劳动力；那些在藏族民居特有的木梯级和逐渐增高的墙垣上上下下的妇女和小工们，那天上午给我留下了深刻的印象。

有一位长相俏丽、身子瘦弱的少女，跟别人一样用肩膀背后的竹箩筐装运泥沙、石块。她停下来看人时那双大而忧郁的眼睛，那眼神深处动人的聪颖……这名女孩不仅像别人一样戴一顶女式军帽，甚至身上也穿了身已经磨白弄皱了的军装，使她看上去有那么一点像英俊的小伙子。但若仔细留意，她身上焕发出的美丽，几乎全部来自女性……长长的眼睫毛，根本不说话但富于柔情的手势和走路姿态，那明亮的眼神背后如一泓秋水般的忧伤。高原的忧伤仿佛在其中停驻……用汉族人的眼光看，她是一个溜肩膀，看上去有点弱不禁风，像经文学作品渲染过的在树林中葬花的"林黛玉"，个子高挑，一脸的病容。她笑的时候，她的眼睛仿佛还在想别的东西。这些孩子的父辈们全不在现场。而这位女孩的气质里有一份孤零零的对于远方事物的留意和关注，可是我也看到过她把背篓里的砂浆背到墙垣顶上时在尚未成形的房梁缝隙里往下冲着我们顽皮地笑，同她一起笑的她的那个小伙伴比她粗野得多了。不知为什么，看见她在清晨房顶上灿烂的笑容，我却比先前更加伤心了。

在石块砌起来的围墙之外，房前空地上，那名负责筛选大小石块的妇女仍旧在头也不回地往背上的背篓里扔进挑拣好的石块，仿佛在当众表演一项古老的杂要。我们都为她担心，害怕其中的一块石头通过她头顶时不慎砸到她自己腰部或腿上，显而易见，这样的意外从未发生过。每一次当她把满意的石块扔过自己的头顶，石块总能乖乖地落进这名妇女肩负的背篓里。

这样一群妇女小孩就能亲手参与一幢新的藏族民居的砌造，可见藏族民居式样的古老和简单。事实上，我们每次路过藏民们的村庄和小镇，都为散落在高原各处的民居风格的雄伟巍峨啧啧称奇，我们从未设想过它们可能出自村上的妇女和小孩之手，那些内倾式的石头外墙，被当地的泥浆和涂料涂砌成了一种庄严的绛红色，门窗的边缘是黑色，有时是黄色和米黄色，色块显露得非常耀眼而大方，有一半中世纪古城堡的韵味。每家每户都有一个阔大的前院，院子用于养鸡养猪。猪在稻城县城的街头也随处可见，到处自由地放养，根本没有什么猪圈。高原上野猪很多，但更多的是半野生半驯养的"藏猪"。这里的猪都是浑身上下长黑毛，漆黑一团，据说它们全是由一种花猪跟本地藏猪还有野猪杂交而来，而身上有条条花纹的叫"藏香猪"。有时我们乘车在路上走了半天，在渺无人迹的公路上，会突然窜出来一大群大大小小的猪，有时统共有七只，其中五只是小猪，带领它们的是小猪们的父母，一公一母两只大肥猪，它们在高原的阳光下哼哼唧唧，见来人了毫无惧色，在哼哼一阵之后由老母猪带头，向着公路的另一端傲岸而去。或许，这一段公路距最近的村庄起码也要有六七十公里，有人说这可能是一群野猪，立即又被另一个当地人驳倒。在以后的途中，我们也时常能够碰上类似的一群令人困惑的黑色猪的远征。母猪气咻咻地走在一群小猪们中间，全然无视过路车辆的疾速的存在。

亚丁——香格里拉村。约瑟夫·洛克当年途经并居住过的村子，来了一辆大卡车。那天傍晚，我们走进这个午后寂静的村落时有一种错觉，仿佛通过某处的时空隧道，来到了公元六世纪的中亚乡村，或者十五世纪欧洲的山村。那辆超重卡车轰隆隆驶进村子里的土路时，不仅村上零零落落几个在家门口晒太阳看热闹的村民们全好奇地围拢过来，连我们这几个外来客也感到了惊异。我们至少也有十来天远离了人类文明的喧嚣，没有看到如此体积庞大的车辆了。幸亏它在村口只停留了一刻钟，又艰难地掉头开走了。这辆重型卡车的来和去都叫人颇感蹊跷。好在天很快下起雨来，大家都找地方躲雨。有人固执地不肯避雨，结果雨立即变成一场短暂的暴雨。高原的雨总是如同阵风一样时大时小。众人在雨中分散开来，找年纪大的村民去说话和采访。这样的采访往往需要至少两个翻译：把藏语译成当地方言和土话，再把当地土话翻译成普通话。其结果是平静有趣的谈话演变成了一场长时间的数人参与的争吵。

"下雨——快点走快点走……"无事可干的藏民好心地缩在自家门洞里对我们吆喝。时至今日，我竟已回想不起他们的声音，用的是藏族语还是不太熟练的汉语。

村庄，泥土和石块在建筑物外墙大量的运用使得整座村庄跟周围的山谷浑然一体。远远看去，是一小方有炊烟、牛哞声的土黄色。我们在村口看到几块手写的用来招徕游客的广告牌，其中一块木牌子上标有：

亚丁村——亚拉山庄
YALA　HOTEL
标间（独卫）　氧吧　浴室

这些文字，包括上面的英文字母，与其说是书写上去的，不如说是绘制上去的。

这座非常土气几乎可以说其貌不扬的藏族村庄在西方世界里竟然博有那么大的名声，不能不归结于一个人的勇气和远征以及一本杂志。这个人当然是一九二八年时的约瑟夫·洛克。而这本为地球秘境和人类居住地的风光建功立业的著名杂志正是至今仍为地球上的旅游和摄影爱好者们津津乐道的《美国国家地理》。

我们一步跨入了该杂志有关青藏高原圣山雪域风景揭秘的铜版纸的专页。

我们在这个小村庄待的这个下午，每一秒钟都极其昂贵。难怪我在那天傍晚浑身上下都有一种昂贵而不安的感觉。这种感觉极不适宜旅行者在途中品味周围的风土人情。如果让一名普通游客居住五星级酒店的总统套房，他很可能一整个晚上忐忑不安，原因是他经常会不自觉地计算每一分钟可能付出的房费。费用当然是由邀请他入住的朋友付出，可是他仍旧会感到压力和焦虑。他所在境况的反差实在太大了！

妒忌，不信任，自我怀疑，莫名的兴奋。再加上我们采访接近尾声时，在东北方向也就是朝向神山所在位置的村落上空突然升腾出一道彩虹，使得那个下午像一张装帧美丽的明信片一般铭刻在我脑海深处。雨过天晴的高原，彩虹下面居然有几块开花的油菜地。村口土路边的木栅栏跟圆木垒就的柴堆上，人们纷纷站上去跟这七彩的风景合影。我自己，至少有二十年没有看到彩虹了……

彩虹深处，美丽的神山披挂着终年不化的积雪，在远方熠熠生辉。站在这里，洛克曾经向全世界宣布：这里正是世世代代的藏民们虔诚追寻的灵魂秘境"香巴拉"，而脚下这个小村庄，应该是远远眺望这个地球上的终极秘境的最佳位置。他的文章发表六年之后，英国作家詹姆斯·希尔顿就根据洛克亲临现场的生动描述，把藏语"香巴拉"转换成了更富文学色彩的英文的"香格里拉"——

家园和传说，融为一体。

真实与虚幻，水乳交融。

空空而残破的墙垣后面，似乎约瑟夫·洛克一帮人还在村子里居留。马帮的马队散开，暂时在某处阴暗的马厩里吃草，休息。而随身携带有木里王写给当地土著王的亲笔信的美国人（原奥地利籍）洛克先生正受到此地头领的款待。神秘而热情的宴席仍在继续中。向导们正在做紧张的翻译。除了村子后面的国家珍稀树种——冲天柏又长高了许多之外，风景一成不变，所有向往到达的神山、森林、湖泊、寺庙的公里数仍旧是那么些数字。甚至马帮携带的干粮也大致与当年相似。建筑与道路，村子的出口，耕地面积……地球上在最近的八十年里罕有变化的地区委实不多了。这正是洛克先生的幸运之处。我们那天闻到的傍晚村子里的空气，一定跟洛克一行当年闻见的相似。

我们脚下的泥土，正是诞生了"香格里拉"传奇的摇篮。而雨后那道彩虹，至今仍在吉祥和喜悦中额手称庆，如同献给远方来的客人的洁白的哈达……

有一天我们去的两座寺庙，我全不知道名字。

第一座去时较为容易。庙的周围有筑在山沟里的转经的走廊，大殿廊柱（近十米高的整木镂空龙抱柱）上挂有一匝年代久远的土黄色棉布，上有一比普通常人大四五倍的脚掌印，庙里的喇嘛用虔诚的语气告诉我们："这是佛祖的脚印的拓本，是镇寺之宝。"

第二座整个修筑在地势陡峭的山坡上，我们的车辆在完全没有路的草坡上颠簸了有半小时，终于进入一个类似藏民的村落。这个村落在底下的公路上用肉眼是看不见的，实则就是那座寺庙的一个前站。车子再转几个弯，我们就来到这座与世隔绝的孤零零的藏传佛教建筑面前，眼前的一切全是用最古老的手法呈现出来，这样的人类建筑跟周围大地的关系如同叔侄两人，而后者，完全臣服在他的寄生状况里。寺庙的墙体坚固，浑厚，因为所取石块的纹路颜色而显示出来一种非常高尚的色彩斑斓，安静，既野蛮又祥和，因为那全是几个世纪之前的石块建筑。我们进去时寺庙安静得仿佛主人暂时不在家的农家院落，最后，只出来一个喇嘛，快快不乐。在公路和这座跟山体融汇一体的寺庙建筑之间，外地来的民工正在露天搭出简易的帐篷，打算修路。你能感觉出来寺庙当家人并不欢迎这个想法，但又无可奈何。陪同我们的是当地佛协副主席，一名很绅士的小伙子。他本来想陪着大家看这地方特有的一种野生动物藏马鸡，结果年纪大的喇嘛告诉他，早上民工在山底下放炸药炸路，把这些珍贵的禽类吓跑了，今天我们看不见了。因此，在第二座寺庙里我们几乎没看到什么人。这是我曾经到达的寺庙里最冷清，也可以说特别难忘的一座了。我们在闷闷不乐下山的途中见到了一只藏马鸡，慢慢地在开了花的草坡上蹦跳，不一会儿，车子又重新发动，驶往山下的公路。

俄初山。我从未听过比这更好听的山的名字。一路上我都在打听有关这座山的故事，它是稻城境内向着东南方向逶迤的一系列海拔四千多米的山脉的总称。几乎没有一座特指的山峰。正如一名陌生好奇的听众，听到一段特别优美的乐曲，而并不知道它其实是一整部交响乐中的一小段华彩。它是峰峦起伏的稻城境内数不清的群山之间短暂的插曲。我被这一小段奇异的音乐所深深地打动。不知为什么，那些途经的山的形状总使我联想起我特别钟爱的一名画家的名字——库因茨，一名苏联风景画家。这些山峰已经跟云南丽江境内的怒江山脉相毗连。千百年来，人们从云南到四川，总要翻越这些沟壑纵横的山脉。从稻城县城的位置向东去往亚丁香格里拉乡，也总要经过一场音乐会序曲样式的俄初山。据说这一带的秋色远近闻名，我们所在的季节则是一年中的初夏。整个俄初山都没有寺庙，并且只有唯一的一个自然村落，叫"红同村"，藏语意思就是"闪闪发光的山峰"。山峰凉凉的影子宛似大自然乐园中的累累硕果。而美丽的青藏高原也好比被这些硕果生长中的液汁挤满压弯了的枝头。车辆有时在平坦的山道上急拐弯，遇见急流迸溅的峡谷河流。它们或者是最终流往著名的三江口，汇入长江的崇山峻岭中许多奔腾的高原溪流中的一支，或者是稻城境内美丽的东义河的余响。水跟山一样险峻激越，也一样陡峭。除了海子山里面那些神秘的湖泊，我们从未在稻城境内遇见过平静的水面。在这些人迹罕至的深山里，有着多少不为人知的乡间斑斓的故事？多少不知名的藏民赶着羊群在高山草甸上传唱《格萨尔王》的声音？山峰好似音乐会现场听众们忠实的耳朵。你从它们的脸上可以知道乐队演出的精湛以及震撼力。自然的表情渐渐跟那些居住在那里获得了生存技能的藏民们的表情融为一体了。

多年以后当我回到家中，夜晚在这些山峰美丽的影子下面睡眠，我会突然梦见其中的一座峰峦，然后它的形象又被其他更多的高原影像替代。美丽和美丽之间模糊了界限、日期、具体途径的经过。一匹马和另一匹马的形象相混淆。我会最终分辨不清自己身在何处。我会突然像一名高烧病人般念叨起其中一座神山的名字，仿佛它是我终生铭记的一名初恋情人。我们之间只有过痛苦而短暂的一见。那一次相见的场面几乎跟尘世无关。我们仿佛携手在去往天堂的途中。不可思议的美跟同样不可思议的少男少女间的负气相等同。这些山峰多么像高烧病人身上凉爽的床单。黑夜终于被窗外银白的月光驱赶净尽。记忆裸露在一片月光中，我又奇迹般回复了当年在那些崎岖山道上的跟随马帮在黑暗中摸索前行的惊人体力。远方，一座名叫"仙乃日"的神山照耀着我。我已经穿越了山峰延绵起伏的俄初山，到达了杜鹃谷，然后又穿越了更加险峻奇诡的卡斯地狱谷。人们说"爱一个人带他到亚丁去，恨一个人带他到亚丁去！"爱恨原是如此相似的一对孪生姐妹。当地球上最好看的山峰，集中排列在中国青藏高原的东南隅，当横断山脉著名的腹心地带，骤然间显现在我们眼前，我们明白，这一带阴森晦暗的地貌，实际上是把地球内部的很多特征集中暴露出来了。我们甚至在海拔四千七百米的高原上，遇见了宛如山城重庆郊外特有的那种宽阔湍急的河滩。

群山最终如同一床峡谷底部的潺潺溪流，流经旅行者赤裸着的饥渴难忍的身体。在稻城，你会看见各式各样的河床水流。你会见识到一千种水的变体，如同柴可夫斯基著名的乐曲《如歌的行板》的一千种不同的变奏跟演奏样板。从县城出发，到下面的一个乡吉嘎乡。东义河水流，也即两岸沿途的地理海拔的落差是两千一百米。这些地理落差，也完全等同于音乐会现场那名男高音，或花腔女高音优美高亢的嗓音所能轻易跃向的音域高度。他或她，以一种令人眼花缭乱的方式随意掌控着我们听觉的深浅度。车窗外面，山峰以一种灵魂出窍的方式一次又一次从缭绕其间的云雾深处显现出来，每一次都跟上一次不同，都跟前一秒钟不同。而眼睛，或者说人类视觉的捕捉被证明是无奈而徒劳的。除非人们投身或匍匐其间，跟那些寺庙的喇嘛一样，献身于这些终年积雪的寂静的峰谷，直到山峰在你光袒的脊背上书写下你的名字。

美丽的桑堆河。河谷一带的风景被延绵群山和稻城周边特有的高山草甸所覆盖，如同一幅名画被随意堆放在不起眼的库房里，跟其他许许多多不同年代的大小尺寸的绘画作品排列在一起。我们乘车几次穿越桑堆河谷，可说实在的，我们连这幅名画的木质边框也没摸到。不过，已经在无意中领略到它绝世的风光。河谷自东向西逶迤在稻城西南方向二十公里处，一直延伸出去数百公里。再往前就是著名的乡城理塘。放眼望去，皆为海拔四千多米宛如波浪形状的高山草甸。草甸深处布满了各种野生动物，有数不清的河滩和开花的草场。花的品种也很多，但却全像星星草和马兰花一样长不大个子。最大的花蕊也不过如同内地公园的蝴蝶花一样，因为这里的植物生长在地球的高寒地带。每天清晨，阳光的能见度清晰得仿佛一串串的水晶珠链，草甸子上每一株草叶都在太阳下闪闪发光，而一望无垠的神奇的青藏高原就这样晶莹剔透矗立在我们眼前，仿佛蓝天底下风吹过的一阵歌声。渐渐地远方的山坡上可以看得见黄教的寺庙。寺庙建筑的意图谦卑地匍匐在生长有冲天柏或者青杨林的山峦的皱褶里，尽量

要把宗嘎巴大师的对苦难人世的发愿超度做得不为人知。著名的
北宋年间修缮的寺庙，恍若山坡上悬挂下来的一个音符，而底下
密布着云彩一样的湍急河滩。在辽阔的高原上，那些河滩也似乎
能跟着云彩四处飘移，在一年或昼夜一天里变幻出不同的方位和
形状。桑堆河最终的流向，也许是汇入县城周边的稻坝河，也许
变成东义河的一段支流。清澈的水流有时在布满细沙和卵石的浅
浅的河谷潺潺流经。河两岸也长满了一排排宛如早春天气里的青
杨林，河水湍急，树林上空风"飒飒"吹送，给人的错觉仿佛水
流的去向最终是这些高原上的树木挺拔的躯干。桑堆河水在树身
和树枝，在每一片迎风招展的树叶间流响，河水聪颖，循着树根
和树的叶脉一直流往大地深处。在这样万籁俱寂的高原上，你会
分辨不清你听见的是风声还是水流声，莫非，是你自己体内血液
的汩汩流响？一切死去的无生命的物象都停留下来，停留在了昨
夜；而一切有生命活着的呼吸都跟随这水流、这桑堆河谷、这高
原上的夏天向前奔涌。当你静静地领略，这一方水域，有如下数
种水的动作：

喧腾，欢呼，迎送，低回。

笑谑，顽皮，裹挟，缱绻……

正如山的名字叫俄初山。桑堆河也是我在稻城境内听到的一
个美丽的名字。如果说俄初山这个名字有一种太虚幻境式的韵
味，那么，桑堆河就含有典型的藏民生活的表征。这河谷名字听
起来如此亲切，几乎从音节中分泌出来一种紫色或藏地特有的深
蓝色。正如蜜蜂家族中的工蜂可以采蜜，文字，有时候也具备类

似酿制或摘采似的秘密的功能。好的名字（地名、人名、书名、鸟兽虫鱼名、花草树木名……）宛如建构在绝壁上的一只大的蜂巢。桑堆河谷，以后一定也会吸引世界各地的游客的眼球。尽管他们历尽千辛万苦，来到这河边上时似乎什么也没看见。因为河流并非某处覆灭了的朝代或王国遗址，我们人类不能为一条河流矗立纪念碑。尽管如此，河流的精神还是远远高于我们人类的精神之上；水本身就是看不见的、无从揣摸的神灵。我相信，诸神的面孔藏匿在水中，在这些清澈的浪花涟漪深处……更何况在青藏高原这样一方神奇的天地。放眼望去，我们双脚踏上的是一块块诸神的领地。神的意图蕴含在这空气、这水中、这高寒的风土、这群山蜿蜒的走向里。

看一看桑堆河边的风马旗、玛尼石堆罢！

河水途经时怎样被高原的风涂上了七彩的颜色！

在桑堆河边，我们面对空旷，我们面对千古的人类的辛劳和坚毅。同样，在当地有名的风景区红树林，我们也没有看见色彩斑斓的秋色。尽管在图片上，在相关旅游的精美册页，我们记住了这风景名称。可是，应该在十月金秋时到来。我们来的季节不对。我们只隔着河滩，看见一片普通的也许别处会生成得更加茂密的树林。眼前的树林并没有传说中的晚霞形状，它们只是高原上数不清的树林里面很小的一片，但是听介绍，就是这样普通的树木，在每年秋天，在十月向十一月过渡的季节里，树林会被一片红光所笼罩；或者说，树身会发红……

白白的云影停在河中心。

天净沙。

车有时会停下来，对面是一座光秃秃的山坡。不过是上千万
仞山坡中偶尔显现在我们眼前的一座。在青藏高原奥妙无穷的群
山的分布图中，很显然是其中渺小而无名的一座。但是现在它静
静地伫立在我们眼前，也许是在千百年来的时空中首次如此近距
离地聆受人类目光的打量和审视。它静静的一动不动。看得出山
巅上有树林，有雾。高原上一年四季不变的云雾在灰绿色的坡地
上轻轻移动。这座山比牛的眼睛更少移动，也比后者更少显露出
尘世的表情。山的颜色此时在云影的作用下添出一层淡淡的珠灰
色……仿佛一头即将下田耕地的老牛，在最后一刻，牛的主人又
放弃了举鞭吆喝的愿望。群山和我在相互打量，揣摸起了各自的
心思念头。我在想究竟曾有多少人类止步在它魁伟的身影底下，
而它或者在想：对面的有两只脚的怪物到底是什么爬行类虫豸？
山的形状，仿佛一颗鼓突出的没有声音的心脏，被握在高原手
中，结实，有着辛劳一生的藏族男人剽悍坚毅的表情，经得起任
何生命或者生灵的智慧的考量，更耐得住自然界风霜雨露的肆
虐。随便瞥上一眼，你就知道这座山的神气是除了野生动物的足
迹之外从未有过任何人类足迹可能登临其上的。它像一个深山打
柴人一辈子只认得山里的柴草。它不辨音律，不屑于深山以外的
任何命运的诱惑。它所知与万物间沟通交流的文字全是夜幕降临
之后头顶的星星，每一颗斗大的星星全都是不出声的文字，像它
（他）一样默不作声，而又清晰明了万物的无常。这一刻对面这

座山的悄无声息传递给了我多少无名的讯息啊，这是生和死之间从未间断的音讯！作为大自然中间永远流动的永恒之美，它们实际上远远超越在生死之上。一个人可以在其中的一个念头上随意停下来，作诗意的暂停，了断自身："收拾乾坤归眼底，一肩担却古今愁。"（释巨赞诗句）……正如中国古时的古琴音乐，常常作了断状。停止。声音突然被截断。突然没了。庭院荒凉，生命中空。琴的声音也就是万物的声音。万物萧瑟。正如这高原上的山头一样，有一种深思着的、人类肉眼几乎难以察觉的萧瑟或繁华。因为是萧瑟转眼成的繁华。肉体的景象也如同被光线照亮般瞬间成了具体的虚空。每一座山都是一份课业，一册比老子的《道德经》内容深邃遥远得多的古籍。它是藏族史诗《格萨尔王传》中的片断。《格萨尔王传》也在向前奔突前行，也在一切迅逝和新生中，从未间断，从未结束。一种群山逶迤般无边无际的篇章。而我的心灵在瞬间被这座高山打开。好在它并非空无一物或无敌之阵，箭矢不可能在一刹那命中抽象的靶心。我尚可以沉默地应答山风吹来的话语。一切人类的修辞其实不过是自然界修辞的开始，也许只是它的前言或序的一部分——是开头的一行……我们看见许许多多这样的山峦。早晨醒来，对面视野里是群山；晚上天黑之后，那些山形仍在那里，错落有致。本地藏民的习俗是，只要有村庄的地方，村民们就把靠村子最近的一座山尊崇为神山。因此稻城境内有许许多多不同姓名和方位的神山。如果尊奉为神山，那么，村民每个人至少一年要转山一回，也就是绕着山体朝圣一次。每一年村民们也会自觉约定四季时辰里的一天，作为神山的节日、转山朝圣的节日。他们会在家里烧香，用食物供奉，或者虔诚地带上香火上山去进贡。村民们的生老病死，婴儿出生、老人离世、婚礼或生日，也都跟山上的雷电雨雪相关。而远在香格里拉乡的夏诺多吉山峰、仙乃日山峰以及央迈勇山峰都是更高层面上的三座神山。除了侍奉好村子门前的神山之外，他们还要全家扶老携幼，去朝圣远方的观音、文殊、金刚的化身。那就不再是一年半载的概念，而是一生乃至几辈子的宗教观念了，是至少包含了村民心目中的前世、此生、来世的生命理念了。按照远近不同的路途，稻城境内距离三座神山最远的藏民，要转一次神山，可能会花费掉一年的工夫。在香格里拉乡，我们遇见过一位七十多岁的老人，他回忆一辈子徒步转山的路程，全部加起来已经有五万里，相当于独自一人，徒步走了两次举世闻名的红军长征。

然而，一座山能够回答我们多少公里数才能算是普通凡人的虔诚指数吗？人要走上多少遥远险峻的路途，才可能跟自然界中一座高山的内涵相称？什么样的旅行者，才能算是走到了一座山、一条河流、一片高山草甸的跟前？

无法回答。但若要勉力作答，相信这些在普遍海拔高度在三千米以上生存及劳作的藏族百姓，比世上任何民族种类的人们，有更多的阅历和发言资格。

地球上哪一个民族种类的人的眼睛，见过的高原群山最多？

——藏族。

这些高山绝域沁人心脾的风光，难道没有渗透进他们在日常生活中豪迈的性格和思想深处？

回答是一匹烈马，一柱藏香，一碗青稞酒，一片无人的草场。

空气稀薄。稻城境内，平均一年十二月，有七个月大雪封山，不与外界通车。

人若是跟风景气息相通，或者说气血相通了，人才是在最健康的文明的意义上，拥有了自我。

——那个悲伤而陌生的自我。

车停下。我们停车的地方似乎不在人类时空的坐标系上。我们隶属于其他更加藐古而奥秘的群山的谱系。我们是曾经古老的一支，携带着奇怪的令眼前这些峰峦或风景难以消受的文明。

汽车。这是一种极端自我的文明。

有趣的是，我们用的是日本车型。驾驶员是一名有十几年驾龄的康巴汉子，名字叫铁初。这个名字比那辆昂贵的日本车的名字好听得多。专用于高原跋涉的这一款越野车的内部，在驾驶席上方，装备有专门标测所在地海拔的仪器，我们识别这种仪器的地方只是一小方荧光屏，屏幕会随时显露精确的阿拉伯数字。整整三天，这个数字停留在"4000"的字样上，一直不动，不跳，不变。每个人都感觉奇怪，唯独藏族司机铁初开怀大笑，跟我们解释：四千米是日本人心目中的海拔极限，他们制作这款仪器只设制到这个高度；他们普遍认为海拔四千米以上不可能再有活人，或者说，不再适宜于人类生存和活动了……

也就是说，至少日本人眼睛里的文明谱系，我们早已经远远逃逸——

　　这一次，傍晚时分我们又回到了桑堆河谷。我们在一片无名
高地上停下来，或者称之为无名河谷。我们左前方，视野所极处
是有名的黄教寺庙著杰寺的一小片绛红色建筑影子。我们的正前
方，公路偏左，是一排藏族村庄的巍峨民居。民居外墙全部是由
藏红色石块垒就。上方开出来一排很小的窗户，接近于塔楼形
状，有点像欧洲的古城堡剔除了其余部分而只剩余下孤零零的塔
楼的那一幢。住宿在里面的房子主人可以从房子朝向的东南西北
四个不同方位向外眺望，外形十分庄严凝重。桑堆河在这附近形
成一大段宽阔而湍急的河床。我平常居住在长江——扬子江边，
习惯了江水的流向流速——水往东流。但在稻城境内，你会遇见
各种流向不同形态的河流。至少在那天傍晚，桑堆河水是往西
流……在前几天的旅程中，我曾经观察到著名的大渡河、青衣
江、雅江，全往东流，流向跟长江相近或大致相近。即便稻城境
内最大的河流东义河，流向也是向东，从海拔更高的高原一路向
东跌落向海拔更低的东义乡。在稻城境内，水流的落差也有接近
三千米。你仔细听，有时高原的寂静深处会隐约传来隆隆的水
声。单独开来观察香格里拉乡附近的水系，你会觉得它们多么酷
似一条从天而降的大瀑布。这么多的水流荟萃集中在如此狭小的
一块地理空间，简直是地理上的一个奇观。这道流经青藏高原的
巨大瀑布水量惊人地充沛，瀑布的下端就是举世闻名的长江。我
到稻城来，等于是从长江下游的平原乡村一路攀缘爬行，循着大

瀑布的轨迹爬到了高耸入云的悬崖顶端。在这里，形成瀑布的那些河床暂时还是平缓的，却蕴含有无处不在的危险落差。水流在巨大的峡谷带左冲右突，时而奔腾迂回，时而泻玉迸珠，途经俄初山、亚丁、东义乡一路向东，朝着传说中的三江口（云南境内?）位置日夜不停地一泻千里，这是一种什么样的水文景观？在稻城，我在一周之内把一生可能见识的河道水景全部见识到了。不仅如此，我看见的还是平生所知最为清澈的水流（至少在淡水世界里，海水不算）。水流呈现出各种各样的水蓝、淡白、乳白、蛋青、湖蓝色。随着水流颜色的变幻，水的流速也忽缓忽急，任何时候都一往无前。有如抽开的门闩，苍鹰的翅膀，下山的虎豹，千年的古蟒，离站的火车，机场停机坪的阳光，湿漉漉的假日少女的脸，皑皑积雪的山峰，劈削的竹篾，渔民的斗笠。大块的雪崩，童年夏日的穿堂风，虫蛀的孔，蚊子的嗡嗡声，亲人的遗像，码头上成筐成筐的鲜带鱼、乌贼鱼。每一处有水的地方都有着无法过渡的急流隐滩。每处隐滩深处都出现罕有人类足迹的延绵的群山，峰回路转的水流一路下冲，一路呼喊，啸叫，吁请，叹息……而群山沉默地目送它们转瞬间向下游流逝。又一幕"罗密欧与朱丽叶"式的激情场面……

这个县城的局部有点像一个位于沙漠戈壁的中亚的村庄。清晨，日出后第一缕阳光照射在地处县城最东面的旷野藏民居的泥墙上。黄褐色的墙体映衬高原湛蓝的天幕，边上是一排排高高的青杨林以及林间潺潺小溪。所不同的是，在戈壁沙漠的位置，出现了一望无际的青藏高原上茂密的草甸，以及第四纪冰川碰撞形成的延绵起伏的崇山峻岭。县城被这些高原的群山所环抱，保留着远古人类所特有的农耕民谦卑的表情。清晨白亮的阳光洒在铺有花岗石或卵石的街上，仿佛洒落了一地旧银。一辆出租车缓缓地由西向东孤零零移动，后面紧跟着一辆早晨进城的拖拉机——这两样仿佛不同年代标志的车辆在这座高原小城和谐地出现，显然，空荡荡的出租车内生意清淡，而原本归属于中原农村的拖拉机则从牧区和附近乡里满载着令人喜悦的货物。有两种不同的时间和文明样式在大街上并行。清晨，县城空气中有一种淡淡的藏区特有的酥油味。牧民的屋顶上冒起了炊烟，鸡叫声此起彼伏。每一样事物都被一种静谧的气息所笼罩。生活内在的速度还是上世纪七十年代的，你来到这里，仿佛局部来到了中国上个世纪七十年代的农村。一段往昔小县城的时光竟然在远离内陆的高原深处栩栩如生地再现在大家眼前。

有一天，我们和邓波乡的乡支书乡长坐在一起，在一处明媚的高山草甸上，正是高原上的正午，太阳在头顶热辣辣的，但白云就在我们脚下，草甸上的风也很大。我们抽烟，自从进入藏区，内地带来的打火机就全部失效了。大家平时随身携带的都是一种适用于高海拔地带的防风用打火机。邓波乡虽然在大的海子山范围内，但并没有自己的旅游产业。乡所在的地理位置，正好跟相毗邻云南省境的东义乡、香格里拉乡相反，它位于稻城的西南面，也就是说，我们那时已经远远离开了三座神山和美丽的亚丁。连苍苍莽莽的俄初山也被众人远远抛到了脑后，但这一带的海拔并不比稻城县东境的俄初山低，相反，还要高出许多。那些渺无人迹的高山草甸常常是在海拔五千多米的地平线上。这里的地形是一块块圆弧形状的台地。我们驾车驶行时不必在悬崖峭壁的盘山路上绕弯，而基本上是在大面积的草甸深处沿着那里牧民们开辟出来的小道前行。打个比方，我们不必绕着桌椅腿转圈，我们此刻已经盘腿坐到了桌面上。七月，正是青藏高原上的夏季。这里的夏季宛如春季一般绚烂，有着春天的某种万物蓬勃生长的朝气。高原吹来的风如同内地乡野上的早春的风。到处开满了白色、紫色、米黄色、淡蓝色的鲜花，我们仿佛是被一捧捧的花篮层层簇拥着，坐在了鲜花堆里。天上，雄鹰盘旋，传来远远的群山的哨音，从这里一直可以看得见近百公里以外的雪山，各种逶迤起伏、层层相叠的峰峦。山峰有的年轻，有的苍劲，有的略带愁苦，有的好像正在布置一个园林草坪上下午的茶会的酒店侍者。无论朝哪个方向看，群山深处都绝无人烟。邓波乡是周围一百多公里范围里唯一的一个乡，分上邓波和下邓波两个部分；而上、下邓波之间又隔开了通常在内地是一个县级市跟另一县级市之间的距离。这个乡的历史非常有意思，跟美国开埠的时间差不多，人类在此驻足，不过区区三四百年。他们一定也有自己的"五月花号"传奇故事，老虎在此绝迹并没有多少年，自然界的各种珍稀兽类，当地都应有尽有，即使到了二〇〇八年的今天，外省来的游客也不会贸然往这个方向闯入。这里的高山草甸上出产远近闻名的虫草。他们一年花几个月时间挖到的虫草，已经使得这一带藏民的生活过得非常富饶。他们逢人——只要一见到外来的陌生人——就问汽车的事情，邓波乡已经有不少藏民拥有私人小车了，当然是越野型的。他们开了车从山谷底下的村子里出来，开到稻城县里，要整整一天，在县城住宿一晚上，好好犒劳一下自己，第二天又花一天时间晃晃悠悠开回去，沿途是完全宁静的不受外界打扰的高原美景。很多人最远去过三百多公里外的云南丽江、五百多公里路程的康定，此外更远的地方，就再也没去过了。像我们在俄初山间旅行期间的公路，往邓波乡方向，就只是有很短的一段。大部分的公路，都是旧西康省时代的那种原始的土质公路。但我必须指出，在这样的土夯公路上一路往前，风景比在别处静谧和古老多了，感觉也纯洁多了，因为在这一带，人们更能感觉到稻城或往昔藏区的原貌……

他们说他们要修公路，要买车！汽车！坐在我旁边一个魁梧的康巴汉子，脸被高原的气候熏染得如同烟熏过的川味腊排。在将近两个小时的长谈里，表情始终跟他的身子一样凝然不动，两眼一眨不眨凝视着远方的群山。他早已经习惯了这样一动不动地凝视群山，这是世世代代的藏民们在青藏高原上，在大自然里，长期培养出来的统一的凝望。即使眼前同时有十几个客人跟他说话，他们脸上也会有这种仿佛无视外界的庄重表情。是的，这是高原的表情，有风在那黝黑脸膛的深处仿佛是在一处峡谷中"飒飒"吹响。这是宽脸膛、魁梧身材的嘴唇干裂的高原的表情。可是我身边这名康巴汉子脸上一直戴着墨镜。藏区有很多男人喜欢戴墨镜，为了防紫外线，但我仍禁不住好奇地询问他，结果换来的是边上人善意的解释：他的一只眼睛已经瞎了。他是半个瞎子！听说自己是瞎子的这名藏族大汉仍屹然不动。我问为什么。没什么为什么，几年前他们就想修公路，已经开始动工了，开凿路面时一块石片飞溅到他眼睛里，当时已经没有办法及时送往县城医院，拖了一晚上，第二天送去，伤口感染了。

这时，那名铁塔样的康巴汉子微微晃动一下身子，咧了咧嘴唇，算是对我歉意地笑了笑。

原始的路况，加上旅游项目欠缺、路途遥远，终于使得这一带广漠的山地完全成了高原上仅剩的野生动物们的天堂。

有时一只云南的猎豹会跑到这里风光旖旎明丽的高原上来。海明威所说的非洲乞力马扎罗雪山下那只孤零零的狮子，在中国青藏高原，简直就是稀松平常的家常事。跟我们谈话的邓波乡人（其中一个小伙子不说话，长相既像欧洲人，更像大明星周润发，而且比周润发笑得更欢，时间也更长。我们坐着说话，他却独自在山崖边捡石头，往远处一次次地投掷，像我们在内地水边上玩的一种"削水片"，完全跟个孩子一样）每个人都差不多见过无数种动物的奇观。他们不用收看中央电视台，不用听见赵忠祥主播的《人与自然》，他们周围全是一匹又一匹绕着群山分布繁殖开来的"动物世界"。各种羚羊、豹、黄羊、猞猁、山猫、岩羊、野猪……很多说给大家听，大家都闻所未闻，随便什么史前时代的《山海经》样式的动物，都有可能从青藏高原的纵深处走下来。四面八方任何一条路径，都成了动物们试图跟人类相亲相爱的尝试的范例。除了寂静，那些小路上从不生长其他东西，这里仿佛完全是地球的另一面，是比人群集居的那些繁华都市区更几近于宇宙的一面；而远方熠熠闪亮的雪峰，那些山上的积雪，仿佛一次次戏剧的静场。因此这些藏民们普遍都不愿意下山，不愿意去往内陆更远的地方，听说他们自己是居住在地球较高的区域，他们只是眨眨眼睛，十分憨厚地咧嘴笑笑。即使到了内陆地带，他们也会长时间地有"低原反应"。至于那些每到黑夜，夜幕降临之后在草甸深处如同繁星一样密布的动物种类，开枪猎杀是早几年就已严格禁止了的事情，在这一带藏区，"禁捕令"被制定和执行得非常严格，猎人们全都改挖虫草，开采松茸去了，山谷里一年到头听不到一声枪响，这是最寻常不过的景象了。我从乡支书脸上认真冷峻的表情上读出来，确确实实是真的。他们有一种比外界的人们更甚一层的对这些野生动物的爱惜，用他们自己那种听起来发音别扭的汉语来说叫"不杀生！禁止杀生！"

看得出来，跟我们交谈的正午坐在草甸上休憩的这一群康巴汉子，四十岁以上年龄者，昔日全是经验丰富的猎人，是一杆猎枪、一壶青稞酒的好手。当他们端坐不动，他们的眼睛仿佛在扣动扳机……

我真想换上一双他们中间任凭是谁的眼睛，来重新看一看稻城、桑堆河、著杰寺、三座神山，看一看仿佛只有《西游记》仙境里才会有的海子山，看一看永远凝然、永远青翠、永远逶迤的音乐会现场长长的休止符一样的青藏高原……

一百多公里。在我们那里，意味着一多半的"长三角"的面积，意味着从常州到上海或者无锡到南京之间渺无人迹！并且在它的尽头，只有一个乡的人烟！

正午，盘旋翱翔的苍鹰的翅膀上发出暖烘烘的太阳的声音，发出比清晨柔软得多的草甸深处的雏菊干草的气息。一大堆白云就像乡下土灶膛里新添的一捧稻草，骤然间着火一般飘浮到我们头顶，我们眼前顿时明亮了许多，而在这一批僻远地方的乡干部中间，居然还有一名汉族小伙子，老家在四川内江。听他说到内江，我就兴奋地提起那里出的一个诗人郑单衣（现居香港），然后，我们俩话就多了起来，他二十六岁，单身，来稻城邓波乡两年了，感觉非常棒，平时兼职乡里的文书还是科技站什么的站长。他是两年前从网站被招聘来的，他的学历是师范大专生，他很沉着，略略腼腆，普通话极好，现在会说藏语。看得出他在这里工作并不孤单，已经基本上融入当地人的生活，留了小胡子，尽可能使自己显得跟那些藏民一样满身沧桑，饮食没问题。一开始，他坐在那么一堆高大的藏民中间，谁也没有注意到他，以为他是某个藏民的后代，他虽然伪装得很好，终究还是没能逃脱我们的眼睛，我问他："有什么不习惯的吗？"他点了点头，不说话，沉默了一会儿，又抬起脸，像那些藏民一样目光向远方张望。

"没法上网。"他说，语气遗憾。

"哦——这边没电脑。"我同情他。

"倒也不。也不是完全不习惯。两年多了，平时我也不大想了。有时去县城里办事，会找个网吧过过瘾吧。"

不知为什么，我有点幸灾乐祸——终于听到一个地方，逃脱了无处不在的互联网的覆盖，多么不容易啊！

他很沉着，但他的沉着还明显透露出幼稚。

这是一个小个子四川人，眼睛长得有点像蒙古人。今天，坐着乡支书的车一起出来郊游。

"将来，会不会干脆找个藏族女朋友?"

他不置可否，笑了笑。

这个招聘计划，据说只在四川省范围试行。我敢打赌，若推行到全中国，一定会爆棚似的应接不暇。这名小伙子实际上在无意中获得的是一件天大的美差！

语言本身是一大消遣。小伙子教邓波乡的人汉语。他的学生们再教他藏语。

周围的地气十分清洁，晴朗的大气不仅从天空中，也从大地各处"嘶嘶"地往上冒，边冒边把草甸子上的各种鲜花水灵灵的光鲜劲带到空气中，带到阳光下。芸萝、报春花、色金美朵（黄色的小花）和耀日美朵（红色羊角花）此刻向着天际漫山遍野地铺展开去。除了邓波乡乡民的日常生活、他们的历史，我们问得最多的就是野生动物。即使约瑟夫·洛克这样了不起的旅行家，当年他也未能走到过这一带。某种程度上，我们是来自外面世界的最初到达的新奇眼睛。可惜下山的山路中断了，被一大片塌方的乱石堵塞。我们是在翻越过了最后一座高山时遇上这种遗憾的。本来，车子只需要走一长段下山的路即可到达笼罩着一层神秘色彩的那个乡了。如今，车只好往回走，所有人员全都站到山坡顶上，往山谷底下远远地行注目礼，看一眼那些村庄的民居，村落只能隐隐约约地被看见一些局部，被千年的峡谷、树荫笼罩着，甚至连一小块神秘的面纱也没有对我们撩开。

高原，一种几何法则的高贵的简捷。一个结构极其均衡的宇宙美丽的赋格曲。从生命到不毛，从天空到人。

在这个高原边城——人口二点五万——一年也只有那么区区三四个月适宜跟外界交流，至多在这个数字上再增加一两个月。大部分季节，旅行者吃尽千辛万苦来到这里，县城本身已经是个没有多少藏区特色的汉城，县城规模也只需一两个小时就走完了。除了到城郊的"菇布查卡"温泉地去洗洗高山温泉，泡泡热水澡（非常烫!），主要的愿望都是希望能够到更僻远的山区体验一下高原，更主要的是，三座神山、香格里拉乡的风光。可是，这些景区因为气候恶劣，要不就是大雪封山，很难如愿对外界开放。我们去的时候听当地朋友介绍，在遥远的邓波乡方向，政府已经在规划修建一个飞机场，大概二〇一二年，至多不超过二〇一五年，就能够有直飞航班到达稻城境内，我心想：高原上的暴风雪可不来管你修不修什么飞机场呢。这里的温泉确实远近闻名，水温沸点可高达200℃呢，全是从地底的火山岩缝隙深处自然喷涌出来的。温泉的口子设在藏民的村落里，由一间间小房子相隔开，被单独砌成了浴池形状。我们几个人到这个村落，也大大享用了一回。以县城为轴心，无论你去往东面的香格里拉，还是西南方向的海子山，或者更西边的邓波乡，都是一动身就是一百多公里，而且全是延绵的山地。相比之下，去海子山略微近一些，大概六十到八十公里，路况最好的要算这段公路了；其次是去邓波，虽然很大程度上是藏区的土路（这种情况我想不久将会改观），也不必如在穿行于俄初山脉那样陡峭的山际公路上来回绕弯子。有一天，我们在俄初山范围的山里面开车走了一整天，没遇见一个人或一辆车。

到稻城，外省来的驴友、背包客尤其是一些年轻人居多的旅行团队通常要去的另一个地方是"卡斯地狱谷"，当地的藏民称之为"却斯"，好像有一个脖子被扼卡住的吓人动作。旅客进入山谷，很长一段时间都会在荒无人烟的次原始森林相覆盖的一长段水量充沛的河谷、深山峡谷地带穿行，沿途会有许多伴以各种当地藏民传说的跟地狱有关的风景带，黑水潭啦，黑风沟啦什么的。这个景区适合于年轻人，并且只能是携带了干粮帐篷徒步行进。夜间住宿在峡谷旷野里，据说有如今十分时髦的各种分贝的鬼哭狼嚎之声，实际也就是离奇的自然环境造就的风势，在绝壁和古木间穿行发出的类似小鬼冤魂集体出行般的呼啸声。无论徒步者多么勇猛强健，这段"地狱之行"——佛教中的世界八大寒林（尸林）之一的地狱谷，与之有着惊人的相似——的路程至少也不能少于两天两夜。这已经是惯于野外行走的当地藏民穿越这段山谷时的速度，像我们这些体力不济的中年人，再加上外来没经验，应对意外情况时束手无策，大概可能会要走上一星期，七天七夜。森严绝壁的"地狱谷"的出处我在小转神山时已经见识过了，就在离仙乃日山峰不远的绝壁上。当然，山谷的出口返过来也可以成为入口。一般的徒步者都是选择海拔较低的坡地上慢慢地进去，深入。当地有一个乡，名字就叫卡斯（却斯）乡，原因就因为那个令人毛骨悚然的山谷入口，就位于那个乡境，山谷低处的海拔是三千一百米。

初入地狱谷，并没看见多少惊心动魄的非人景象，倒是从远方雪山上流下来的一条时宽时窄的溪流，以其内地难得一见的充沛水量令我们印象深刻。雪白的溪水实际上就从我们头顶不远处的峡谷间奔涌而下，人沿着山脊往前行进，溪流却是在众人脚下。山谷的树林带非常狭窄，白天也跟黑夜似的看不到多少阳光。溪流轰然而下，声音像一段段被锯断放倒的圆木，简直像在一个巨型水库的泄洪口似的。实际上，莽莽森林缠夹着数不清的千年古藤，好不容易渗出的一点光线，大部分全来自这一片溪流险滩，因为喷泻不止的水浪一路翻滚出无数雪白的浪花，正是这些浪花的亮光，让我们的眼睛能够稍稍适应点大部分生长有冲天柏等各类名贵树种的昏暗林间。林中苔藓荒草无处不在，植物品类丰富，花香馥郁。在这么湍急的险滩（山的坡度很陡峭）走路，鞋子根本不管用，不一会儿你就全身湿透了。这里的寂静倒是另一种寂静，有点像飞机场、航空港的那种寂静。空无一人的现代化大厅，灯光通明，一眼望不到尽头，而你正独自一人望着候机大厅外同时有几十架波音 767 或波音 747 在趋前忙后地起起落落，飞机马达的轰鸣声自然就是那道巨瀑。我们在三座神山附近已经见识过它的厉害，想不到它像一条巨蟒般钻到了这一带的山谷。的确，无论从植物种类，鸟类品种，花卉、空气、风景等来说，这地方都值得旅客至少在其有限的一生中分出个一周时间来亲自品尝体验一回。矿泉水或任何其他饮用水都是不必携带的，高山瀑布流下来的溪流，不仅沁凉可口，并且水中蕴含的矿物质，也比一般超市货架上的瓶装水超出许多。人根本不用愁口渴没水喝。关键在入夜的那份睡眠上，孤零零的一座山，一群人，蜷缩在树底、草地上。

不仅山间小道是湿滑的，连空气也是沾了亮闪闪的水珠的。"地狱谷"里，常年的一切都是湿漉漉的，因此传说中的鬼魂八成也是刚从水底钻出来的模样，原来属于狰狞的水鬼一类，哈哈！除了勉力可行的一条小道（时而泥泞），看不到山谷里有丝毫人行的足迹。倒是眼力好经验丰富的当地朋友，能很快识别出来一些兽类的足迹、粪便、毛发来。

我想无论《金刚》《卧虎藏龙》《魔戒》《刚果惊魂》或更加具吸引力的《木乃伊归来》一类好莱坞大片，原本均可以到这个名叫"地狱谷"的地方来取景的。主要是高原反应成本太高，可能超出投资方的预算。没办法，高原反应太厉害了。这一段徒步者的天堂似的山谷，除了野外生存，它的另一特色正在于此：随着旅客脚步的行进，海拔会一点点逐步增高。

天快黑了，我们只往其峡谷纵深带行进了两个小时就后退顺着原路返回了。我们的全身也早已被飞溅的溪谷水流溅湿了。

大家只好跟饥饿或者孤单之极的厉鬼们说一声：拜拜！

森林云遮雾绕，冷气流不断，一会儿到头顶，一会儿全往你脖子里钻，树上不断有水珠滴落下来，而且不一会儿果真下雨了。不过，雨在这一段山路上没有用武之地，大可不必落下，因为森林繁密的枝杈在临近溪谷的地方，其本身就是一场从不间断的永恒的大雨。有雾的地方实在太多了，雾甚至因为你喘息不止而钻到你嘴巴里，雾还从你同伴惊恐不已的口中冒出来。不一会儿你就看不见他的脸了，只听得见不停嘟哝着的模糊的身影。人们在机场航空港赶乘飞机时有时会遇见这样古怪的大雨。我在偷偷地转念那些所谓"天涯海角"的驴友，那些经常会忘情于网络江湖的徒步客们，他们晚上如何打开并搭建他们的帐篷呢？如果帐篷本身如同扯也扯不开来的阴沉沉的雨幕，这些雨，是否像摸起来湿漉漉、背在身上又沉甸甸的帐篷所需的军用绳索？

到了海子山（青藏高原最大的古冰体遗迹，以"稻城古冰帽"著称，幅员三千二百八十七平方公里，拥有一千一百四十二个大小海子），人整个仿佛掉落进了蔚蓝的海洋。可以把绕山而行孤零零的山际公路比喻成变幻奇诡的洋流。我们被一股清澈的深海洋流冲击着，向那遥远的天际裹挟而去。周围的天地，既酷似大面积裸露的海床，又像出现在万千峭岩之上，在海平面尽头的大陆架。亿万块史前遗址似的巨石闪烁着白光，白光辉映净蓝的大气。仿佛神灵们刚刚离席而去。他们的美酒杯盏、筵席上的水果佳肴统统化作了我们眼前这些奇形怪状——既可以形容为鬼斧神工，又可以形容为遍地狼藉——的石头。

仿佛天上的神灵们屈尊下凡，化身做了一次排字工人。在排字车间里饶有兴致值了一回夜班——眼前这片乱石枕藉的旷野就是码字用的铁盘。而一块块石头是各种字形、符号、偏旁、部首……什么样的天书已经出品于如此僻远的旷野了呢？被神灵们带走了的空气一样的书籍，会是什么呢？《圣经》？《马尔陀罗之歌》？《孟子》？《左传》？《堂吉诃德》……我不禁沉思起神灵们的阅读趣味来。

从兔儿山到海子山，这一带的风景尚未被人来命名。兔儿山是指快要进入稻城境内时对面山峦中有一座相隔很远的山峰，形状极像一只竖起耳朵听见了什么的灵兔，它不仅听见了什么，并且向前机灵地作跃动状。这座山峰过去不久，我们就进入了宛如月球表面般坑坑洼洼、阒无人迹的高山台地。山与山之间的落差起伏开始平缓下来，前方的天际线渐渐变得柔和。吸引人们眼球的景象在陡然间变成一大片荒古的仿佛不属于人类的史前景象。放眼望去，大地上尽是成块成块的巨石，有时石头的大小都很均匀，有时忽然缩小。我的意思是，石块并非依自己的形状，而是依空间的变化而忽大忽小。在前面的二十公里，我们遇见的全是均匀的巨石。再往前，石块的体积呈区域性地变得零散和大小不一。这地方像极了天神或上帝或传说中的盘古开天辟地时所用遗留下来的采石场。不知其中有没有那块《红楼梦》开篇时的灵幻石？美国巨片《侏罗纪公园》《黑客帝国》没有在这里取外景，真是可惜了。仅仅在十数年前，世人还很少知道稻城亚丁，更不知有如此荒凉的地球极地般的海子山，而我们遇见的，仿佛是好莱坞大片中的科幻场面。我确信，地球上只有复活节岛的巨石阵和英格兰海岸边的一处类似巨石阵的风景，堪与此媲美！叫海子山还不过瘾，应该叫盘古山，或者叫"黑客山"。一方面，这里是跟恐龙形象非常匹配的区域；另一方面，这地方又像极了某种上古时代荒凉的古战场，仿佛传说中黄帝和蚩尤间那场大战的硝烟才刚刚散尽；或者是古代的白狼国最终覆灭时整个部落的集体的坟场。

我们开玩笑说，稻城亚丁真是不简单，人们通过迢迢长途好不容易进入它的家门，发现门前有一左一右两尊门神，这守护家园的门神就分别是兔儿山、海子山，一前一后依次排列。兔儿山灵动的山峰宛似古代战争中的消息树，负责瞭望和传递消息，一旦远方有风吹草动，立即向后方报信，于是公路两边的海子山这边，马上战鼓擂动，旌旗飘扬，石头——巨石阵——的形象，从将军到士兵，到填弹手、号手、传令官，应有尽有，刹那间就从和平的年代，转换成了森严壁垒的军队强大的阵容；人人都抖落掉肩上万古的尘埃，天神震怒，万马齐喑，一场你死我活、势在必得的超时空厮杀，展现在人们眼前。海子山，如同一架被天神砸烂了的古代巨型战争机器，在这一方罕为世人所知的荒原上无奈而悲壮地散了架。我想起古代战争中的围城，攻城一方往往多方寻觅巨石，试图通过弩炮或者土炮，将巨石发射出去以轰开守城一方的山门——在稻城海子山附近，人们将遇见怎样一个裸露在旷野的古代天然的军火库啊！

也许只有在游戏的程序和画面上，人们才能看见如此怪异的景象，可是，展现在我们眼前的，却是无以名状的真实的自然。

海子山，就这样缓缓进入了众人的视野。

说这一带的风景尚未被人命名，是指其风景的特征和内涵，尚未被更多的世人了解并公认。还有很多未知的可能性，就像没有经过严格的碳十四科技手段测试过的一件出土陶罐一样，人们只处在兴奋的猜测阶段。有的说是夏朝之前的，有的大声嚷嚷其产生年代一定在公元前六〇〇〇年之前。最终公认的数据尚未真正给出。

很奇怪我们几个人有古战场的感觉，大家几乎异口同声给出了恐龙、古战场、巨石阵等与这一带旷野相关联的关键词，这些全是下车以后绕着海子山前的公路转悠时最初几分钟的激动。这种直觉究竟是从哪里来，谁也说不大清。首先，旷野上高耸的巨石会给人战鼓擂响的联想，于是那些一直铺展向蔚蓝天际的石块就一个个如同被《西游记》里的妖怪施了魔法的士兵，原本活生生的一个个人组成的决战军团或兵阵，忽然瞬间变成了荒凉的石头。战场上的胜负也就不言而喻了。

反过来说，一旦致命的咒语朝向相反方向，这些如同排山倒海而来的石头变成人，一个个裸身相向，变成复活的决死的军团，变成青藏高原上下来的一支所向披靡的天兵天将，恐怕，就如同眼前这样一种壮烈奇诡的景象罢。

　　他们浩浩荡荡而来。
　　他们是石头，但是主持正义！
　　他们是石头，不惜血溅战袍！

他们擂响战鼓，

世界的混沌初开；

他们排山倒海，

庇护人类的家园。

这首诗可以作为呈献给海子山景区的一点心意。当然是物归
原主。几乎在汽车驶离兔儿山进入海子山区域的第一秒钟，灵感
就像迸溅的火花般不邀而至。作为当天晚上日记的一部分，睡觉
前我还美美地自我欣赏了一番，我突然觉得如果有第二次选择的
话，可不可以不叫"海子山"，而将这一带景区命名为"石头军
团"？于是这首诗顺理成章，可以题为《石头军团之歌》。它是写
给未来宇宙战争的诗篇，是一首几近于星球大战时，星际军团踏
上出发征程的战歌或进行曲形式的诗歌。我八成是看美国好莱坞
式的科幻巨片看多了，而白天所见的海子山风光，又有那么一点
令人灵魂出窍。但我确信，稻城这地方，必将因为拥有海子山而
为更多的世人所熟知，而不光是因为三座神山，因为原始淳朴的
香格里拉乡……反过来说，这个巨型的石头军团的存在，或许，
正是为了在冥冥之中替神灵护法？替三座神山的金刚、文殊、观
世音镇魔驱邪？

高原的夜空，有时就像一阕口琴曲，像巨人之手举到嘴边的
口琴的孔眼，那一格格金属的琴孔沁凉异常，透出一丝黄铜特有

的怀旧的甘甜味道。你抬脸仰望，你已离旷野上使用古老的羊油照明的牧民的眼瞳太远，你离你儿时的稚朴童真也太远。你只听见头顶上"嚓嚓"回响的青杨林叶声。你就像是一名心仪一场音乐会，但因没有入场券而在外面广场等候过久的人。你等来的退票已经太迟，你进场之际听众正在退场，你只听见一阵依稀的乐曲尾声阶段的弦乐声，嘈杂不安。你被如潮掌声以及退场观众的人流所簇拥，努力逆流而上，试图伸长了脖子最后看一眼乐池，指挥的身影以及音乐家们传奇般的表情和风采。你是最后的、孤独的迟到者，内心充满了许许多多未经诠释的迷人旋律。你看见一颗颗闪烁的星……一时竟不知晓该用中国古代农历制的习俗，还是该用西方熟悉的星座名称来称呼它们：那里是大熊星座？那是中国人常说的牛郎星？是扁担星？织女星座？天空无限的高远，停在旷野一侧的越野车酷似到达月球表面的空间勘测车，或者静静摆放在博物馆深黑的大厅尽头的浑天仪，这就是他们常说的和谐音域的七个声调？当天宇尽头的土星按多里安的 phthong（声音或方式）运转，当天神阿波罗用带七根琴弦的小竖琴来替太阳和其余的六颗行星（水星、金星、地球、火星、木星和土星）制定永恒的规制，并用声调的音程测定天体的间隔，而"自然将太阳设置为它们的调音者"（普罗克鲁斯语），当古代人通过加上不同的重力来拉长羊的肠子或牛的肌腱，从中知悉天体和谐的比例，这些比例，这些调音师的看不见的身影现在在你的心中吗？在你周围如此原始、本原的夜色中吗？山峦的影子现在出奇的低矮，仿佛一层黑黝黝的冰山的边沿，但是寒冷本身似乎也有光亮，逶迤山体的那一边透出一层朦胧神秘的蓝光，微微映出地平线的一道黑影。这道黑影子仿佛多年以前读到的书中亚里士多德的一席话：

"声音在从我们出生的那一刻就在我们耳朵中了，因此，不可能从其相对的寂静中分辨出来，因为声音和寂静由相互对照来区别……"

青藏高原是谁的童年？一定是神的童年。

不久之前，我曾在大理古城的街道上仰望星空，想不到一个月之后，又到了美丽的稻城，而我所在位置的海拔，竟然比一个月之前的云南大理，高出了将近一倍！稻城县的海拔高度是三千八百米，比拉萨还高了足足一百米，所有我在童年时候对星空留有的印象，在这两地全得到了补偿。问题在于，大理古城的四周街区，仿佛已经做好了游人们看星星时的浪漫准备，而在稻城，星空底下仍是黑黝黝，充满了古老和仓促间的深黑、静谧和贫寒，跟人们在他们的幼年时代一样，他们置身于其间的环境更为古老。说实在的，星星跟人们居留的环境之间，确有某种难以言传的契合，正如名贵的乐器从庇护它们的同样名贵的琴盒中被小心翼翼地取出。大家知道，乐器的新与旧之间旨趣大为不一，旧的一定永远比没有多少年代的新制作更加昂贵，也更加有名——更符合音乐自身所需的内涵。

在稻城仰望星空，就好像观摩一件经由饱经沧桑或历年战乱的家庭之手保存下来的名贵宋琴或唐琴。这把琴从破损的琴盒中

（甚至表面肮脏，有虫蛀、老鼠咬过的孔痕）——这款名贵的古琴，本身音调全不准了，琴弦也断了两根，但却丝毫不减它们在岁月长河中的魅力——被慢慢取出，展露在人们眼前。

我在星空底下兴奋地流连了两条小巷。我走进县城新修建的（适当的新也总是必要）步行街上的一家古玩店，在一大堆破旧的唐卡里挑拣出几张，彩绘的图案充满了如同店门外的夜色一般古老而形象跳跃的神话内容。这些图案没有一张是我能够看懂的，可是，我却萌生了要把它们挂在家里的愿望。

店老板从我进店的那一刻，话就不停，跟我讲唐卡是如何从最边远的藏区牧场收来，大部分出自完全贫寒的牧民之手，是他们自己手绘的代代崇敬的神灵形象。其中，有动物、飞鸟、半人半兽、天堂仙界的形象。那些一半像陈旧的羊皮纸的唐卡，闻上去有一种掺杂着牛油砖茶和藏毛毡的味道，总之，有一点腥膻。图案是用金粉、佛头青，用一多半世界上最纯正的矿物颜料（藏地有十分悠久的碾制矿物质粉的方法）调和的颜料绘制上去。我一听说有金粉，不禁肃然起敬。这些只有香烟壳壳般大的唐卡，一运到上海，每一张都能卖到两百块钱，而在这里，身材矮鼓鼓的店老板，只开价五十块。

我拿了一叠皱巴巴的旧唐卡，出了店门，立即又被很少路灯的县城上空的满天繁星所吸引……于是人类文明的分量，只约等于我手跟前这一叠完全磨损弄坏了的画纸的分量。

潺潺的稻坝河水，在日光下闪闪烁烁，绕这座高原上的小城日夜流经。在午后，稻城有那么一点像戈壁深处的一座小城，周围被绿洲围绕。所不同的是这绿洲四周并没有茫茫风沙的沙漠，而是被巍峨起伏的青藏高原滋养着。

在县城逗留的极短的几天里，天气一直都非常好，像极了我们在内地老家时每年的春节刚过没几天的那种早春料峭的天气。出门可能不必披棉袄或厚羽绒服，但要穿件薄羊毛衫，而且最好穿上有厚厚的领子的长风衣。我曾沿着城郊的小巷独自漫步，一路瞎想。我也不禁好奇地设想，若是自己抛开了在内地老家的一切，全凭一种单纯的理想——对青藏高原的沉醉——把家搬来做一个甘孜州居民，确切点说，做一回紧挨着香格里拉的稻城人会如何？

我曾经用心问过，迄今为止，稻城还没有房地产，没有对外销售的小区楼盘。沿着当天所在的小巷，往东走五十米就是露天摊放的蔬菜。稻城没有菜市场，没有健身房。每天清晨，会有在一个路口沿街摆放的各种日用品，包括大米、面粉、香料、洗衣粉，全跟卖蔬菜的人挤在一起，一字形摊开，甚至当天做好的馒头、包子、面饼，也在路口占一个摊位。边上还有卖布的、卖鞋的。这是我在这个高原边城颇有亲切感的一角，因为看见了街路两旁成捆的白菜、卷心菜，猪肉、牛肉摊，感觉仿佛一下子从魔幻的世界里跌落，进入了自己熟悉的那个人间。稻城没有休闲中心、体育场馆（足球场），没有较为正式的公园，没有游泳池或"星巴克"，甚至没有一家规模像样的超市，也没有"肯德基"（这倒是一个意外）。在大理古城，我见过很多一流的 CD 店，这可能是旅游度假区成熟的趋向国际化（音乐没国界）的一个标志。我注意观察，稻城这里还没有。几家买卖影碟 VCD 的小店内，陈列出的 CD 还是非常土气守旧的一部分藏族风情歌曲。在县城街上，像样的公厕也没几家。整个县城，与其说像一座城市，不如说更像一处仓促间汇聚起来的集市。我倒是偶然间发现了几处二十世纪七十年代驻军营房的旧址，以及一些旧的平房，感觉时光倒退三十年，这些旧平房所代表的那个年代，反倒更像一个县城的建制。县城在郁郁葱葱的青杨林的覆盖下，显得非常低矮，干净。稻城这一地名的来历，也源于二十世纪二三十年代，政府尝试着在海拔较高的藏区山地成功培植水稻，而当时的稻城——稻坝县，成为整个藏区的第一个试点。

这件事早已经成为明日黄花。这里的人们现在已经不谈论水稻了，他们最关心的是旅游业，是城乡间的自然风貌和土特产资源。

每当入夜，街头有叫卖烧烤的小摊，有相类似的大排档、小吃店，有两家还是三家卡拉 OK 歌厅？有亮着灯的火锅城、酒楼，好像也有了一两家有品牌的体育服装店，很多家私人宾馆或旅馆（路口有一家店名叫"喜波热藏"）。县城周边也有了出租车，但大多座位空荡荡，四处无目的地游弋。有一家新华书店，但已被别的商品占据。

我在想，稻城会不会有公共图书馆？

我怀着遗憾的心情回到房间里，县城在房间的窗外，就这样沉入了高原的夜幕。在我到步行街上的古玩店觅到那几张旧唐卡的那天晚上，下起了一场小雨。这场雨并没有使天气变坏，相反，雨后夜空更加爽朗，清澈如洗。雨说来就来，但持续的时间并不长。我站在店门口往外看，街上的路灯大多暗着，只亮了一两处。与此同时，那条步行街上没有一个人，店全打烊了。时间才不过晚上八点。这种时候，这座远离都市省城的高原小城，颇有点像是沉入在群山环抱之中的中世纪的一座小城。它也有点让我联想起美国西部牛仔片里的某些经典场景：那些大白天睡意沉沉的偏远市镇。

街上白天随处可见的康巴汉子们，其神情、形象、生活方式，也多少有点像美国西部荒漠上的牛仔们。不是吗？

在河边上，我们住宿一处农家旅馆，那是一个阴蒙蒙的雨天。在晚饭之前，我们坐在临河的院子门口看这大山里的雨景。旅馆是一幢藏式民居，分上下两层，依陡峭的河岸而建，房间都是地板房。滚滚的东义河水就在这户人家菜地的旁边。看得出旅馆主人很会过日子，不仅园子里尽可能地种上了蔬菜，并且还在菜畦的空歇里种植很多花卉和果树。我听他们介绍，果树好像是石榴和枇杷树。烟雨迷蒙中山谷里的暮色正在来临，再过一个小时，天将完全黑下来。在我们头顶的一块平地上，是东义乡小学的校舍。东义，藏语意思是："有一千个朋友的地方。"乡政府我们已经去过了，并且就在那里，中途遇上了下雨。周围是一条长长的峡谷地带，人们无论走到哪里，都能听到公路边上那条著名河流的隆隆水声。店家把一只很大的炉灶几乎置放在露天，在那处菜园的尽头，贴着河岸生火。火光映在雨中的院墙上，那些院墙都是用附近山上的石头垒起来的。我看着炉灶里的烟跟雨天的烟霭混合在一起，不知为什么，内心产生了一种非常古老和安静的感觉。在一天之内，这里的海拔已经降低到一千九百至两千一百米，对人来说完全没有丝毫的高原危险了。这个雨夜，大家全可以听着滔滔东流的奔突的溪水声，美美地睡上一觉了。

在东义乡，半夜里你醒来，听到的居然是夏夜的蟋蟀叫，而且蟋蟀的品类不凡，声音兼具古老的色泽。在高山峡谷间濒临一条急流的旅馆的床上，你醒来，仿佛一名不谙世事的孩子。世界懵懵懂懂，跟你在黑暗中的知觉一样天真，高原的夜色之外仿佛从未有过嗜血的古罗马皇帝。人类从未有过令他们自己拥有噬血记忆的秦始皇、亚历山大、希特勒，或者白天你偶然听说的"阿西战役"。你醒来，像置身在藏民石头房子里的一只木桶，一只清晨的牛奶桶。起先，你仿佛被童年的小昆虫唤醒；随后，你仔细听，广阔延绵的山峦中，在山谷的裂隙间仍然传来另一种大地深处不安的轰唱，如同有人在睡梦中被仇人追赶，亡命奔跑，一刻都不停止；再仔细听，原来，那就是白天说的东义河的水流声音，那是在早晨第一声鸡鸣声之前，黑夜的帷幕仍旧重重垂落着。前天在高原（县城现在所在的位置，仿佛成了夜空深处一颗璀璨的星星，成了"高原上的高原"）的县城，你半夜醒来，聆听到的是古老乡村的鸡鸣声，清晨稻城周围的鸡叫声令你有一刻在旅馆的窗前傻愣愣地愣了半天。不快的人类知识以及人类谶语般的两千年如同十二小时前短暂而又模糊的经历，它们全像幻觉一般不可靠，一个旅行者心头的幻梦，一个不及清晨的一枝松枝的准物理世界。在高原，世界就像失忆者走到了一面巨大的镜子面前一样摇晃而失神，瞬间变得如此惊诧莫名，会在并非虚弱那么简单，而是确确实实的虚无感受里面，捕获到一个仿佛重生的自我。这面巨大的自然之镜名字就叫：史前。

我们眼前这些如同水源江河日下般跌落的崇山峻岭，这些人类仿佛躲在岩石洞穴一角暗自啜泣的卑微鸡鸣声，关于一个村庄的遥不可及的梦幻，慢慢地，一点点被黎明后破晓的天色浸染。大地神秘的岩页呈立体形打开，一切新鲜得就像一本儿童睡前读物，是被《追忆逝水年华》作者的母亲昨晚临睡之前安放在你枕头边，在你小时候的床头柜上。宇宙仿佛一本新著作，一名诗人的最新著作。奔突的山溪水散发出的是刚刚从印刷厂装订一新的一部新书的油墨味。啊！星光，高原上旭日初升的神山雪域！我在一天之内近两千米的海拔落差，在我的茫然的头脑中直落，仿佛荒原上兀立起的一竿标尺。在美丽的折多河，在大渡河边，我曾听当地的原居民描绘过普通大河里的一种鱼类，传说这种鱼跟世上其他地方鱼类的唯一区别是当你煮熟了最终吃它的肉，你会在鱼头的部位吃到一柄寒光凛凛的武士所佩的剑（鱼头骨）……对我而言，这自然所赋予的我们的古剑，恐怕就是同一天内所经历的两千米的神秘落差。

这里的藏民传说（香巴拉地形浑圆，四周有双重雪山环绕，分散成八片如同八瓣莲花，每瓣有河流贯彻其间，城中有内环雪山如莲花之蕊，四面有群星般的城邑错落有致，整个地域形状酷似一个十分完美的曼陀罗。公元一七七五年，第六世班禅喇嘛罗桑巴登益西根据《大藏经》里的描述，撰写出一部《香巴拉指南》，指示说朝圣者沿途须靠修持无上密法成就大神通力，依靠诸佛教护法，并且必须与"时轮金刚"法结缘，方可一路战胜艰难险阻，使物质化肉身蜕变成精神化的纯洁生命，才能进入香巴拉秘境）到三座雪山朝圣的经历中时常发生的奇迹，他们会不断地告诫你到雪山去的途中千万不能因为劳累或别的什么原因轻易睡着，一旦发生瞌睡的事情，你就会被雪山上的神灵捕获，在同行的旅客眼里，你就变成了一名失踪者，少则一天，多达三天，而你自己只是睡着了。陪同我们的当地朋友，有一个复员军人，他的弟弟就有过这样奇特的经历，在雪山脚下失踪了三天。据他回忆三天里他曾醒来两次，一次是在高山悬崖边，一次是在牧民的草场。我想，这种经历并非纯属杜撰，在人类社会里，诗人也许就是这样一名失踪者……

那天凌晨，当地的马帮带领我们进山。按导游和陪同人员的意见，一切顺利的话，我们会花费一整天时间，绕着神山"小转"一次。我们将在晚饭之前下山。马总共是七匹还是八匹？每匹马都由一名马主人牵着缰绳，沿途照看。分配给我的那匹是马帮队列里看来较为壮实高大的马。事实证明，这匹马的性情也格外温和。我们沿途遭遇过一些小小的险情，但却跟骑行的马无关，只跟天气和人有关。高原上的天气变幻莫测，时而晴空万里，时而劈头下起一阵暴雨，时而又起了雾，夹杂小小的冰雹。

看来，这一段路途上的天气从未在八小时以内一成不变过。马帮的随从，包括马主人，没有一个是正当壮年的藏族男子，全都是由妇女和几个小孩组成，自然，说他们是小孩略为夸张了些。有一名十六七岁的少女，另外两名是两个尚未成年的大男孩，比我学校刚毕业的儿子还要小。在我们老家，除了在学校念书，跟他们同龄的男孩子还忙着在课余打斯诺克，上网看游戏和唱卡拉OK呢，在香格里拉乡，他们已经担负起了在险峻的山道上整日跋涉的牵马重任，除了游客的安全，他们还要一路照顾到马的安全。那一天里我们走了四十八公里的山路，其中有二十公里是在完全裸露在悬崖峭壁边沿的羊肠小道上勉力前行。有十公里的上下山坡的泥泞地，其中一段是在翻越海拔四千七百米的狂风肆虐的山口，翻过那个山口，我们算是闯过了这一段险峻山道的"鬼门关"，到达了下山的安全路段。问题在于，那时已经接近傍晚，马帮已经在高山绝壁间跋涉了整整十个小时，再有两个小时，我们就胜利在望了。可是，旅途中的"胜利"谈何容易！我们被无可比拟的雪山风光和沿途各种难以想象的惊险折磨得心智迟钝，早已经连话也说不动了。所有的力气全用于人坐在马背上端坐不动，呼吸。到这时候你会发现，呼吸是一件多么花费体力的事情。不要说骑马了，连端坐的力气也没有了。或者说，不说坐了，连呼气吸气也完全紊乱了。我们简直是被一阵又一阵死亡的恐惧抬下那个山谷的。过那个山口时，恰好遇上暴雨来临前的最恶劣的天气。风大，**雾大**（雾整个贴着人的脸和身子往空中撕扯），完全像是电影里经常形容的地狱里的愁云惨雾。山巅的积雪终年不化，其中有一整座巨大的冰川峭壁面朝我们，而马帮的位置恰好暴露在峭壁顶上最为险恶的一小段小径上，那是比人们常说的羊肠小道更要狭窄得多的小道，由来此朝圣转山的藏民们用双脚踩踏出来模糊曲折的一条，像一根断了的风筝线。平时这样的深谷连马帮的影子也看不大见，藏民们转山朝圣时，全部采用最原始的徒步方法。小转一次，一天到两天；中转一次，一个礼拜；大转一次，两个月。我们骑马进山，动用了马帮，正是为了确保四十八公里的山路，能够在黎明至天黑之前，用一个白昼来完成。当地陪同人员考虑到我们有限的山地经验和体力，非常细致和小心地安排了各种事务，其中包括全部的救急、意外处理。除了必不可少的氧气瓶、食物和药品，还让其中的一匹马负责驮载热水。所有这一切仍旧收效甚微。我们沿途被冻得籁籁发抖，那是一年中的七月三号，在我们老家已经是异常炎热的"毒日头"天气，可是在青藏高原上，在香格里拉，你会看得见一阵阵飓风把山坡上的浮雪吹起来，悬崖边沿滑溜溜的，结满了冰凌和冰柱。高山草地上蒙着一层寒霜。在翻越神山时，有很多次都要依靠人力来用力拽动，把马拖上绝壁。人当然无法骑在马背上，很多次我们下马徒步。由于疲累，我们不愿意下马。马帮不得不中途停留，等待我们中间的某一位最终缓过气来。然而，当我们仰头眺望，我们已经是无可退避地来到了人类跟一座雪山、一大片冰川绝域所可能趋近的最近距离。再往前一步，我们就要跌落深谷了。不，半步不到！几乎再往前挪动一下脚趾，身家性命就完全不保了。我们仿佛在往冰箱门里爬，而且是速冻箱，一阵阵白茫茫的雾，其实是寒气，从谷底、从我们眼前升起，再从头顶上往可以想见的冻结的血管深处渗透。高原反应带来的症状——晕眩、心跳、气喘，此刻成了最不起眼的一种危险。最可怕的危险来自身临其境者的心理，其次是无可置疑的体力衰竭，人仿佛是在一种极度寒冷的虚空中自我燃烧。一次转山就是一次自我燃烧的过程。中途我曾亲眼看着自己的左手五指不停地颤抖，我也有过几次想说话却听不见自己的嘴唇发出声音。风把面颊上的面皮都要吹刮去了。真正让我震惊不已，实际上也是支撑我们坚持到底走完全程的是那一匹匹马的主人，也即马帮队列里那些普通的藏民。一名少女，两个大男孩，四名妇女。我们有超过一半的山路可以骑马，她们没有马骑，她们是全程徒步，还要牵着头马躲过一次又一次沿途的坎坷，沿途坑坑洼洼的泥泞以及数不清的悬崖绝壁，她们既要照顾好客人，又要照看好马，但全天没有一个人脸上流露出丝毫的愁容，她们对我们这些外地来的汉人可以说无微不至。她们跋涉了四十八公里，走在马帮前列，我在后面看着她们不停地流下热汗，汗水又不停地蒸发，晒干，然后被极寒的暴雨淋湿，又晒干，又出汗……汗水甚至染亮了她们闪闪发光的发髻。我们在最后翻越山口遇见的那一场暴雨已经是那一天里面的第三次。黎明，山道静悄悄，上山途中大家全暗自庆幸，这次看来是老天帮忙，遇上了一个好天气。可是，九点不到，在靠近那座神山非常近的一大片高山草甸上，眼看着乌云顿起，愁云惨雾一阵阵飘移而近。山谷里顿时昏暗一片，不久下起了零星小雨，停了一阵，变大雨。幸亏大雨持续的时间不长，各人全披挂起了随身携带的简易雨披。然后，中午，我们遇见了最炎热的暑天。一两个小时以前的雨啊阴云啊，此刻被炎炎烈日驱赶得无影无踪了，谁也不明白这是怎么一回事。然而，有经验的当地陪同凝视西南方向许许多多奇形怪状的云层中的一朵，喃喃自语："不好！待会儿又会下雨……"马帮行列中的一名藏族女子也走到他跟前，顺着他手指的方向观察："雨躲不掉，哪儿都下！"她说的是藏语，我们从她乐观而从容的神情里看出她的话语。

巨大而陡峭的积雪的山巅，白色块面，有冰川的形状大小不一，披挂而下，仿佛一只倒伏下来用爪子去抓挠一块浮冰的北极熊。熊的脑袋部位吃了猎人一颗子弹，血刚刚流出来，迸溅的脑浆，就凝结了一片白色之中。

风在这些史前山谷中不仅有声音，而且有轰然而至的形状。在这样遒劲高寒的世界屋脊的边沿，风几乎是肉眼可见的。风就像屋脊边上被生生揭落的一块瓦，这样，人的危险就更增大了。人变得飘飘然，几乎没有了体重，或者浑身上下除了体重，什么都没有感觉，捉摸不定了。心理上的反应全部滞后，并且分外严重。至于其他的一些……记忆、平衡、美丑……要到半个月乃至半年以后，其中的一部分内容，才有可能品出味道来。更多的，或许要用剩余的一生来消化，来消受。记忆是连吃奶的力气也使尽了。前面的山巅巍峨连绵，也许要骑马走上两个月的群山的阴影和轮廓，我那时候对山的高度是全然无知、全然麻木了的。看那座著名的神山，像小时候看乡下的一间草房子一样木然。然而，神山的凶残妖娆、神山的不近人情以及原始的圣洁，仍旧在我的灵魂深处截开了一个断面。我仿佛是没有面孔的人，在小心翼翼地照镜子。一名被毁容多年以后重获新生的人。我看到高山之巅有雪崩发生，雪的瀑布以一种电影里才有的慢镜头悠然而决绝地向下腾落。雪霁。我的全身仿佛经历了一次数倍于常人的 X 光的透视。我感到了我浑身的骨骼被神山雪域所透射。任何人的温情在这样的场合都是危险的，甚至人身上的气味。看得出群山反感于一切生命的气息和味道。此地存活的一切必须是阴森森的，无生命迹象，更无生命的追求。这里是万千弃绝的美的场所，一切孤独之最终结晶的场所。这里是人迹罕至的冰山，是神灵的居地。有一段时间里，我感觉我自己的天灵盖正在被一点一点地揭开，被一只天外之手！

《红楼梦》里写到贾迎春出场，这样说的"肌肤微丰，合中身材，腮凝新荔，鼻腻鹅脂……"

那三座神山错落有致，紧挨在一起，但是山巅的形状和朝向不同。那一天我们的计划是从山谷地带穿行，绕其中的一座央迈勇峰小转一次。但是，三座神山不同的容颜神态还是被我们短暂地窥见了。其中离我们最远的一座只能大略被欣赏到一个侧影。我们骑着马慢慢走近它们，那种感觉真是奇妙无比。世间没有多少像样的文字可以用来描绘这种神奇的体验。至于我个人，我只能说，在看见并且如此近距离地和这些神山相遇见之前，我从未在任何一次梦境里梦见过它们。我坐在马背上，一边不住地通过眼睛贪婪地张望，一边搜索枯肠。我不仅从没梦见过它们（如此壮美的地球上的景象!），我连跟这样的梦境相似、大致相接近的梦也没有做到过。它们不仅是不可梦见的，而且是不可想象的。它们像一种端放在宇宙实验室尽头的稀有金属，我很想用什么闪闪发光的金属来形容它们，可惜不敢，也可惜心有不甘！它们当然不只是人类难以想象的某种金属。这些冰川和雪山都是有生命的，但我们实实在在亲眼所见的也许是距今十几亿万年的地球景象，比十亿年前的景象还要更加冷漠，更加屹立不动。在这样灿烂夺目的冰山面前我们谈论哪怕再小的话题都不该或者应谨慎使用人类的概念——我们应该用涵盖一切的生命概念。实际上，只有一种概念，地球或宇宙万物的概念。通过这样的概念去观赏，冰山立即幻变成了地球内在的本质，像一场翩然的舞蹈，像无声无息——关键在于，人类特有的时空在这种圣域冰川面前被彻底粉碎了，化作了一缕烟尘——被剖开的音乐会现场，所有乐器不仅在瞬间停止了，而且乐器不同形状质地的音箱管道全部从中间被切开，用的是一种类似电锯或割板机一类的利刃，每一样单个的物体都变成了它的复数。一把小提琴变成了左右分切开的两把小提琴，一架舞台中央的钢琴现在生生地裂开成两半，黑管、单簧管、大鼓、三角铁……无一例外。而这一切，只发生在华丽的歌剧院大厅舞台前不到一秒钟的时间，也就是眨眼的工夫！电视里看见过雪崩的人知道，相比较那些巍然屹立直耸入云的山体峭壁，雪崩在某个局部发生的景象有多么渺小和可怜，就像看一个巨人并没有在跺脚时稍稍提劲，那只脚的鞋面上的灰尘就被抖落下来了。雪崩也有点像山峰在熟睡之后流下来的涎水，那些迸腾的雪尘看来像是对它自己的渺小的嘲讽！这些雪山远离着人类文明的一切成果，一切可能的自我吹嘘。它们对于人类这样一种进化了的动物不能说不屑一顾，也很难说是视而不见，然而冰川大峡谷的深沉形体却明明白白摆放在那里：迄今为止，跟任何层面的人类社会赖以运转的建筑、艺术、绘画、人文、国家、法律、天文、科技完全无关。这是两个仿佛相互隔绝的世界，出自完全不同的神秘母体。目前阶段，人类除了不停地试图攀登或"征服"这些雪山的高度，可能形成的学习机会实在太少了，只有世世代代的藏民，从这些山峰的存在里吸取到了无尽的智慧。只有少量的印度人、尼泊尔人以及分布在青藏高原另一端的那些高山民族，塔吉克族、彝族，对于他们而言，这些美丽的鸿篇巨制雪域冰川激发了他们对于生活的许多古老和现代的想象力，但在人数上，在宗教精神的奥秘上，还是远远不能跟藏族人比。

我看见那些雪山，既没有倒吸一口冷气，也没有抑制不住地大呼小叫，我只是坐在那里，任凭我的马将我一步步带近它们。与此同时，我做梦一般地凝视它们，我念叨着这将是一场生命中的奇遇，但可惜我的大脑、我的理智、我的感情仿佛全部残缺不全，全部停止了。我就如同是在停电状态下参观了一间大工厂车间的流水线似的。古代成语称这种样子叫"呆若木鸡"。我记得自己当时并不呆，也能说话跟人交流，也能下马下来走路。我的女向导，一名藏族妇女自始至终都对我的模样显露出高度的关注。只要她不回头看我，或者在一分钟之内不分散注意力地盯视我，我就会很得意，我就知道自己很正常。有时候，看到神山某处出现的离奇景观，连她自己也会连声惊叹："啊呀！啊呀——"
藏民的个性一般都比较外露，看得出她们在尽情享受旅途中的每
一种所见所闻。她们不住地伸手擦掉额头的热汗。有时她们会把
牵马的缰绳信赖地递放到我们手上，任凭马儿驮着我们自由前
行，自己一路快跑，去追赶马帮的其他伙伴。这时候马也特别乖
巧，从不擅自离队或突然快跑。前方很快传来轻快的欢笑声，那
种笑声让人相信：是三两个女人之间在对马帮中的男人评头品
足，听她们的欢笑，好像是已经在谈笑间把其中的一个（一名藏
族女孩）嫁给了另一个。我一直到旅途的后半阶段才领悟到，这
其实是这些在一天里要翻越几十座山冈、跋涉四十八公里山道的
马帮人员自我调节体力、寻法子休息的一种办法。她们是边跑边
休息，你根本无法察觉途中她们是如何节省和分配体力的。像在
阿西乡藏民家里看见的一样，她们每个人全脚蹬一双解放鞋。解
放鞋在藏区已经不是普通的鞋子，而更像是一种力量和现代的象
征。我留意并捉摸到这些，只是机械地按照平时本能的反应。我
自已的身体和灵魂在那些剩余的旅途中早已全部空缺。我把所有
身体里的窗户都打开了，没有用，没有风吹进来，我只是重复着
惊异地看着这宛似转动中的宇宙空间站似的雪山，山体，山下的
湖泊，湖面倒映出的天空和白云，金钩铁画。山体的各种断面、
形状、色彩，完全是不成比例、不成形状的，非理性的，没来由
的。我可以说，整整十二小时，我们和这些神山雪域相处相面
对，我们没有看见哪怕再小的一个细节、细部，一个局部，一种
颜色，一处线索，是在我们预料中的或事先想象过的，这座雪山

跟每一样人类所可能拥有的东西——都错开了。雪山就这样与人类社会保持庄严的距离——一切可能的人类法则，皆在此止步！

这天的奇遇，有那么一点像儿时的冬天，雪落过了，前一夜完全停了。小孩子之间相互玩耍，扛着掮着架木梯子，要爬到屋顶上去看雪景。屋面上积雪已坍塌掉一大片，只有屋脊尽头还有立体形状，一堵墙似的完整积雪，自落雪之日起从未有过人的手触摸过它们。这样的事情当然是一种冒险。天寒地冻之日，屋顶上每一寸空间都结着冰，踩上去滑溜溜的。问题还不在于危险，在于那种奇异的视觉冲击。先是被寒风吹刮得面皮发麻，然后在梯子顶端冒出个小脑袋，很快又缩将下去，然后再往上小心翼翼抬头……那堵屋脊尽头的雪墙，仿佛走廊里射来的一束光亮，随即，半个房间的灯亮了……

这束光源很稳固，而且使得周围的空间发生变化。随着马帮的逐渐深入，山谷慢慢地变成平坦的高山草甸。我仿佛也一只脚跨上了童年的那幢瓦房，我努力抬头匍匐在寒风不停吹乱的房顶上，在很小的伸展余地找到一个支撑点。变化每一秒钟都在到来。事实上，跟在童年滴水成冰的那个寒天里一样，唯一真正的意外是：我竟然一步步慢慢挨近了那座熠熠闪光的神山！我爬上了屋顶！

"你个头那么大，马很辛苦的！"

"是啊，我长太胖了。"

"……"

那时我还不知道我们会走多少山路，我还有心情自我打趣。

以上是我跟我坐骑的主人，那名藏族妇女之间的对话。这段对话开始时，天色破晓了不久。我们的旅途刚刚开始。有一阶段，我骑的马脱离了马帮的队伍，远远地走到了前面。马主人见四下无人，突然开口跟我说话。

她的潜台词是：你不会一直赖在我的马背上，不下来吧？

以后的历险证明，她敲的边鼓不无道理，没有人可能在这样险峻的山道上一直骑着马走。有好多路段，人和马显然都不能通过，需要马帮集体的力量和适当的技巧才行。那时候马跟人都会很疲累，体力早已屡屡透支，马跟人一样都焦躁不安。这时候，队伍不得不停留下来，中止行进，这是后话。刚出发的前两个小时，由于马主人的担忧，我几乎是信誓旦旦，暗下决心，只要能走路，自己一定克服困难，坚持徒步。事实很快就证明了我这样的外来旅客的无知和幼稚，因为并非所有的困难都是人可能克服的。没有那几匹好马，无论我还是马帮中其他几名外来的汉人，都不可能翻越那一天旅途中那么一些险峻的山口，我们根本没法在天黑之前到达目的地，即便恶劣的天气变好，一路阳光明媚，也不可能实现这个无法实现的目标，那些马跟马的主人，都帮了我们的大忙。马帮行进中有时就孤零零地悬挂在悬崖峭壁的边缘，看样子马的蹄子只要偏错开半寸，人和马就会掉落到底下的万丈深渊。那天我们全体至少有两个小时之久，待在这样使人头晕目眩的险境里。因此，马的稳健令我吃惊！有时候马帮好不容易攀登上了那样的万丈绝壁，山谷里风又大起来。马主人赶快叫我们下来，有时来不及下来了，马已经驮载着惊慌失措的我们，几步跃上了绝壁，一阵风吹来，马摇摇晃晃，身子开始战栗，可是，它们最终就像它们那些吃苦耐劳的主人一样无声地挺立住了，它歇了一口气，又往前走。所有马帮里的其他人都只能在一旁呆呆地旁观，这样的骑行全凭运气。但是听当地的陪同朋友介绍，在神山周围的区域，几十年来，马帮的运气全靠山上的神灵保佑，一直都出奇的好，所有绕着圣山"转山"过程中的马帮，全都出奇地平安无事，连一次受伤摔倒的意外事故都没有发生过！我听了以后真的很惊异，如若不是身临其境，你根本想象不出这是多么大的奇迹！马劳累的程度以及它们所面对的险峻实在太不成比例了！在我的前方，马帮中其他的几匹马一路都在拉屎，我的马也不例外！它们一路拉屎，一路撅着蹄子往山间小道上攀爬。有时马下山走的坡度完全呈九十度直角。有几次我被这样驮在马背上上下颠来翻去，我的身子也差不多被拦腰折断了，每一次我都要拼死力气抓住木头的马鞍座。我和我的同伴们唯一的自救之道只是听天由命，四个字，一字不差。

最后，我们走不动了，骑马也骑不动了，连呼吸也像是快要停止了，而路途仅仅只走了一半。正是炎炎烈日的中午，我们就坐下来，找一块草地吃饭。随从人员宣布吃饭。我们在当地的朋友带了很多吃的，成箱的饼干、牛肉、方便面、饮料，藏族人用一种明显羡慕的目光看着这些，然而，递到我们手中的食物最早还是出自她（他）们的手，这样的慷慨早已成为一种流布于青藏高原各处的千古的习俗。我们几乎在草地上刚坐下，她们就把苹果扔给我们，然后是一张锅盖模样的大饼，然后从暖壶里给我们每个人倒酥油茶。我们这方面，作为客人的我们几个已经完全瘫痪不能动弹了，连感谢的话也不能说了，只会致谢一般地向她们点头。然后，一朵云彩飘过来，很快天开始下雨了。食物这会儿真是货真价实的剩余下来的体力。而我们的当地陪同还在拆饼干箱子，那些箱子不好拆，因为他们的身子也是瘫软的。不消说，那天中午没有了他们，我们也一定不会饿肚子的，话又说回来，他们给大家预备的牛肉、鸭肉还是极受欢迎的，双方的食物终于交汇在了一起。这时候，又一件事情发生了：汉地来的我们几个，普遍食欲不佳。对了，大家都还没有缓过神来。

那是我在世上的海拔最高的一顿午餐，除了雪域风光，四周迷人的草甸、冰川、湖泊，我们用餐时的佐料还包括高原反应。除了藏民们随身携带的干粮，那天中午的菜肴还有午餐肉、面包、茶叶蛋和一种超市食品包装的川味"灯影牛肉"。水果包括苹果和橙子，这些我都记得很清晰，没有人吃方便面。没有力气泡方便面。

在天黑之前，我们下山之后，我们把只吃了很少一点的剩余的食物，作为答谢全赠送给那些牵着马回家的藏民们，他们高兴得如同拿到一笔现钱的小孩子，有的分到一箱子饼干，有的分到了水果和鸡蛋。出现了一个小小的插曲：马帮中的一个藏民把一整箱子方便面捆在马背上，下山时发觉没了。她一定发誓再上山去寻回来，并且赌咒一定会在哪一段路口。我们只好全体休息，原地放任马匹去附近吃草，等待。好在时间不长，天也没怎么黑下来（这时候众人的情绪都轻松了），大约五十分钟以后，她回来了，喜滋滋地捧着那一箱子"康师傅"。

午餐的佐料还包括那一场雨，大家边淋雨边捞塑料袋里的牛肉吃。没有胃口，但必须吞咽，必须多吃！

一阵风刮过来，边上走过来两名正转着山的藏民。

有一次，我看见一对父子在山崖下躲雨，脸已被冻雨刺激得铁青。不能想象他们在这险峻的五千多米海拔的高山上走的是小转一次还是"中转"。他们的模样像是几天都没有吃东西，没有食物下肚了。做儿子的约莫八九岁。不知为什么，这一幕令我感同身受，想起当年我跟我儿子之间的故事。

转着山的藏民的头顶上，全是密布的、四处弥漫的乌云。

有些时候，我们整个马帮队伍自己也变成了乌云，在一大块山脊之上被乌云完全吞噬了。对面的仙乃日山峰消失了，脚下十米开外的路途也不见了。

暴风雨把我们的雨披在我们背上揉作一团。先是外面的棉袄、羽绒衫湿了，紧接着羊毛衫也湿了。衣领和袖口都一个劲往下淌水，然而我们还在出汗！接着每个人的保暖内衣也湿了，全湿透了，浑身上下。

队伍被吹向山口的飓风所席卷，而我们又开始绕道而下，反方向行进，因为攀爬山口的道路根本不存在直线前行的条件，我们不得不离我们要去的山口越来越远。为了相见，必须分手，为了欢聚，必须背离。

很奇怪——有时想来实在是滑稽——在这样珍贵的雪山面前，我们耳朵边长时间"噼啪"作响的竟然是一件花五块钱就买到手的廉价塑料雨披的声音！飓风一直吹得它们上下翻飞，欢快之极！

你一定不能相信：两个小时之后，所有人身上，从里到外被雨淋透湿的衣服，全部又干了！太阳出来了！

我们满怀敬畏之心凝视那些深深的峡谷，凝视峡谷另一边那座高耸的神山，眼看着她慢慢从马帮的视野里转移，变幻，靠近，退远，心情跟那几名初次登上月球的美国人有点相仿佛，或许，要比他们稳妥些，平定许多。不过，这种万仞绝壁的积雪的神山，对我们中间的大多数人来说，一生中近距离看见的次数可能也寥寥无几。我们已经几近于登临月球了，即使是在月球上，也不一定有这样荒凉的景象，有如此猛烈的视觉冲击力。因此不管是刮风下雨，或者阳光普照，我们在那一天里的大部分体力，都是用来观看神山了。人人都不由自主动用了全身的知识和经验、所有影像贮备。无论我们怎么努力，时间总在一分分地过去。在一处万丈深渊的上方，马帮经过时当地的陪同突然大声嚷嚷："下面是地狱谷……卡斯地狱谷的口子。"轮到我的马经过时，我往下面仔细观察，除了山谷裂开的一道并不显眼的口子，以及山崖缝隙一路往下的乱石、杂草，我没有别的更异常的印象，倒是我那匹马的主人，那名长相平凡但身手敏捷的藏族妇女，已经开始在那个山坡崖面上半跪半拜地匍匐下去，同时口中念起了六字真经，双手不住地捡拾起路边上的小石子，一颗颗往底下的深渊里扔。据说，如果不这样扔，地狱里的冤鬼们就会跟着跳上来，拥上身来，鬼身上的霉运、晦气就会一直跟着大家。

所有转山的藏民，无一例外，走到这一处地狱谷的上方，都要往深渊底下念经和扔石子，有时还大声喊两声，喊的内容听不清楚。从地狱谷中升起一阵异常的愁云惨雾，使人感觉阴森森的，气流也特别寒冷。而我还没来得及拿定主意，是否也要下马来扔上一把石子，马帮就已经带着众人离开了那个恐怖的中世纪一般的隘口。不久，我们又来到了与传说中的地狱谷相关的一段山口，朝上方举目，大块的巨岩上有鱼鳞一样细小繁密的层层蚀痕。藏民传说这地方名叫"剁肉坡"，这里正是地狱里给那些小鬼施以残忍的酷刑的现场，把小鬼们的身体一刀刀剁成条肉，有点像中国古代刑罚中的凌迟处死。途经的岩石上显露出类似凌迟的处死场面，那一定是生前作了孽的罪人最终的报应；另外还有岩石形成的地狱里的"铜锅"，专门熬人的；还有能够称量一个人生前做的好事和坏事的"天秤"；同样，岩石上方还有一面"大镜子"。我们经过地狱谷入口的时候正好雨下得很大。不一会儿又来到山上活佛苦修过的一个岩洞，人人争先恐后，到那洞口去用手捧接山上滴下来的圣水，实际上也就是雪水。据说，喝这个洞口的水对任何身体方面的疾病都很灵验。我也趋步向前，喝了两口，但不能保证自己喝到口中的究竟是圣水还是雨水。在那里，我还定了定神，爽爽地洗了把脸，这是自黎明临近以来我在这一整天里的第一次洗脸。洗时发觉自己满脸满身全是热汗。大家全在岩洞下面休息，全不说话。临近中午那会儿，马帮队列中的话语就越来越少，最后干脆只听得见不住的喘气声，听不见有人开口了。只有那些跟随马帮的藏民们依然如故，说笑，打闹，有时还唱上几句。到了这个圣水显灵的地方，她（他）们的神色比别人庄重多了。每次转山转到这里，她们都虔诚地磕头跪拜，同时眼巴巴地抬头看着那些神迹显现的山岩。她们一路走来，懂得怎样合理地分配体力，也知道如何绕过更加险峻的山冈深谷。一年三百六十五天，她们大约要走上一百次这样的转山路途。每一次徒步四十八公里山路，而这就是她们的面部表情坚毅从容的缘由。地狱谷不久就被我们走完了。

"看过《魔戒》吗？"

"哦，很好看！"

"第一集——我们是不是有点相像？你看，前面那些山，不像《魔戒》里的场景吗？"

"啊，甘道夫——"

喊"甘道夫"的那个人就是我。这是我们骑马进山时，我跟康珠之间的一段谈话。我们的两匹马晃晃悠悠，正好并排走在一起，而她正出神地凝视对面那座神山。出现在我们眼前的是任何人类的科技手段也无法复制的类似宽银幕上的宏大画面：清心寡欲的万丈雪峰，如同海洋深处劈面而来的一座巨大冰山。

康珠，甘孜州康定（旧称打箭炉）市人，我们这次高原香格里拉之行唯一的女性。

之后，她再也没有和人说话。她可能是我们中间最疲劳、吃苦最多的一个人，却异常坚强。在旅途的后半部分，一直蜷缩在她那匹马的马背上。有些路段险峻，人需要下马徒步，她立即跳下来，一声不吭，但是佝偻下身子，仿佛突发肚子痛一样，脸色苍白。她没有拖累任何人。当夜，回到居地她就开始发烧。

在联想到托尔金的名著《魔戒》的那段山路上，这名远道而来的康定女子还是饶有兴致的，碰巧我也一样很喜欢托尔金的骇世想象力。记得，我们还聊起了著名影星奥黛丽·赫本。

她像赫本一样矮小，机灵。

在《魔戒》里，一场雪崩夹杂着乱石迸溅从天而降。那时护送着魔戒的那支队伍正走到一处万丈绝壁的缝隙里，九位勇士依靠甘道夫的魔法和小英雄佛拉多的纯真心灵幸免于难。某种意义上，《魔戒》小说中的卡斯拉德山谷——电影外景取景自欧洲著名的阿尔卑斯山——正是我们此刻正面对的夏诺多吉山峰或观音化身仙乃日。我们的前方并没有侏儒城。我们的马帮队伍中却有一位堪称甘道夫式的人物，那就是八十年前长途跋涉来到三座神山面前，至今仍以其锲而不舍献身于美的精神引领着大家的约瑟夫·洛克。我们沿途所见，雪山圣域的风光确实比电影《魔戒》里的漂亮多了，也真切上了数倍。《魔戒》主题是正义战胜邪恶，是历经千辛万苦护送那枚索荣的戒指，不至于使它落入魔鬼手中——而我们，我们旅行的主题则是人类家园的永恒象征：香格里拉。

苦痛和磨难，一定程度上，是美的价值之所在。

我们上山，又下山，如此反复，马在泥泞和鼓突的青石之间跋涉得非常痛苦，看得见马伸出前蹄在石块和泥泞之间犹豫，努力平衡自己。人们的注意力有时会被吸引到非常卑小的现象上去，例如一小片挡了去路的灌木丛。头顶上的树枝，这些树枝都极坚韧，当旅客坐在马背上经过时会一次次击打到他们被动前行的脸上。极度的寒冷也是一种干扰。我们在路途中要同时注意保护或者避开几种东西。到后来，是这几匹马给了我们坚持翻越山口的勇气。想到还有马，还能骑上马，剩余的漫漫长途，就不那么可怕了。这时候，凌晨刚出发时我的马主人对我的忠告就被我完全置之脑后了，只要不让我下马徒步，只要能骑马，我就尽可能长时间地赖在马背上，因为体力衰竭和严重的高原反应已经折磨得我死去活来。我有一次远离了马帮，独自一人趴在山坡上喘气喘了整整半个小时，直到朋友们替我来回追赶了一趟，取来了一小瓶氧气。即便有氧吸，我的心脏仍"咚咚"响着一次次跳到了嗓子眼里，我产生了令人窒息的心理恐惧，感觉自己会马上死在这附近不毛的山坡上。我没有办法说服自己克服困境，最后，他们把我的马从队伍的远处牵过来，让我在完全不该由人来骑上马背的险峻坡度上，让我骑着马缓行。也许再有一个这样的山坡，我们那天就只好全在神山的山坡上过夜或者等死了。幸运的是，这是最后，也是海拔最高的一个山谷了。这一刻风声似万马奔腾，乱云如云锦千匹，最后的一里多路山坡，仍旧由我下了马来自己徒步，我努力缓行，回头看见我的马也由它的主人牵着在跟跟跄跄。马在极寒的飓风中打着响鼻，这时候任何自然界以外的声音，对人都是十分有用的慰藉。我感激地回头看我们这整整一天来的路途，山峦起伏，山道弯弯曲曲，在晦暗的傍晚天色中，来时的路已经完全看不清楚。

那天晚上，我们很晚才回到住地。大家叫了一桌子菜，但谁也吃不动，都不说话，看着那些菜肴面面相觑。有人提议："不如回房睡吧？"于是逃也似的四散而去。恐惧还残留在四周餐厅和过道上。有人甚至建议连夜赶回县城去，可是再快也得有一百八十公里。不一会儿，住地的房间就没有声音了。我们如同着了火一样睡着了。

然而，第二天又是个阳光明媚的大晴天。你无法想象藏地的天气有多么美丽、净蓝，空气多么凉爽，每种鸟鸣声都有不同的香味，每一棵树木都像昨夜刚从湿润泥地里钻出来。群山在远处熠熠闪烁，宛似做工最考究的钻石，宛似从北京或者上海的环城高架上看出去的大饭店。群山的大厦的楼层玻璃，一层层，全钢架结构，全封闭。这一觉睡得各人的大脑要多清爽有多清爽！每个人都在用昨天一整天转山途中的小故事取笑对方。今天我们要回县城了，会在途中翻越俄初山。于是，中午之前在一处不知名的山谷，车辆遇上了塌方的路段，上一周这里曾发生过泥石流。大家就下车去抬石头，清理泥沙和断树枝，往下一弯腰，哎哟哟，一个个全龇牙咧嘴，喊起了腰酸腿疼。

马帮再一次进山，穿过湿润的，黎明前有一场零星小雨的松林空地。十几个人的马帮队伍里没人说话。大家骑坐在马背上，或者跟着马一路缓行，全都还有些瞌睡不醒。只有松树枝上掉落下来的露水，以及偶尔有树枝拂到人脸上时轻扫弹拨的声音。

"嘚嘚"的马蹄声在这千古的深山里已经古老得如同一种水底的虫豸，如同"扑棱棱"飞走的乌鸦翅膀声音，人听见了，等于像没有听见一样，一切都汇入了高原上黎明刚过时那份深沉的寂静里。远处开始传来潺潺溪流声，是山谷溪流，传自古老的冲古寺方向。我的那匹坐骑兴许受了露水和树上掉下来的冷雨刺激，转头打了一个响鼻，稍稍把众人惊醒了一下。这一刻，我闻到了马身上微热的令人慰藉的汗味道。很快松林里的雨味道过去了。我们来到了一片上山的坡地，道路被灌木丛所阻挡，每个人的马都小心翼翼绕开坡地上布满苔藓的石块，马发力向上坡一跃时的动作很有趣，做得跟人一样，有点像怀揣着礼物羞涩地扑到自己男人怀抱里去的女孩，低着头，把满脸的红晕偏过去。有一次，马帮从潺潺溪流的浅河滩上穿过，我低下身子想去拣一块形状好看的石头，结果我的那匹坐骑开始在我前面拉屎，溅了我一脸的溪水。而在这片河滩的上游，我那匹坐骑的主人，那名藏族妇女，正匍匐下身子，趴在水面上大口大口喝水。这是一个真实的细节，也是我在稻城所有期间令我印象最深的细节。那天绕着神山转山途中，我们给过她很多次矿泉水，她舍不得喝。她连空瓶子都收好藏起来，包括那些半瓶半瓶已经被我们扔掉的。她一路捡拾。一直到下午，接近下午三点那会儿，我们经过一处有溪水的浅滩，我看见她突然像在神像面前那样俯伏下去，身子颤动着，一起一伏开始大口喝水。她喝水的模样里有某种东西彻底震撼了我！我一时竟有点难为情，有点不知所措，仿佛当着很多人的面，突然听到了一个我本不该听见的秘密。她在俯伏到水面喝水之前先有一个撩动自己额发的手势，格外动人，显示出女性的秀美来。这是她在那一天里唯一显露的一次疲态。她就像一只自大森林深处奔到溪流边上来的小鹿那样自如，那一刻，她身上作为人的一面已悄然退场，只剩余了动物性，并且显得顽强、灵巧和神圣多了。我觉得我在那一瞬间看见了一个最原始的人类的动作。这是历经劫灰的好几万年前的人类动作，同样在历尽劫灰之后在青藏高原的这一隅被保存了下来，是人类在成为化石之前片刻的熠熠闪光，并且在神山的庇护下伴以潺潺溪流的清澈回响。同样，也是人类在其幼年时代永远跟水亲昵的镜头，栩栩如生，此刻就这样摆放在我眼前，我该如何看待其中的辛劳、不屈、美丽和柔情呢？我不能够完全清楚地形容出我的感受。我那时的处境，有点像一名孩子，因为年纪太小了而被屋子里的大人们忽略，于是他偶尔走过楼道内的一个房间，里面传来男女说话声。他停下脚步，好奇心促使他透过门缝、透过门锁的孔眼往里窥视：里面有一对久别重逢的男女，正在偷情，正在偷情一般地撕咬和热吻……

除了三座神山，这就是我在稻城境内最美丽的瞬间。

每当凌晨破晓，我在自己家中或在异地旅馆的床上醒来，一个念头就会蓦地闯入脑海中：马帮又出发了！于是一个样子乖巧瘦削，面孔戴上一个藏地特有的黑口罩，远看几乎像穆斯林妇女的藏族少女，就会默不作声地牵马前来，在大山和松林的露水中，在高原黝黑的岩壁作背景的天幕旷野底下，"窸窸窣窣"向我走来。这名少女，像是自然界罕有的一种花卉品类，例如玫瑰种类里的黑玫瑰——当我自己的灵魂屏息凝望，几乎像是一小处神秘东方的庭园在和陌生人相遇，像是透过黎明之手递呈到我怀抱的一束旷野的鲜花……

我忘不了群山环抱中的那个小小县城，县城呈现在人们眼前时的那一层洁白、淡雅的几何形绿色。忘不了稻城河两岸波光粼粼成排的青杨林，以及藏民的石墙土宅顶上清晨的炊烟。忘不了如同悬挂的水晶吊灯般的公路，公路向着被一层古铜色和淡紫色雾霭所笼罩的高原深处蜿蜒，群山底下的村落城镇因此而显露无遗的孤单、寂寞。忘不了跟随马帮的日子里那些马儿的昼夜无言，马的略带畏惧而又驯良的眼神。忘不了马镫子被脚踩踏受力时的感觉，人在跃上马背的一刹那灵魂的踉跄。忘不了俄初山色——碧波荡漾——最初到达嘴唇边的味道。忘不了藏民家的黑猪、酥油茶、高大结实的房梁以及清晨透过门缝的青翠的山色。忘不了村子里砌房造屋的那一帮小伙子、小少年，他们宛如吉卜赛人的乐观笑容、歪戴的帽子。忘不了黑暗小街上的一场雨、某种制作铜茶壶的古老工艺。忘不了一个个盲人空洞眼窝似的海子山。从高山草甸尽头眺望到的远处云南省境的皑皑雪峰。一股车窗外的寒冷气流。亚丁村口那两只出自不同年代之手的路牌，其中一个是原木，一个是金属。雨后的彩虹，藏民家中高大森严的门洞（台阶由曲曲折折的世纪垒就），山涧奔突的气流，东义河上空悬空的铁索吊桥（我们从未去过一次）、著杰寺（像鹰巢似的筑在悬崖绝壁之中）底下因为炸药炸开土坡而受惊的那一群藏马鸡。寺庙门前的吉祥旗（那旗上神秘的图案）。从长满了苔藓的墙垣缝隙眺望到的远山。村子里组织的沉默的舞蹈，舞蹈以一种非常迟缓的节奏开始，逐渐抵达轻松和欢快；舞蹈者围绕着村子里因为年事过高而丧失了劳动力的那几名老人——老人们年轻时一定也作为舞蹈好手加入过这类活动，如今却依偎着厅堂的梁柱，仿佛即将沉沉入睡般望向周围热情地围拢他们的那些年轻人。我忘不了美丽歌声般的桑堆河水。第一天的藏族女孩，第二天的藏族女孩，第三天的藏族女孩，她们的名字分别是"忧伤""神秘""柔情"。我想起米斯特拉尔的诗歌，她在智利的深山里的爱情。女孩身上的银首饰、藏银的耳环，仿佛完全是为了一场诗歌和音乐的婚宴而佩戴。全部以及唯一的记忆，最后和最初的到达。

孤零零的黄山

　　一个人上黄山时遇大雨，这是寻常、是没办法的事情。雨要在方圆几百公里内的山脉和层层叠叠的山峦上下磨石研墨，磨制成历史和空间的黑，不远处的宣纸城宣城式的古墨黑，这是没有办法的事情。别说今人如黄宾虹，说古人如徐渭眼睛里的黑，或二上黄山的旅行家徐霞客眼里的黑，大概是饶有趣味的。在黄山上淋雨，雨有宣纸墨汁似的黑亮，有宣纸的淋漓绵柔痛快薄冷。再加上在黄山的山道上遇见天黑，太阳落山竟有天亮的感觉，夕阳下竟然似日出东海！在黄山上，昼夜晨昏之颠倒，是寻常的事。山上的游客，同一个人，上午是小孩的，下午变成了白发苍苍的老叟；早上是妙龄少女的，到了夜里（如果她不能够来得及下山的话），竟成了街头巷尾不识字的老妪。曾经的豆蔻年华，皆成流水落花；可能的花容月貌，一时间都成空。像画家手上咣咣响的空空的秃笔。黄山的山道隘谷，都有秃笔、荒茅、茜草、燕友、藤黄；都有石绿、孔雀石、铜绿、沙绿、白垩；湿淋淋的一阵风吹来呛鼻的雄黄、空青、曾青、朱砂和银朱……可惜今天世界上的人，大多不识。而黄山隐秘的部分，像是无标牌无屋宇无管理无档案陈列室的中国画旷古无闻的大颜料库，很可能是世界上面积最大最亮的山水空间，是种类、名称最最繁杂的绘画用的颜料库。这库房面积之大、之广，令人瞠目结舌。在一道透过厚厚云层的光线里，游人们根本不能够确知，他们究竟望见、听见、知道了什么！黑是黄山的基本律法准绳。黑色是自北往南的黄山山脉走向的基调，犹如贝多芬晚年指挥乐队演奏的格言："先生们！请给我一个 A 音。"上黄山需要有很好的耳朵，不需要脚，更不需要年轻人通常携带聆听音乐的耳麦，甚至在阵阵松涛林壑的始信峰前，不需要游人辛勤的走路。在黄山，人类的走路和攀爬是无效的。现代人啃吃的饼干方便面，更加地纯属无效。黄山会在山脚下提前腾空一个人的知识心智学养或年龄，更不用说什么身份职位简历了。不要给他看你的面孔，不要告诉他你懂得多少，不要责疑他仿佛确知你心脏处的那一小块阴影。你的呼吸他听不见，你的跛足他看不见。膝盖有毛病的老年人的呻吟对他而言是多么年轻光棍汉的长夜将尽的欢乐！别跟他说你眼睛不好而你去过地球的五洲汪洋。英语、西班牙语、中文、瑞典语、阿根廷语、巴西人口中讲出的广东方言粤语，在他听来都一样：悬崖上下的风声！这里没有语言，没有人类的表情。所见和所听皆为黑色，皆为黑多黑多的两相并列，犹如儿童们时常引为知己的玩笑形容词：黑咕隆咚！黄山是一统的大雨中的山岩，大雨中的迎客松，大雨中的马尾松，大雨中的管弦乐队式的客房和酒店——可怜的人类，离开了现代西方式的酒店，如何才能够在黄山特有的黑色中活得下来？对于抱怨山上酒店的菜肴的昂贵的各国游人来说，波涛汹涌般的山顶上的飓风松涛阵阵席卷之余，这位跟那位，你、我、他，如何可能存活？《哈姆莱特》中著名的台词，在这里铁定变成了每个人的咒语：上（山）还是下（山）？黄山的风景不存人类的语言，看不出任何人类语言污染过的印迹，即使偶尔流露，也过不到天亮——半夜就被雨淋没了，小半夜已失魂落魄了！黄山是什么地方？黄山长什么样？这个问题等于在问：大海是什么？太平洋在哪里或有多大？并且一问一答两位仁兄，必定其中一位是冒傻气的地球人，而另一位是好莱坞大片里的外星人。

事实上，登过、登上过中国黄山者，都像外星人，身上、脚下、背后、口袋里，某些或某个部位，都好像有那么一点外星人的模样和味道。要不就是影子，像那么回事！背包，哇，好夸张的眼神和装束！游人的眼神，也像他们的装束那样子，有点特点。尤其几个像广东人的美国人，像美国人的广东人，像法国人的越南人和像越南人的尼日利亚人。又或者，淋过一场雨之后，像德国的巴黎人，像波兰的俄罗斯人，像克罗地亚人的苏州人……所有这些人，有一天或曾有一天，曾几何时，都曾在中国的黄山顶上汇聚过，团圆过，娱乐过和痛饮过。一个没有名称，事先无任何约定，事后也不曾留下丝毫记忆的派对。一个国际大派对，二〇〇三年之后的"世界自然与文化遗产保护区，世界地质公园"。一南一北相隔两百公里的群山，正如大熊猫的两只黑眼圈。大熊猫也有小的时候呀，也有山上吃不到竹子、淋雨的时

候呀！怎么办呢？雨中黄山看上去一片黑，可怜而又委屈，身子
白白的，细看，原来是雾。身上肉嘟嘟胖胖的，不用说，还是
雾。关键走起路来，像雨像雾又像风。人怎么可能登山上走起路
呢？人怎么可能登上风和云雾呢？湿淋淋的黄山云雾。瑞士进
口，世界上最先进的缆车第一时间开始"吱嘎"响，仿佛缆车的
上升着的底端和底部，藏匿有一头中国四川的大熊猫。不知名的
动物和身躯一路追随，一路都在不停地拱动游客和乘客们的心
脏、胆、胰、行李、床铺、缆车和缆车票。在黄山上，人们手拿
一张游览用的门票都很吃力，都累得够呛。在黄山上，人人都想
把一张光滑、印制考究的门票变作阿拉伯神话中的飞毯。每一名
游客都在憎恨那门票的光滑考究，那上面的每个孔洞。每名游客
都喝光他或她的矿泉水，而在一天二十四小时里，几十万名游
客，没有一人肯动脑筋想想徐霞客、汤显祖们，想想古人是如何
没有矿泉水而自在自如地上下山的。古人喝山上的水，山泉水。
好吧，山上的景观也许有电视台主持人式的提示屏，上面写道：
古人爬山只等天落雨，只等大雨落下，以方便各人，各员随从喝
水解渴喝个够。那么，吃饭呢？睡觉呢？在黄山，人人尚没天亮
就已经天黑。人人尚未开始走路就已经睡着了，打起来难以名状
的惊天呼噜来了。黄山的玄武岩，黄山的喀斯特自然地貌，黄山
的于非暗和黄山的王绎"彩绘法式"，所有这些西洋红和白粉，
所有这些赭石、芽绿、莲青、秋香色们，肉红们，老红们，花青
们、深浅们，呵呵，全在宋人使用青绿之前，在采、彩互通之
前，在《医方类聚》《阿房宫赋》《南村辍耕录》之前。山上的

旧德国货，山上的北方各地皆有的槐花，山上的用砂锅煮一个小时，泡沫撇出，随煮随撇，山上的"双料杭脂"或杭州雀舌，山上的江宁织造，"乌玉玦"或者"耕织图御诗墨"，一九四九年以前的漆和桐油（制烟食原料）大量的出口等等等等，全在崎岖多变的小道上拾阶而上，一个个面红耳赤，一个个口干舌燥，一个气喘吁吁，从古到今的喘息，不停不顾的喘息，奋不顾身的喘息。没人知道黄庭坚当年是怎样上山。也许只在山下住宿几晚，左顾右望；也许只走到了黄山今天的汤口位置。这怎么行呢？在英语里，虽然没有"不到长城非好汉"的豪迈成语，在法语里也自然没有"黄山归来不看山"的阿尔卑斯山以外的说法啊。地球上不再有一座山可能像黄山这样人头簇拥的了。某种程度上，这山仿佛不在中国，可能是在亚洲，但却更像是在非洲，是广漠非洲的一个矗立着的立体大草原，是非洲的一个嗷嗷待哺的计生站。就其日常的荒凉、荒谬而言，说它像是月亮的计生站也不为过啊！所有的人口化作数据、指标，都在黄山这里，在仙人踩高跷处、文王拉车处、天女绣花石下，被一一登计入册，做思想工作，动员全家的几世同堂、大人小孩一起相互督促，状若传说中的天女散花：在亭左石床峰上，松石组合，石是少女，松是绣花的花绷。旁边不远处尚有仙人晒出的鞋与靴（啊，远处一石极细，似仙人踩上了节日的高跷在走路……）。在黄山，一切都化为一场统计数字，一九六六年中国"破四旧"被砸烂击碎的东西，以各种幽怪志怪的形状走出来，来到了黄山的远近山道上，人们与其说是放松了自己的心情出门游山玩水，莫如说是选择了

一座名山前来祭奠或追悼自己，追悼失去了的祖先和家人：一个
昨日的世界，在西海景区的石缝透光的云雾中若隐若现。奔赴黄
山之旅，就像奔赴一个中国人的想象力，在中国，北与南、东和
西，任何一个偏远省份的百姓居民，如果你问及他（她）：觉得
自己一生最想去的最美的地方是哪里，答案十有八九是黄山。
黄山。

　　处于安徽省南部，北纬30°06′，东经118°09′，号称地球上神
秘的"北纬30度线""万山拜其下"的黄山，比庐山高出三百九
十九米，比九华山高出五百三十一米，比更远处的井冈山高出八
百七十八米。美国的密西西比河，闻名世界的尼罗河、幼发拉底
河和长江，都在神秘的北纬30度线上入海；地球上最高的珠穆
朗玛峰和世间最深的马里亚纳海沟，也都在北纬30度附近。令
人震慑的事实还有，这个神秘纬度线上的百慕三大角、埃及金字
塔和狮身人面像，中国的承德避暑山庄、武夷山、厦门、林芝、
绍兴、峨眉山、拉萨、奉化、重庆、雅鲁藏布江大峡谷，等等。
整个黄山山脉，南北长约四十公里，东西宽约三十公里，山体面
积一千二百平方公里。而鸟瞰黄山，会更有意思：山脉形象像极
了一片海棠的叶子，山脚下的汤口古镇就是叶子尖尖，太平县像
叶柄，而从铺村到北海再到玉屏楼下至汤口的那条山道，就是它
的鲜妍透明的叶脉。黄山，是一片漂浮在云海之上的"绿叶"。
传说古时候人们登顶远眺，能够望见数百公里之外的天际蜿蜒而
去的长江，极远极远的天际有一条白线，我想，那大概是安徽芜
湖段的长江吧。所谓"震旦国里第一奇山"，这是有史籍记载以

来对黄山加以美誉度的最早最初的形容。这"震旦国"即是古印度人加予中国的特有的称谓。"震旦"一词，多出于佛教经籍。清人方士翌说："黄山奇态，美不胜收，人人游，换一山；时时游，换一山。"山一直在变幻中。清代康熙年间太平县的县令陈九陛有一妙联："岂有此理，说也不信；真正妙绝，到者方知。"嘀嘀，嘿嘿。"他山以形胜，观可穷；黄山以变胜，云霞有无，一瞬万变，观不可穷。"董其昌留下的四个字是"秀甲九州"。有人问徐霞客：你遍游天下南北，依你来看，哪里的山水最为妙绝？徐霞客回答："……薄海内外无如徽之黄山。登黄山天下无山，观止矣。"后人得之，提炼为更加朗朗上口的格言式："五岳归来不看山，黄山归来不看岳。"几乎每个中国人都耳熟能详了。后来，看山是为了不看见。登天下山，是为无山！

公元二〇〇七年七月，黄山—杭州的高速公路修建工地上，在著名的"花山谜窟"的鸡母山下，工人们无意中有了一个惊人的发现，七月五日中午，随着几声开山的炮声响起，乱石飞溅，一个名字叫程国斌的民工清理碎石时，忽然在乱石堆里觅见三大块与众不同的石头，石质光滑，重量非凡。于是，他偷偷挖掘，带回家去排列组合，得一番细察过后，程国斌将不同形状的石块的断裂处仔细拼接，惊讶地发现：石头的形状像一只只牛脚，体积硕大，高约六十厘米。观者无不称奇。消息很快传出，安徽省博物馆古脊椎动物学专家们顶着烈日酷暑赶过来，鉴定后定论：这是侏罗纪大型蜥臀类恐龙肩带骨和部分肢骨化石，距今已有一亿六千万年！

于是，中国考古部门的专家们云集鸡母山上下，再次细致地进行了挖掘，先后出土大量的尺幅不一的恐龙化石，有食肉型巨型恐龙，也有食草型的；大的身长达十三米，小的仅像一只普通的鹅鸭。专家们最后正式认定：鸡母山是中国华东地区的唯一一处侏罗纪恐龙化石地。

中国的侏罗纪公园之一，就在黄山。

现代地质考察证明，距今约一亿四千万年前，恐龙早已经在黄山的崇山峻岭深处称王称霸了。而就在同一时期，中国东部地区发生了一次史称"燕山造山运动"的地火喷发、天崩地裂。生存和活跃在中国华东地区的恐龙种类，就此而遭遇到了灭顶之灾。

"忽闻海上有仙山，山在虚无缥缈间。"白居易的这两行诗，不一定是写黄山的吧。

"十八罗汉朝南海。"

"一片之云有异势，一尺之松无凡枝。"

"走进黄山，立马成仙。"

"……此一有价值之标本，不知其后落于谁之手矣。"

"年少游黄山，行行百余里。邂逅两檐者，肩荷野人骨。黄山有野人？闻者悚毛发。"

"黄山四千仞，三十二莲峰……仙人炼玉处，羽化留遗踪。"（李白）

"会稽陈业，洁身清行，遁迹此山（黄山）。"（郦道元《水经注》）

"森然古木覆苔阴，四顾苍山一径深。六月长廊不知暑，飞泉终日响潮音。"（元代鲍深《祥符寺避暑》）

"一夜寒风起，万树银花开。"

"翠壑丹岩千丈画，白云红叶一溪诗。"

"人间四月芳菲尽，山寺桃花始盛开。常恨春归无觅处，不知转入此中来。"

似乎大海一夜之间刚刚退却的大黄山，各地仍有汩汩的清泉温良地出泡冒溢，山崖活像一个个军队大营里的水龙头，山脚一派湿淋淋的映山红——高山杜鹃。终年云雾缭绕的山峰鳞次栉比，次第而开，高耸入云。云和水，山和天，崖和木，涧和谷，沟和草，寺和石阶，环环相扣，紧密相连，太平洋浩渺的影子如风一般在云海之上蒸腾潜行。石笋、石林、石猴在千年的藤萝枝蔓间四处爬行，活灵活现地丛生，构成一个冰川纪图型洁白晶莹的自然生态。深山溪谷间的雾凇，冰凉的雾气四散飘拂濡染着。顿时，墨绿色的松针长满了细密的、雪白的"羽绒"，晶莹粉嫩，冰清玉洁。有时迎面而来的一座山峰就像海浪，保持着深海洋面似的诡异岑寂，浪峰上的水花仍在"哗哗"地四处溅泻，对应着月球表面的传奇阴影，仿佛周围的天地，在日出时分刚刚初开，混沌初开的大宇宙和太空广袤的模样。在黄山的山谷里行走，人们能够感知某种海洋的孤寂，某种时间和文明纪元之初的万物蒙昧的气象。有如穆齐尔的一部小说《没有个性的人》，有如《包法利夫人》和《危险的关系》。

宛似群山之中的启明星，围绕着黄山山脉而一字排列开的星罗棋布的名山犹有九华山、牯牛降、天柱山、大别山、武夷山、莫干山、龙虎山、三清山、齐云山、雁荡山……它们都很有名，甚至一模一样有名，有的在浙江、江西、福建，但主要在安徽境内。都没有黄山那样的暴雨和黑，都没有黄山那样的奇诡和旷古，或者说巨制，长篇大论。宛似一幅徐徐展开的山水长卷，并且铁定是在中国的东南展厅的入口处，在它的中心位置。人们登临黄山，几乎像是在用手拉开一幅大山神奇的帷幕。山的幕布，仍在客人手上微微颤动……像古时读书人到一地的书院去拜访书院的山长。黄山，同样有着兄长般的敦厚、沉默寡言和不苟言笑。其他各地的名山，都把属于山地的某一类品性发挥到了极致。例如，更加地濒临太平洋海岸线的雁荡龙湫，那峰峦之间的清幽脱透；武夷山之秀丽婉约；龙虎山之奇特无双；三清山的裸岩众峰；大别山的雄浑决绝；九华山的气贯长虹；天柱山的险绝峻峭……所有这些，黄山稍纵即逝的山道上都有。它是"云以山为体，山以云为衣"之天下名山的集大成者，而且更见险绝，更见清幽，更见雄浑，也更加地一派自然，大气不喘一声，云遮雾绕，迷蒙一片。它不知道自己是谁，也不明确别人是否"只缘身在此山中"。唐明皇天宝六年（747年）六月十七日，中国的当朝皇帝下了一道圣旨：以中华民族的人文始祖轩辕黄帝为名，把此一方神奇的山峦之前的山名"黟山"更改名为"黄山"。从此，每年的农历六月十七日，就成了黄山的命名日。由皇帝亲自为一座大名命名，这样的奇闻不仅是在中国仅此一例，也许在全世界范围里，也鲜有耳闻。"黟"者，读音如"衣"，黑色的意思，今天的汉语中已经很少使用，只有黄山脚下的一个小县城，还在使用它——古老的黟县。尽管它境内的两个古村落已被列入"世界文化遗产"名录，可前来游玩的许多中外游人，还是习惯把它叫成了"黑多县"。

黑多，黑多，"峰岩青黑"者多。事实上，因为古代这个小县城盛产一种名叫"黟县青"的青黑色大理石，县就以"黟"命名。这样，古昔年代的黄山山岭，也就沾了县城的光，可是，威仪八方的唐明皇，为什么要替山改名字呢？

传说，中华始祖轩辕黄帝，曾在更加久远的年代到此山下，由丞相容成子、浮丘公陪同，来到江南的黟山炼丹。丹丸炼成，黄帝口服七粒，可双脚腾空，身子离地；再服四十二粒，毛发逐渐变色。于是到今天更加著名的汤口温泉去洗浴，连洗七天，尊贵的黄帝终于返老还童了。当场乘天降的白龙飞升上了天庭。后人不信？当地的山民都振振有词，告诉你今天黄山各处的山沟沟里，还留有当时那条天龙下降时，龙的头部被撕扯下的"龙须草"呢。

皇帝李隆基替黄山正名后七年，公元七五四年，曾为杨贵妃献诗"若非群玉山头见，会向瑶台月下逢"的诗仙李太白，慕名来游黄山；又是访仙人，又是求白鹇，又是在"鸣弦泉"边上喝醉了，酒后佯狂，大吼了三声而去。

李白究竟是爬到了山的哪一段呢？

仪态万方的山峦一座座、一丛丛排列开去，保持着神秘地球的"间冰期"之后冰雪消融的温暖和丰满，向每一位前来探访的远近游客们，以山风松涛的样式嘘寒问暖。裸石、深谷、瀑布、奇松，时而像少女头上的发辫，时而又像飞驰的过山车腾空跃起。陪客松、送客松、迎客松、望客松、引客松、接客松、控海松、望潮松、黑虎松、蒲团松、油松……一棵棵，一株株，或举，或立，或卧，或俯，或仰，或削，或虬，或高，或矮……表现出周围空间的风势和地心引力；亿万年冰欺雪压中盘根错节着，四季常青着，远观，如深海怒涛压顶；又像是那排浪拍岸的潮汐。是那样的山呼海啸、枝繁叶茂着，难怪当年李白路过这里，会留下"风生万壑振空林"的感慨！这是怎样广袤深远，怎样浩瀚如海的一片空林啊！清代闵麟嗣曾编修《黄山志》，其中列举当时的十大名松、八大怪松。而在一九三六年，当年北平植物学会的成员组团考察黄山之后，惊叹这里的丰富植被，将穿石绕径的这些松树统称为了"黄山松"，作为世界范围松树中的一个独立的树种，并与怪石、云海、温泉合称为"黄山四绝"。所谓"无峰非石，无石不松"是也。

玉屏楼东，文殊洞顶，莲花峰侧，天都峰前，仙人桥畔，西海岸边……一株株奇松，好像天然盔缨、伞形的盾牌，抗击着那风刀冰剑，巍然挺拔，英姿飒爽。这时候，古人在温泉雪后望山的诗句，禁不住跃上游人的心头："万树光连峰尽白，六华下点鬓先斑；眼空银海三千界，怅望仙居不可攀。"或者："风欺雪压一重重，生长畸形百不同；唯有后山云谷里，撑天笔立啸寒空。"

如果我要说。黄山上有一种中国南方的精神，是此一山水精神抽象而又集中的空间体悟，众人可否同感？这一不同于中国北方的空间形象，古往今来，实际上，早已被画家和诗人们，被他们笔下的作品文字以及线条笔墨所反复印证。从陶渊明，从谢灵运、谢朓，从中国伟大的唐代到李白，一直到后来的更加见情见性的江西诗派、黄山（新安）画派、徽州文化，元稹、杜牧、范宽、文同、苏轼、黄庭坚、朱熹、黄公望、李时珍、海阳四家（黄山因有云海奇景，亦称黄海。海阳概指黄海之阳，即他们四人故里——休宁、歙县一带）、弘仁（渐江和尚）、查士标、孙逸、汪之瑞、黄宾虹……其中如弘仁在很多年里隐居黄山，曾写诗道："坐破苔衣第几重，梦中三十六芙蓉。倾来墨沈堪持赠，恍惚难名是某峰。"表明他在漫长的山中游历过程中，游遍了黄山三十六峰，常常形诸梦境。在这期间，他天天对着山上不同的景观写生临摹，共摹写黄山图六十幅，山中名胜五十处，构图皆出诸真景，幅幅不同，煞费苦心。所有这些画作，多出诸黄山周边奇妙的真景，技法稔熟，且灵活地运用了元季四大家笔墨，而又在文人画基础上有所创新。他的画从宋人入手，后主要学"元四家"作品，尤其喜欢倪云林，却也更重于直师造化。早岁游武夷，晚年游庐山，常居黄山、白岳（休宁县齐云山），一生与山水为伴，特别是在晚年时，突破了"疏林平坡，浅水遥岭"（倪云林作品特色，同时亦为江南地界属江苏长江太湖流域一带之空间特征），画出一种"笔如钢条，墨如烟海"的气概来，看似清简淡远，实则伟峻沉厚，且寓伟峻沉厚于清简淡远之中，横解索皴，雄放排空。另外有来黄山后以树皮代瓦作棚，居住树皮棚直至老死的雪庄和尚，以写黄山真景和花卉闻名。之后，还有清初王时敏、王鉴、王翚和王原祁，史称"四王"，"敢言天地是吾师"（弘仁诗）。更有苦瓜和尚石涛，在黄山的山道上徘徊不舍，留下"搜尽奇峰打草稿"句。汪采白、杨鹮、江注、姚宋等画家，他们在山中优游过多少岁月，曾经留下了多少披霞踏雾攀青崖之后的画作诗稿，对于后代的人们而言，已经是个谜，或混同于黄山每日的美景奇观之中了。"漫将一砚梨花雨，泼湿黄山几段云。"（石涛诗）诗人画家们清楚地知道，在钟灵毓秀的大黄山的造化面前，人类的任何活动，都委实太过于平凡渺小了。所谓"天开文运"，或者说"天造画境"，绚丽多彩的大自然，留下一笔或者少一笔，哪是人所可能追摹的！"不知黄山真面目，岂敢狂作黄海图"（李可染），"黄山是吾师"（石涛），如同黄山天海醒目的石刻：大块文章。

雨后初晴的黄山，跨歙县、黟县、太平、休宁四县境。其山势由东北向西南伸展，是长江水系和钱塘江水系的分水岭。以平天矼为界，矼南为前山，矼北为后山，环山约一百二十公里，在秦代以前被称为"三天子都"，认为天都峰就是《山海经》里所谓的三天子者。它的四面皆有障，婺源的率山（亦名天障山）是南障，庐山（古称天子障）是西障，绩溪县境的大障山为东北障。明代人钱谦益在《游黄山记》中记曰："其峰曰天都，天所都也，亦曰三天子都。东南西北皆有障，数千里内之山，扈者、峃者、岌者、峄者、蜀者，皆黄山之负扆几格也。"唐代志满和尚，宋代的范成大，之后的袁中道、黄汝亨、钱谦益、丁云鹏、普门和尚，清代的施闰章、刘大櫆、袁枚、雪庄、渐江、石涛，近代的黄宾虹、李四光等，他们都曾登山游览，使黄山的名气越传越广。唐代大诗人李白，写下了"黄山四千仞，三十二莲峰。丹崖夹石柱，菡萏金芙蓉"的诗句，把黄山描绘得像金色莲花一样美妙。宋代吴龙翰、鲍云龙和宋复一，曾身带干粮，历时三天，在咸淳四年（1268 年）十月十六日登上莲花峰顶。吴龙翰在《黄山纪游》中记曰："上丹崖万仞之巅，夜宿峰顶，霜月洗空，一碧万里。古梅谈玄，鲁斋诵史，足庵歌游仙招隐之章。少焉，吹铁笛，赋新诗，飘然有遗世独立之兴。"正如清代程弘志所述："山行之险，莫如黄山。而黄山险处，乃黄山奇处。险不极，奇亦不极；险至不可思议，奇亦不可思议。"因此，黄山素有"天下第一奇山"之称。明代钱谦益在《游黄山记》中记曰："黄山无树非松，无松不奇，有干大如胫而根蟠屈以亩计者，有根只寻丈而枝扶疏蔽道旁者，有循崖度壑因依如悬度者，有穿罅冗缝、崩迸如侧生者，有幢幢如羽葆者，有矫矫如蛟龙者，有卧而起、起而复卧者，有横而断、断而复横者。""鬼工险莫如，天匠巧欲尽。"古人游此，"一步十叫绝"。怪不得明代智舷《登石笋矼》诗说"化理不厌奇，濡毫讵能状？"惊叹大自然造化黄山奇峰怪石之奇，是不能用笔墨加以形容的。唐代名诗人李白诗云："奇峰出奇云，秀水含秀气。"由于黄山位于中亚热带，雨水多，湿度大，常形成云雾缭绕的局部气候。又因其峰峦高度不等，方位不一，峰顶和向阳坡的水分蒸发与山谷和背阴坡的水分蒸发速度相差很大，水气凝集而成的云雾不断上升，不断变化，气流在山峦间穿行又受到不同方向山峰的阻挡，形成了深壑林间特有的山谷风，这样便产生了空气环流和烟云弥漫、变化无穷的现象。这些云雾，时而堆棉铺絮，平静得像玉池一般；时而轻飘慢流，像款款舞动的素绢；时而风起云涌，像滚滚波涛，将万道山梁一齐淹没。清代吴应莲在《黄山云海歌》中对此做过具体而生动的描述："黄岳凌空数千仞，干岩万壑含精蕴。有时喷薄结成云，弥山遍谷皆缤纷。平铺峰顶滔天白，五更变幻长空色。望中汹涌如惊涛，天风震撼大海潮。有峰高出惊涛上，宛然舟楫随波漾。山巅古木气萧疏，何似桅樯列画图。风渐起兮波渐涌，一望无涯心震恐。山尖小露如垒石，高处如何同泽国。斯为大地一奇观，狮子峰头最耐看。云蒸山顶成沧海，云消山色依然在。须臾阳谷辉乍腾，片时沧海忽消沉。乱云漠漠归岩壑，山顶波涛不复作。峰峰依旧扑青空，千年绝壁留仙踪。"

茫茫苍壑，云雾弥漫汇成浩渺的大海，一座座群峰青崖似大海中的岛屿。站在玉屏峰之立雪台上，向东北方向眺远，见那云海层层翻卷，中有一艘舰艇待发，这正是华东第一高山气象站——黄山站。黄山站高高屹立在一千八百四十米的光明顶上。东面远山绵延，气势磅礴，脚下怪石峥嵘，巨壑万丈。南面是莲花峰、天都峰两相倚天，"鳌鱼驮金龟"正隔海远望。西方峰峦奇峭，如出水芙蓉可爱，一望无余。北边，则是雄霸一方的狮子峰、贡阳高山。万卷诗书似的黄山最高峰，正坐落在这个绝妙的"五海"烟云之中，朝迎日出，暮卷余晖。似乎，生命的意义并不在于创造，而在于浪费；正如爱情之凄绝，不在于见，而在不见。在云海茫茫之中的莲花峰、天都峰恋，多少空山仅余松涛回响，多少美景只留下了游客相机内作废了的胶卷。在今天，则是手机的流量，越来越忙碌的白色充电器。在黄山上，一个人往往会目测自己的一生远去，空自消融在这中国式广袤的河山。人大多意识到自己的生平业绩，所谓的事业成败，在多大程度上被浪费了。人和黄山这样的一座名山、这样规模的空山交谈，是多么难得、奢侈，多么珍贵而又离奇的一桩事情。在中国人心里，黄山好像是中国人心目中的富士山，虽看不到血渍斑斑的樱花飘零，却也永不见高耸入云之黄山松柏凋谢。以松树来度凄美的樱花之心，大概，就是日本国跟中国的区别吧。同样的天地自然，铸就出不一样的山水人情。在黄山上每天会有多少游人的观感被浪费。他们下山时一个个还那么充实和幸福。乘上缆车下山，竟身轻如燕，爬一趟山，体重减去了五斤。黄山成了中国境内第一号健身房，大汗淋漓的春天山野的映山红，对应着冬天著名的雪景或《黄山雪霁图》。富士山以日本国遥不可及的终年积雪闻名，黄山却如中国街头巷尾的天井弄堂，大小孩子全都挤在那里谈天说海，大摆龙门阵，纵论山海经。你越走近山，山越陌生，不改初衷的陌生，好像桑德罗·波提切利的绘画。"……富有情感。这在绘画历史上是个创新……带着情欲和忧伤在波提切利的作品中随处可见，如天使、圣母、圣徒、男孩、少女，在玫瑰红、棕褐色、灰色和灰白色的精致色彩中淋漓展现。波提切利的个性中有种一成不变的、充满幻想的孤独。它们尽现在我们眼前，却拒绝我们的亲近。通过紧张刻画的线条，这些作品给感官带来沉重或厚重。它们平静的脸庞带有栅栏的白桃花心木背景，一种被培养起来的封闭。"（卡米尔·帕格利亚《性感人物》）。人们知道，波提切利的名画《维纳斯的诞生》描绘了人类绘画史一个多么惊心动魄的主题：重生，美的重生。而在乔尔乔内的《暴风雨》、瓦萨里的《神圣家族》和拉斐尔的《圣母加冕》之间，波提切利的作品清新，宛似远方的天空一道闪电划破昏暗的乌云。

　　黄山矗立在东方亚洲的昏暗人心之上。山峰黛黑，青翠，不时发出噼里啪啦暴风雨之前的雷声。山峰的多个轮廓线有火药味和记忆危险的硫黄味。云海有时就像黑夜传奇。有古墓丽影那样的吸血鬼背景或中世纪传奇。它像一艘停泊在海面的沉船，栩栩如生，刚刚被打捞起水。一名叛国的间谍在国境线边上被生擒。底下的船舱有多少沉甸甸的珍宝金币，尚不可知。因为，它在自己的遭毁灭里面威风凛凛，同样，它也在自己的海神波塞冬的歌队、在希腊歌队面前威风凛凛。它的悲剧，人们不幸聆听成了喜剧；而它的喜剧，人们的脸上，又滴淌下了纯属多余的痛苦的热泪。中国的《诗经》年代，黄山早已经发出自己的声音。晋代王嘉的《拾遗记》里，有其中一页在梁武帝年代的一名小王子，被籍录在册。大意如下："……老聃在周之末，居反景日室之山，与世人绝迹。唯有黄发老叟巨人，或乘鸿鹤，或衣羽毛，耳出于顶，瞳子皆方，面色玉洁，手握青筍之杖，与聃共谈天地之数。及聃退踪为柱下史，求天下服道之术，四海名士，莫不争至。五老即五方之精也。"又，《神仙传》载李根两目瞳子皆方。又引《仙经》云："八百岁则瞳子方。"看看，大黄山的眼睛是方的，有棱有角。人活八百岁，眼睛也能够见方。那名梁代的小王子，名字叫萧绮。关于《拾遗记》的作者，杨慎《丹铅总录》有如下文字："陇西处士王嘉，隐居倒虎山，有异术。苻坚迎之入长安。按嘉字子年，今世所传《拾遗记》，嘉所著也。其书全无凭据，直讲虚空……"

在王嘉生活的年代，所谓"直讲虚空"的黄山，还少有曲径通幽处能入中国文人志士的法眼。中国南方广袤山水，尚不被人们所熟识。相反，在中国的北方，太行、五台、华山、泰山、秦岭或终南山，已经以其与南方山水相迥异的方式进入中国文人心灵的抒情样式。黄山之于中国的南方，有如八百里秦岭之于北方，正如黄河和长江之差异。中国文明的源头，昔日，还在黄河最大的支流——渭河流域的两岸探索和徘徊。北方的高山，坦露直陈，少南方茂密的风水和植被。其线条刚直，逶迤，重叠，有乱石崩云之势。表面多沙石，表面多沙碛，颜色灰黑。对时间的认知最终也掺杂进了对空间的探索。中国南方和北方的差异类同，有点像钟摆的左右晃动，所谓"……天下服道之术"。多少古代读书人的心智，都注目在这其中天长地久的"道"字上。说出"黄山是吾师"的石涛和尚，跟说"居反景日室之山，与世人绝迹"的王嘉，中间相隔一千五百多年，其间完成了多少国人在自然中的往返穿越、多少精神的筚路蓝缕，以启山林的孤独壮举。人类思想的大砍刀一路前行，消失在南北群山的莽莽森林深处。由此，今天，一个没有到过秦岭的人，能说自己去过北方吗？正如一个从未登上过黄山云屏峰胜景的人，无从谈论江南的烟雨、庐山云雾和西湖的杨柳岸一样。白云浩浩，铺海千里，澜翻絮涌，而溪谷青翠。千条流泉，万道山峪，雨气云腾，沉于银涛。百丈泉、人字瀑、紫云楼、岩音小筑、白龙桥、洗杯泉……诚如李白诗歌里的象形："黄山四千仞，三十二莲峰。丹崖夹石柱，菡萏金芙蓉。""谁在深山植藕茎，盘旋人在节中行。躬身如揖层层拜，抬膝过肩步步升。花瓣敷陈色翡翠，芳根挺立质瑶琼。登高别有怡情处，倚石抉云看太平。"黄山附近，安徽泾县与太平县交界有一大湖，名太平湖，有藏于深闺人不识的林壑掩映之湖光山色，传说过去从黄山顶上，能远眺山北面的太平湖。而这一切，都在一场山中特有的大雨中化为乌有。在黄山，所有的游人都在关注着雨，关注复杂多变的天气。因为天气在黄山上实在太过诡异了。雨随时都可能落下来，即使前方一轮朝阳万道金光。夏天有时就是无端砸落在游客头顶上一场湿答答的小冰雹，这冰雹落在山道上，仍在松林树端、在草丛闪烁发光，仿佛一群深夜出行的萤火虫。每个上山的游客不是赶在一场雨之前，就是在浇淋得浑身透湿的一场雨后大呼小叫着。雨落下来，无论冬夏寒暑。在景区沿途的小卖部，人们购买雨衣雨披雨具就像战时警报声中的难民们被有组织地排队撤向防空洞。没有人脸上有侥幸躲过的表情，人人都很顺从听话。似乎跟雨同时下落的还有闪电。至于爬至半山途中，或到某处的坡地歇脚时能否"天开文运"，碰巧遇上某个雨过天晴的刹那，能够有足够好的运气"跌入"云海，也即邂逅仙界的美景，那就完全是听天由命的事情了。很多的游客成天在一朵黑云的深处走路。他人走到那里，云也跟随到那里，一天一夜的黄山之行，完全是俗话所说的在"云里雾里"，根本连一线晴好的天光也没福气消受到。这样的游客比例，占据掉五分之四，甚至更多的程度。所以来黄山一趟不够，来黄山两趟不够。一个人设若三游黄山，能够有一趟邂逅此云海雾散之美景，已经是上好的运气得了上上签了。多数中外游客，大抵只上山一趟，几乎只遭大雨浇淋，一生中会留下被山中大雨如此可怕地上下左右浇淋一场的体验。大雨有时下到前后左右空无一人、震耳欲聋的程度。雨在半个下午的时间里把一名伦敦来的绅士完全变成了目不识丁的亚洲的山民。类似的山民，一年三百六十五天，天天都在黄山的崎岖山道上走着，徒步策杖，神神道道，哭哭笑笑，不男不女。黄山整个就像一个"水帘洞"，似乎只接受《西游记》那样搞笑的章回，只允许"美猴王"家族的大小啰啰们，在山林深处跳荡腾挪。从古至今，前来玩赏的人类都处于被动尴尬的地步，即使瑞士生产线配置的世界高端的缆车技术已在过去的几十年里把山南山北环绕了几圈，对前来朝拜的游客们处境根本上的尴尬并无几分改善。旅游、旅行是如此不体面的一桩事情，雨中黑乎乎的黄山给予了最直截了当的说明。人们几乎看不见他的手势，只看见他冷冰冰的眼神——那毋庸置疑的大山的眼神。"恍惚难名是某峰"啊。另外，亚瑟·爱丁顿的格言——"熵是时光之箭"。

　　"从器官上讲，人类语言具有液体性，在整体上有流量，在辅音中有水……水呈现在我们面前犹如一个完全的存在：它有躯体、灵魂、声音。水也许胜过其他任何一种本原，它是一种完整的诗的实在。"很多年前加斯东·巴什拉说的这段话，仿佛是在旅行黄山途中说的。因为，黄山正是那样一个行进在雨中的硕大的器官。

一滴雨落在迎客松上，另一滴雨根植进玉屏峰下的青狮子石壁。悄无声息的山风在深谷轻漾颠荡，雨雾从谷底翻卷升腾，弥漫向高空每一道石崖石阶，又落下来，分别是置搁在每一名前往黄山朝山朝圣者面前的不同运气。哪一种更好？见是云海、晴空、美丽的雾；不见是山中大雨。古往今来，在同一次旅行中两者皆而有之的幸运儿很少；除非你在山中住宿数日，待上至少三天或一周以上。有时候阴雨天气持续上很多天；而在阴和晴天，云海和雨水，见和不见之间，人们只能随缘。高海拔的山上每一根松针，都垂挂着一滴晶莹的雨水；每一根松针，在瞬间成了造化神奇的，令人眼花缭乱的玻璃吹管，向前来攀爬的旅客展示大自然的森严崔嵬和群山苍黛的鬼斧神工。在一滴雨的分量里有全部大黄山山脉的轻逸空盈。旅客在雨中的山道上攀爬崎岖的古黄山，好像最终是在攀爬一滴雨——天落雨。而山在不断滑落的雨中透明清晰，好像冒雨前来的旅客脸上艰难的表情：雨，高山，旅客三者，可以相互比喻和对照，相互唱和，甚至混同置换。想想，到黄山而不能见黄山，是多么美的一件事情多么难以想象的奇闻和美谈啊！更何况还有这么大的雨从天而降。在旷古的雨暴、雨帘声音里，游人眼前的，是一座多么不可思议、令人震耳欲聋的大山！

雨渐大，挡在游客的面前。身上的雨披，通常是山脚下买的一次性廉价物品，雨中会发出非常怪异的"噼啪"声音，好像人们在走山路走到一半的时候身体重新发育了，长出了神奇的传说中的翅膀。人身上随身携带着禽鸟翅膀，这也可谓是黄山之一景。

几乎每名上山的游客，都带着形状不一的雨具雨披，而且通常都派得上用场，即最终无效。因为雨有点大或者委实太大了，超出了人类通常合理而自如地使用这些雨具或野外御寒用具的范畴。因为黄山最终是落向大海的一滴雨，或者，是《红楼梦》式的慨叹："……白茫茫一片真干净！"《说文》上说："墨者黑也，松烟所成土也。""真学士不以鲁鱼亥豕为意。""……不为其他，只是一束或一定数量不同知觉的集合，这些知觉一个接着一个，速度之快，不可思议，并且在永不断的转变和运动中。"（休谟《人性论》中译本第252页）

黄山是一句帝国的话语。旧德国话。

在一页古人的旧画中，黄山被描绘成孤零零的小山村，终年积雪而处变不惊，略显荒僻。似乎整个山上仅剩余一名老叟，一个扫地煮茶的小书童。这是有道理的。这是"一座仙山，两棵奇松，三奇四绝，五海六区，七十二峰大黄山"在空间上的浓缩。人们把它雕刻在窗户、屏风、门楣和床板上；雕刻在核桃、玛瑙和田青玉上。自古兼有"泰岱之雄伟，华山之峻峭，衡山之烟云，匡庐之飞瀑，雁荡之怪石，峨眉之清凉"的大黄山，事实上，不止七十二峰。在新版《黄山志》上，按海拔高度罗列出的有名有姓的峰峦就已有八十峰了，可见七十二只是古人报出的一个虚数。其中，终年寂寂无闻，几乎不为人知的一千米以上的高峰犹有引针峰（1481 米）、采石峰（1122 米）、醉翁峰（1005 米）、书箱峰（1386 米）、耕云峰（1685 米）、虾蟆峰（1642 米）、钵盂峰（1486 米）、布水峰（1452 米）、枕头峰（1005 米）、薄刀峰（1677 米）、飞龙峰（1627 米）……外加有记载的溪流二十四溪；植物一千四百五十二种，其中有七十多种亚洲珍稀植物；鱼类二十四种；两栖类二十种；爬行类动物三十八种；鸟类近两百种；脊椎类动物三百种。常见的动物有虎、豹、熊、鹿、野猪、猕猴、黑麂、四不像、穿山甲、娃娃鱼……黄山著名的奇观之一"佛光"，平均每年出现四十二次，每个月出现两到五次，而佛光乍现的时间多在早上九点或傍晚六点前后。"艺海楼"下的八角形竹亭，名"炼玉亭"，唐代诗僧，第一个登临天都峰的僧人岛云和尚，当年就夜宿此亭中。到了宋代，大中祥符元年，皇帝赐封名为"祥符寺"。明嘉靖年间，文坛复古派后七子盟主，南京吏部尚书诗人王世贞，带领"三吴两浙"一百多位名士，浩浩荡荡前来游玩黄山，也住宿在此亭；徐霞客两次游黄山，都以此竹亭为下榻处。

山上的大雨有点像欧洲教堂中那些修复旧画的画师和工人们。或精笔描摹，或匍匐趋前。一部分是教堂穹顶，墙上的壁画；一部分是珍藏在箱匣中的架上油画。一年四季，冬季暗寒的黄山，大概较为接近它在旧画中的萧朗枯瑟。其余的山景，似乎都随烟云雾岚提前蒸发掉了；或者说，画家手上的画笔寥寥数笔，不求形似地删除掉了。在某种更加训练有素，终古，常年不变的凝视中，黄山会在空间的某一处，渐渐显露出它在群山环绕中的小山村的原貌，或者说旧貌。无季节变更，无时间长河的侵蚀。只剩下专属于最伟大的画家手上的几根从容高古之线条，几处折皴痕……汪采白……徐渭……黄宾虹……其中突出的有：清代梅清的《云谷曳杖图》，萧从云的《天下名山图》，石涛和尚的《十八罗汉图》《黄山三十六峰意图》，程功的长卷《黄山图》以及郑板桥手书的楹联："以八千岁为寿；之九万里而南。"一个到另一个之间，山似几个枯索的人名。似乎很普通寻常，溪流部分很短促。峰峦清简淡远。在画作的空间，人类几乎不可能攀爬上去。没有多少人类社会的印迹，相反，地面上的山岩是跟天上并不显现的星空相类似，心心相印。漫长的黑暗若冬季本身一样刚刚褪去，景物正进入春寒料峭的早春的田野。这时候的黄山像一股暖流，充满隐秘不可知的春讯。万物都在画家笔下的一点苔藓绿、一小笔北方冬季式的石青颜料上蠢蠢欲动。其间的山石，除了先用墨和花青分染之外，另外还要小心翼翼地和石绿同时涂上……涂法是：首先把头青兑入稠胶水，要预先估计它们的使用量，宁多勿少。而描绘人的衣裳，鸟的羽毛，画上的山石、树木、天色以及一部分器物，多会使用石青。如果在青色上面，要求有浓淡深浅，那就需要先用墨和花青染出浅淡深浓的底子。事实上，在临摹古代绘画时，对已经晦暗残损了的颜色进行复制，并不是直接在鲜明显眼的颜色里，兑合上了暗褐色、黑灰色一下子涂上去的。想要重视原作上已经变暗磨损了的颜色的色度，用那种方法是不可能实现的。山崖的形状，有时像飘逸的仕女长

裙，有时更像紫茸茸的花瓣、紫巍巍的服装。必须先画出它们的
用于在空间存放、远观的体积和质感。只用一支笔，先蘸清水，
再用笔尖蘸洋红或胭脂，从花瓣根部向瓣尖拖染，越向尖巅色越
淡。类似的技法，叫"拖染"。如果拖染一次的效果不够（通常
不够），就再来一次……染到山峰有了悬空绽放、迎风飞舞的感
觉为度。分染、拖染和承染。整个奇卉异花般的大黄山，就像早
春绽开的第一朵鲜花的花蕊，像普通田间的雏菊……那么，黄山
原作的可能的旧貌，究竟是什么样子的呢？有时候，在曙色初现
的天都峰，整个纵横几百公里的黄山景色，像极了黎明时分漆黑
朦胧的天光。这内含绚丽的天光，似乎迟迟不肯显现，不愿意被
人类以肉眼捕捉到。在颜色上，介于渐白、深黑之间，更黑，更
加的阴森冷峻。**重重叠叠**。山峰来到人世间的目的，似乎只是为
了黑、黑暗，只为人心的更加离奇诡异的黑暗莫名。山体不说
话，不说明这一点，一种了无悲伤的鲜妍竟发的山岩丛生。处处
弥漫出生命的风采，但却没有感情，丝毫不流露动物们由此栖息
的，通常所见的喜怒哀乐。一阵山风加深了此种万物寂灭的黎明
前的深黑感觉。生命周围排列着的山岳，就像管弦乐队中乐器身
体上的金属部件，暗淡中闪亮，熠熠生辉。"一夜寒风起，万树
银花开。""处处路通琉璃界，时时身在水晶宫。"雾凇、树挂，
四处纷披。黎明或天色将亮又黑时，是默察黄山最佳的时间节
点。此刻万物初醒，东方欲晓……周围所有的山峰仍在沉睡中。
天都峰，是黄山最为险峻的主峰，在没修筑山中著名的"天梯"
之前，只有明朝的普门和尚和徐霞客等极少数几位探险家曾经攀

173

登过。更多的游人，都只能望洋兴叹。所谓"何年白日骑鸾鹤，踏碎天都峰上云"，"天都欲上路难通"啊。过去的两千年里，人类通往黄山，也经历了原始山道、天梯凿通、乘坐缆车三个不同的时空阶段。所谓"飞鸟难落脚，猿猴愁攀登"的古代黄山，今天的游人和旅客，也很难再去体会和追寻到了。因此，黄山，实则上存在有一个多重空间的形象。有人曾统计，黄山"凿石为级"而出的"天梯"，总共有三万九千多级，皆为石条砌筑的台阶，穿岩架壑而成，远看，宛若一条矫健的游龙，依山傍壁，时而顺山峰直窜云表，时而缠绕着峭岩悬挂深谷。"天梯"中间，另外有"八百级莲花沟""百步云梯"之险。古时候，"陆海不通、舟车隔绝"的大黄山，"自石壁外无路，自岩窦外无宫"，所以长年"阂灵隐秀……世或不知有此山，或闻其名而不得至"。那些慕名而来的各地旅行者们，即使深入莽莽苍苍的古徽州丛林，到了黄山脚下，也只能"一扣山径为止"。著名诗人贾岛、杜荀鹤来黄山游，只因到了山脚下，找寻不到上山的路径，于是，在汤口附近的村落上住几晚，洗了温泉就转身回长安了。直到明朝中叶，也即贾岛时代之后七百年，大约一四五〇年左右，一个叫惟安、法号普门的和尚，才发愿改变了这一原始的山境，"爰建院以供文殊，辟石作阶以通往来"。而在徐霞客的《游黄山日记》里，描写了当时玉屏峰梯级的艰苦原貌："塞者凿之，陡者级之，断者架木通之，悬者植梯接之。"自普门和尚发愿动手修凿"天梯"之后的几百年，附近的村民樵夫们，一直在自发筑路的艰苦卓绝中。

明代，一个叫杨浦的旅行者对当时登山的情景做了如下记录："……时而蛇行，时而猿挂，时而虎腾。及至，相鼓相戒，相懊相诧，相纬相叫，绝而吐舌气塞者，不一状。"——"天梯"真正意义上的通行无碍，已经是在中国清王朝的咸丰年间！"阶多自然，石阶高尺余，或不盈尺。阔仅容足，盘旋曲折，高下参差。"或者，一个当时的歙县人黄肇敏的文字，可以代表当年攀爬山岭者的心声："壁骑路中，非越壁不得过。视壁下，凿有足迹，须依痕方可停足。幸止三步，外则万丈深渊。……遂令者拉之如栏状。因之一手执布，一手扪壁，次第而过。"古徽州人共建黄山"天梯"石道，整整花费了四百年！

世界上只有两类人：一类是有爱情的人，一类是没有爱情的人。正如黄山作为人群的分野：一类人不知黄山，另一类人登临过或即将登临黄山。"天梯"落成之后，历史上还曾出现过"海马"一说。清代读书人麟庆记载说："'海马'者，土人之善于登山者。"原来"海马"指的是当地最善于游山的山民，用自己的肩背负责一路从山下背游客上山，相当于今天职业的导游，所不同的是，除了劳神动嘴巴说之外，还要付出自己身上的力气！因为黄山古时又名黄海，所以一些当年以此为生的山民们，便落了个"海马"的"美名"。清人曹文埴的《黄山纪游诗》中，有一首就题作《海马驹行》。那些终日游荡在黄山各峰之间的旧时的"海马"们，几乎形成了昔日登临黄山的另一种"道路"，是贵人们踩着穷人的肩膀游山的路。直到二十世纪中期海马们的职业生涯仍没有中断，只不过后来者改自己的肩背为抬轿子而已。今天，在世界各地最险峻的高海拔山峰，例如欧洲阿尔卑斯、非洲的乞力马扎罗、南美洲的安第斯山或巴塔哥尼亚、亚洲的珠峰、乔戈里峰、南迦巴瓦峰附近，以此方式为职业者仍大有人在，一般多为当地熟悉路径、气候、登山的风险的职业陪同，换个说法即登山的"顾问、随员"。就其职业所要求的对于一座座眼前大山的了解和熟知程度，这样的当地山民往往令人肃然起敬。他们一个个活像行走着的一座大山的活字典，例如非洲草原上的帕帕尔人、中国西藏的康巴族人、尼泊尔喜马拉雅山区当地的夏尔巴山民。

明快秀丽、渴墨焦笔的黄山，凝聚着自轩辕黄帝经此炼丹直到我们今天的一整部中华文明的璀璨史诗。山上的每一景点、每一层石梯、每一折转弯都类似这部辉煌巨著中的页码。传闻，当年的黄帝到了山上，住宿望仙峰。他把珠函玉壶统统带往一石室去，饮甘露山泉，披霞衣，戴宝冠，蹑珠履，顿时光辉照满了整个山谷。至今，周边的山峰，仍以朱砂、炼丹、浮丘、容成、仙人、上升、仙都、望仙之名命名，一望而知，都是从古籍《周书异记》里取来的。又名炼丹峰上的峰岩下方，另有一炼丹灶，峰下有炼丹源，源中有炼丹水，以及洗药溪、捣药石臼等。中国其他地方的名山大川，估计很少有"洗药溪"这样的溪流名吧？不远处著名的"仙人峰"顶，有两块巨石如人相对而坐，当地人传说朝南坐者为轩辕黄帝，北向者为浮丘子。李白来黄山，留下一首诗的题目为《送温处士归黄山白鹅峰旧居》，中间所提"白鹅峰"，正是游人今天大多经过的"白鹅宾馆"附近吧。"他日还相访，乘桥蹑彩虹。"李白到山上来的那一年，考证为唐天宝十三年（754年）。当年李白五十四岁，往来于宣城、秋浦、南陵、石台等地。从五里桥到汤岭关的途中，一处叫作鸣弦泉的胜景，崖下巨台横空，"两箱直削，下临无底"，雨后飞瀑直泻，拂巨石而过，声若奏弦响素。泉右下另有一方巨石，传说李白在这里喝醉了酒，曾绕石三呼，后人称"醉石"，石上至今留有明代嘉靖年间的题刻呢。

徐霞客两次上黄山。第一次是明万历丙辰年（1616年）二月，时值大雪封山，"壑深雪后，一步一悚"。他不畏风寒，在茫茫风雪中独自一人攀爬，依次游览了祥符寺、慈光寺、石笋矼、狮子林和光明顶以及后山松谷庵等；两年后，一六一八年九月初，徐霞客再度来游这方令人啧啧称奇的名山，终于饱览了天造画境也似的天都峰、莲花峰和文殊院（今玉屏楼）。初四日，在当晚日记中，他借助山洞的篝火光写下这样妙绝的文字："……既登峰头，一庵翼然为文殊院，亦余昔年欲登未登者。左天都，右莲花，背倚玉屏峰，两峰秀色，俱可手挈。四顾奇峰错列，众壑纵横，真黄山绝胜处，非再至，焉知其奇若此？"兴奋之情，跃然纸上。"要不是我再来一趟，怎能看得见这样光彩的奇境呢？"——"至天都侧，从流石蛇行而上，攀草牵棘，石块丛起则历块，万崖侧削则援崖。……每念上既如此，下何以堪？终亦不顾，历险数次，遂达峰顶。""日渐暮，遂前其足，手向后，据地而坐，下脱。"他登上天都峰顶，看到"万峰无不可伏，独莲花与抗耳"；然后，又登临莲花峰顶，只见"四望空碧，即天都亦俯首矣"。以眼力目测，得出了莲花峰略高于天都峰的正确数据。

比徐霞客更早约大半个世纪，明代还有一位有名的学者、地理学家、地图学家和旅行家，名叫罗洪先，也在黄山各地留下游踪。在今天的汤口镇近处，古时候有一块石碑，上刻"黄山一望"四字，笔法苍劲润古，正是罗洪先的亲笔。游祥符寺时，他在寺院墙壁手书两首游黄山诗：

> 何年白日骑鸾鹤，
> 踏碎天都峰上云；
> 欲起轩辕问九鼎，
> 道衣重侍玉虚君。

> 紫翠林中便赤脚，
> 白龙潭上看青山；
> 药炉丹井知何处？
> 三十六峰烟月寒。

从遥远的印度来到黄山，编麻为衣的麻衣僧，因为喜欢这方奇异的山境而留了下来，在今翠微峰的地方建起了翠微寺。唐宣宗年代，风闻朝廷要毁寺屋，减僧尼，麻衣僧悲从中来，左思右想，写下如下一首诗："敕命如雷到翠微，佛前垂泪脱麻衣；深山有寺不能住，四海无家何处归。"这首诗后来传到皇宫里，皇帝看了，十分怜悯，答诗四句："忍仙林下坐禅时，曾使歌王割四肢；况我圣朝无此事，直教修道又何悲！"于是诏赐麻衣僧留下来，仍旧住到翠微寺去。

今天游客云集的玉屏楼，已经是新建缆车的一个山中站台，实际上，它的前身是著名的文殊院，从前，文殊院门前有一副海外闻名的对联：万山拜其下，孤云卧此中。

古院，旧联，今人已不可见矣。

事实上，大旅行家徐霞客能够在一六一六年第一次来黄山，是跟一六一二年至一六一五年三年间黄山景区之声名大振相关，也跟一个名字叫普门和尚的终年趺坐诵经相关。一六一二年，万历四十年六月，朝廷为黄山的法海禅院赐匾额"护国慈光寺"，同时赐佛经、袈裟、锡杖、香烛等名贵物品数件之外，另赐三百两银子作为扩建寺产之资，尤其是宫中的李太后，又亲赐高达七层的金佛塔一幢，每层有大佛四尊，共二十八尊。光护送这幢佛塔从北京运抵黄山，人们路上就花了整整三年时间。第一年，自京城运到徽州府（今歙县），再花两年时间，才把它运到了黄山山脚下的汤口镇。万历四十三年（1615年）夏天，组织民工抬运十几天，才把佛塔安全请到慈光寺。这期间，发愿在深山苦修的普门法师耗尽了心力。

来自陕西眉县的普门法师，俗姓奚，从小失去父母，出家后初名惟安，因爱上佛经中"普门"二字，于是改名普门，号云亭。

他不识字，但悟性极高，出家后云游四海，遍访名师。后来去了山西的五台山，拜当时的住持大法师空印和尚后，眼界顿开。万历十二年（1593年），他在一个夜晚研习佛法，于似睡非睡中，眼前出现一片幻景，看见了南方一座缥缈壮丽的仙山。他醒来不知道是什么山，于是第二天下山，开始新一轮云游，去各地寻访他梦境所得的仙山，四处探听，终于在万历二十三年（1595年），来到徽州。五台山高僧来到徽州的消息，在当地刮起了一股崇佛旋风，达官贵人、豪门富商、穷苦百姓纷纷前往，请求皈依，一时竟达几千人。可是，当普门法师终于听说徽州府辖下有一座美丽的大黄山他尚未抵达时，不顾众人挽留，竟于大雪封山的当晚，破雪登奇，扪萝涉峭，一口气登上黄山胜境。积雪皑皑的峰峦，竟然跟法师数年前梦中所见一模一样，于是，普门和尚留在山上，再也不愿意走了。

普门选择了面朝天都、莲花三峰的玉屏峰下建造寺院，名"文殊院"。之后两年，他觉得文殊院规模仍旧小了，就来到朱砂峰下，将原来的"朱砂庵"改建成了"法海禅寺"。万历三十八年（1610年），他又毅然赴京，想请当朝的皇上为新建的禅寺钦点题名。他动用各方关系，使皇宫内外都知道了这位来自徽州黄山的大法师。三年后，他的心愿终于实现，一夜之间美丽的大黄山蜚声海内。这期间耳闻黄山大名者，包括仍在南北各地游历的江阴人徐霞客。

金佛塔落座慈光寺十年后，已经是明天启五年（1625年），普门法师已年老，八十岁的老和尚决心坐化。传说，他携杖北行，向生活了三十一年之久的黄山诸峰一一告别，于当年六月十二日，抵达位于清凉峰附近的"乘源禅林"。这是一场感人的告别。法师一人独自趺坐说偈："处处西方地，我无西方心；满目皆莲花，唯不见我身。"言毕，合掌而逝。

如今，慈光寺旧址犹存，有三孔寺僧日常所用的大灶，中间一口直径达一点五米，名为"千僧灶"。

文殊院前遗一文殊台，台右侧，有一石凹如椅，相传是普门法师趺坐诵经处，因此文殊台古时又称"文殊打坐"，自此登临，远山重重，如波涛汹涌起伏，白云荡漾其间。

古时的徽州，群山合抱间有很多虎豹。传说普门法师生前养过一只老虎，那虎经常替他用口衔柴火做事。有一天，普门外出，山路上遇一群强盗，他面不改色，回答："请与我一同回寺里去，看看徒弟们有没有钱财。"进入寺内，强盗们陡然见一只斑斓大虎，个个吓得面如土色。而老虎见了法师回来，则执弟子礼。普门圆寂之后，每月的初一、十五两天，那只老虎都要到他的葬身塔前来朝拜，一年四季，从不缺席。当地的山民，称那只虎为神虎、义虎。

明朝时，还有一个名字叫方夜的旅客，对黄山爱慕至深，自述曾"四入黄山，上文殊者五，登光明顶六，莲花二，天都一，六登飞来，五度云梯，其他以一二至"。他还把自己登临的高山一一比较，认为："光明以远擅，莲花以高擅，天都以奇大擅，文殊擅奇奥，散花擅幽人之至矣。"——好一个"幽人之至"啊！

时间进入中国的清代，明清交替之际，甚至各地的仕女也慕名前往。素雅名妓董小宛，在嫁给冒襄（辟疆）为妾以前，曾游历黄山。当时的著名诗人吴伟业，曾在《题冒辟疆名姬董白小像》一诗中，对她的游历做了如下描绘："钿毂春郊斗画裙，卷帘都道不如君；门前移得丝丝柳，黄海归来步步云。"

李白抵汤口镇，山中正落大雨。旋即天晴，月夜，花间一壶酒，绕醉石三呼。贾岛来黄山，山上仍旧大雨。自遥远的印度一路寻访、登临黄山的麻衣僧人，头天晚上，亦只是在石亭听雨。雨是一床超大形制的中国古琴，桐木做的雨滴声落下犹似林中的松果。石涛和尚游走黄山，随身携一方古墨。用四处搜罗得来的树皮做棚屋的雪庄和尚，开启中国文人在黄山观雪的新纪元。自此雪落无声。大黄山在终年积雪的峰峦深处低垂下他仿佛老僧入定似的厚重眼帘。徐霞客首次进山，大雪纷飞。方夜来山上，避走满坡的深雪。从歙县的古徽州府连夜赶来黄山的普门法师，也在齐膝深的雪地上叹望高山的银装素裹。正如人类乐器史上的斯特拉迪瓦小提琴，最好的制作年代，约在一六七九年到一七三六年的五十余年间，提琴的演奏特质、工艺，传说中的琴师工匠以及精致的硅酸盐粉层（以硅土为原料，与熟石灰混合形成的水泥状表面材料），所有这些元素聚合在一起，才使得一把优美的提琴能够横空出世发出卓越独特的声音。因为，乐器就像有自己的生命一样，也需要呼吸——为了防止它们变形扭曲或有其他的损坏。世上最名贵的提琴每天都要在固定的时间里从琴盒取出来透气，就像给囚犯放风一样。在乐器"放风"期间的花园的空间和地理位置、尺寸、特性，都颇有细致的讲究。那么，我们说，古往今来，大黄山被损坏的部分是在哪里呢？山峦在历史上曾经有

过的最佳空间品质，又是在哪个朝代纪元？延续了多少年长？群
山之美的最佳品质，肯定不会在山道上人头簇拥的今天或现当
今；那么，我们是否可以斗胆说：是在董小宛进山游览的当日？
是在明代中期至后来的中国江南？普门法师的禅寺里，悠游踱行
着一只吊睛白额之斑斓猛虎？人和虎，人和野兽的相处，是一多
半部的人类文明史。徐霞客们当年进山，听到的虎啸猿吟，今天
的游客们是注定没有耳福消受了，周围深山里的溪声潺潺和寂
静，亦如失传了的斯特拉迪瓦小提琴一样。"过了这个村"，就没
有这个店堂了。

下面是1679—1736年间制造的小提琴最为著名的清单：

海立尔	1679 年
赛立勒	1680 年之前
托斯卡纳	1690 年
贝茨	1740 年
恩斯特	1709 年
拉·普赛勒	1709 年
维奥蒂	1709 年
魏欧当	1710 年
帕克	1711 年
波西尔	1713 年
海豚	1714 年
吉洛特	1715 年

艾拉德	1715 年
赛索尔	1716 年
弥赛尔	1716 年
斯特拉迪瓦里	1717 年
莫兰	1718 年
劳特巴赫	1719 年
布兰特	1721 年
路德	1722 年
萨拉萨蒂	1724 年
代尔布鲁克	1727 年
凯斯维特	1731 年
哈贝内克	1736 年
曼兹	1736 年

……

这其中，斯特拉迪瓦里一七一五年的小提琴艾德拉（图标第13位）被公认是经他所制造出来的世界上最好的小提琴。

斯特拉迪瓦里本人很长寿。他结了两次婚，生养了十一个小孩。九十三岁的时候，他亲手制作出了生平最后一把乐器，乐器制成的当晚，他试了一下音。一七三七年十二月十八日，圣诞节前一周，在他的家乡克雷默那与世长辞。

"艾德拉"，多么像琴师心目中的恋人名字。

"飞鸟不敢渡，浮云往还中。"

曾经被诗人们形容成为"大地之花"的茫茫苍苍的黄山云海，周围层峦叠嶂，在这里团团簇簇，次第绽放，森罗万象，忽隐忽现。整个的黄山山脉，北起安徽青阳的九华山，东连江西婺源的大鄣山，西接黟县、太平的羊栈岭，又东南延绵至浙江境内的天目山，绵亘数百公里的范围，一片片，一座座，千峰叠峙，万壑纵横着，威武雄壮，冠盖群嶂，像激流排空，像迷梦虚境，含珠带露，烟云叠翠。峰上岚碧松青，苍翠欲滴；峰下山花遍野，林泉争秀。可谓千峰万壑，海天一色是也！无数缥缈轻纱争舞的云海之上，犹有飞泉苍龙吐水，像无数朵洁白的山茶花。连观景台旁边簇拥的游人们，也一时之间浮锦溢香，流芳数里起来。

琼阁仙山，海市蜃楼。

林静山幽，云停海默。

浪里浮莲，百鸟朝阳。

云蒸山径，松喧锦谷。

流映四出，转觉多姿。

大雄无与，苍浑莫辩。

鸟语花香清绝地，瀛海归来第一山。

长恨春归无觅处，不知转入此中来。

中国人荒唐地各处旅游，某种程度上是更加荒唐的清代末年，古老的科举考试制度于一九〇六年被强行废止之后的副产品，亦可以说是替代品。"到此一游"是典型的中国式涂鸦。国人游山玩水，其深层的文化心理总有萦绕不去的功利甚至功名心，说某某某连某个省份的景区都没去过，就会感觉颇丢脸。在中国人好面子这个事情上，黄山、雁荡山、长江、黄河……着实也跟着倒了霉。古代中国没有任何时代像今天的中国这样，人群追逐着人群无序地到处乱跑，到处出门，地不分南北人无论长幼地四处"旅游"的。我猜想，"旅游"这个词，可能像"科学"、"民主"一样出于日文，出于十九世纪末的日语翻译过来的词汇。事实上，现代世界的全面败坏从某一个舶来的词语上开始。"旅游"恐怕是其中之一。国人的名山大川之登临，令人禁不住联想古代读书人的附庸风雅、赴京城赶考。在中国，南北各省，每天有多少游客正在分乘各种交通工具：飞机、地铁、高速列车、长途大巴、乡村小客车，从四面八方奔赴向黄山！自二〇〇三年"世界地质公园、世界文化遗产"向全球颁发黄山之美誉以来，前往这里的游客总量早已经像景区某处骤增出来的山峰了。而那些真正意义上的慕名前去的旅行者，那些世界其他语种，在路上的世界公民们，在终于抵达黄山的南大门后，很有可能会一脸茫然困惑。游客们像自动爆玉米机里面热烘烘的食物般一刻不停地外涌。整个大黄山的空气都震撼不已，完全被游人在不同天气、不同季节下的疲惫乏累所改变了。通往黄山的每段山道、每一条公路上全挤满了人。游客从屯溪（黄山市区）开始就你争我抢了。爬天都峰，好像是一个免费派对，一个类似古代中了举人似的荣耀。宾馆酒店人满为患，他们把所有人生路上遭遇到的挫折怨怼，把所有可能的憧憬或抒情旋律全部发泄到了这样一次出游——其实是出逃——中来了。这样，黄山体现了中国人懵懂无知、缺乏自省的一面。有时候，山水也和我们的时代沆瀣一气了，染上了被迫无奈的广告高炮式的表情。山水变得恶俗，粗暴，很不礼貌，也全然地把主客、真假、先后、男女、阴阳、昼夜、好坏、优劣统统颠倒了。在今天，人们去黄山旅行，要时刻小心自己走到了哪一界面的山崖空间，行进在我们时代特有的山水人文里。山糟糕，并不等于黄山糟糕；水污染，并不等于黄山秀丽优美的"人字瀑"污染。一名训练有素的旅行者，首先确定他不在"旅游"一词里面，同时，也随时能够在非常轻便的情形下从他眼前的景物里抽身离去。山和人迎面相遇。山见人，人不见山；或者：人见山，山不见人。这其中的邂逅，多少契机，多少古今之风流，无法言说，只你知我知。设若把中国的今天比作地球上一个超大健身房，那么，黄山毫无疑问是其中最大的一架跑步机，永远人满为患，永远大汗淋漓，每天、每时、每刻，仍旧有人从中真正在健康意义上地受了益。黄山，更大程度上地体现在了游人的体力，而不是心力、心灵的层面上了。这是一个本身过满、过于实相而虚无受损的时代。黄山不再虚出、虚空了。我们不能够说黄山不再虚出了这样的话，可是如此喧嚣的旅游业的市侩气味，究竟会在多大程度上对这方不可世出的美景和绚丽深山造成损害、遮蔽、过度，恐怕真的难以作答。而一种大自然、一座山的留白部分，正在呼吁我们今天的地球人一种全新的智慧，全新的黄钟大吕、稀缺的对美的感悟发现。

> 对人性改变最大的，莫过于失去寂静。印刷术、工艺学、义务教育的问世等等，没有任何事物对人类的改变，比失去与寂静的关联来得大，原本应该跟我们头顶的天空或呼吸的空气一样自然的寂静，已经不再存在。失去寂静不仅意味着丧失人的一项特质，而是连人的构造也跟着改变。
>
> ——麦克斯·皮卡德，一九四八
>
> 引自《寂静的世界》

黄山，走出了屯溪，走出了安徽和中国，走出了水乡深巷的江南美景，走到了纽约、巴黎、伦敦、格林纳达的街头。黄山早已走到了遥远的非洲大草原，甚至，跟着宇航员的登月脚步，走到荒凉的月球，走进了太空。月球表面之斑驳荒凉，正可跟入夜的黄山七十二山峰相映衬契合。在古典中国，黄山也曾经如月球般渺不可及，像月亮一样把它透明晶莹的光照糅合、照耀进了中国人荒凉的心灵深处。黄山那传说中的神奇虚幻，激励了类似李白、方夜、石涛、雪庄、徐霞客、梅清这样的高士奇人前来朝圣和膜拜。山中松涛、山中积雨、山中多个峰峦，几乎直接成了中国古诗中的心脏的跳搏。它在多大程度上哺育了我们人类古老的文明，尤其是江南的山水人文之秀丽？没有一部完整的大书，是不可能去尝试说出的。时间，是"逝者如斯夫"的时间；空间，是地球蔚蓝色文明一统的空间。今天我们看黄山，可能从非洲一个贫穷小国家一名受寒挨饿的小男孩眼睛里，更有可能看出它造化、钟灵毓秀的真貌。当无尽的恐惧、害怕、流汗从这位小男孩无望的目光里自然流露出来，草原上的毒日头正在他年幼无知的头顶上肆虐盘旋，如同古巴比伦史诗《吉尔伽美什》篇章所歌："……欢喜的人将为你悲伤，将因哀伤而佝偻。当你复归尘土，我将为你披发，我将身披狮皮，独自在旷野漂泊。"

在黄山，每天有上百万只相机以其各类型号配置大小的镜头设施在其主人的海拔不一的肩背上游弋。松林和云海，山中小径上，到处有先于人的脚步而来的机器快门揿动时的"咔嚓"声。声音很幽默，落下来的风雨也很幽默。山中所有的松鼠和著名于海内外的"黄山金丝猴"全都心知肚明：人们的胸前腋下，总是鼓鼓囊囊的，矿泉水瓶、食品袋和大号的摄影箱包。人们把他们一生积蓄中最精华的部分都拿来贡献到了大黄山的崎岖难行中。如果山的中部、山顶景区和山道是个停车场，那么，今天的黄山上一定停满了雨天闪闪发亮的中外豪车。停泊在空地上的各类型车辆朝向大致同一的方向，在各自的停车位上冬眠或休眠，其怪诞和寂静像极了旧时江南农村人家的蚕房：一只只胖乎乎略显扁平的蚕宝宝深夜喝足了水，在蠢蠢欲动的春晓来临之前暂时保持着知足和懵懂。所不同的是，黄山那么超大的停车场是分色彩和工业时代特有的黯淡色块的，蓝白橙红。放眼望去，通往山里主要景区的山道上黑压压、赤橙黄绿青蓝紫一片。人们不免感到万幸：幸亏方圆几百公里的大黄山风景区从一开始就远离现代世界，就跟汽车工业无缘，这是中国境内少有的几个小车不可能开往深山景区的知名山峦了。庐山早就可以开汽车上去了，五台山也同样，雁荡、高高的秦岭、武夷山、大鄣山……仔细一想，各地名山大川中，也就数山形崎岖料峭的泰山、华山、黄山等少数几处真正得以幸免于难了。在大自然这个问题上，不能给人类一丝一毫的机会，因为后者太过擅长得寸进尺了。即使是这样，游客们也把除现代人所谓便携或便捷的交通之外的一切，几乎统统带上了登临黄山之路。他们的游山玩水之旅，早已经掺杂进了太多的机械甚至互联网时代的自私自利和人性的铺张。由于高速公路、汽车业的发达，人类中间似乎衍生出来某种甘愿退化到黑暗虫豸时代的潜意识。城市变迁成一个超巨型的商场，底下拥有成千上万只停车位。白天黑夜停在那里的各种小车，有的积尘经年，看起来像小型可便携式停尸房；有的肮脏老旧，像乞丐胸门前瘪下来的口袋。所有停放的车辆都悄无声息，但又不全是真的没有声音。车库的上空汇聚着一种古怪的人类空气，与其车辆主人的乖戾身份沿途经历上下车时的境况情绪笑脸和怒气冲冲相交织，形成一种幽灵范畴的、非人类世界的窃窃私语。轮胎、型号、车牌、机油量和 A 区 B 区……放眼望去，停车场像麇集了各种秋天的甲壳虫种群似的闪闪烁烁。一个虫豸的海洋，一个随时准备爆发或崩溃途中爬行类动物群。

在黄山，现代世界的城市症候群并没有发生。山峦锋利，山的严格意义上的尊严和规制预先遏制了城市人的脓血流淌般的好

奇心和抒情的蔓延。人类无法再造出一个类似大黄山这样的如此
壮观的景区乐园。森林、树木、迎客松不能再生；流泉飞洒，如
拂丝弦的群山深壑不能够再生；云海奇观更不可能再造。随着岁
月的变迁、文明的流变，一座座有名有姓的山峰正在被越来越多
的各国游客所指认，啧啧称奇。今天的黄山，早已经成为人类文
明的大蜂巢、记忆的共鸣箱。更多的人文色彩、内涵生长介入其
中。黄山风景进入了电脑网页，世界各地的人们点击鼠标，就可
以轻松浏览。山峰一步跨进了电脑手机屏幕，每天的浏览量都在
更新。黄山也跟随山上下来的游客们手里携带的各类纪念品开始
漂洋过海，去往世界各地，到达地球人所可能存在和生活的所有
角落。黄山被全球聚焦，它的每片云海、每一个山峰都标明有清
晰的数据，下面一行行细小的阿拉伯数字在闪烁跳动；英文、德
语、西班牙语、阿拉伯文字、中文……在大山的各类隐私大白于
天下之际，黄山的深奥古奇的另一面，或许，早已经背转过身
去，退缩进了它著名的山峰黛青黑色的幽古中了。不肯被驯化的
山的野性，仍旧在更多游人不可能到达的险峭山涧水中跳荡跌
宕。山在大声喊着："再会。再见。"山在开口说出"天长地久"，
而人的耳朵，人类的听觉，或者退化如聋聩，或者因为上山的山
道石阶的困苦而严重变形变声，最终已磨损。每天，那么多上下
山的游客，实则形成了一个文明终极的呐喊，这呐喊，人类自身
听得见吗？山听见了吗？

　　这正是中国老子《道德经》之开篇。

　　是《圣经》首页的箴言："……'要有光'，就有了光。"

一七九三年，大哲学家康德曾经在写给家人和朋友的信中给出这样的命题和著名追求："在纯粹哲学的领域，要解决以下三个问题：一、我能知道什么？"（形而上学）二、我应该做什么？（道德学）三、我可以希望什么？（宗教信仰）

"头顶的星空，和心中怦动的美。"（康德）

黄山自古多老虎。明朝初年，朝廷规定徽州一府六县（含婺源）每年需上缴虎皮九十四张做贡品，差不多每一山中猎户分派到一张，其中，黄山脚下的歙县要上缴四十张，数量最多。永乐八年（1410 年），祁门一县就挖陷阱三百一十四处，捕获虎、豹四十六只。万历三十六年（1608 年），也就是普门法师在山上时，有猛虎窜入歙县城里，咬伤九人。顺治十一年（1654 年），休宁四乡的老虎竟罕见地结伴群行，引村人惊恐莫名。到了乾隆四年（1739 年），黄山北麓的太平县猎人在三天内连毙二虎。之后，黄山虎的数量急剧减少。至道光七年（1827 年），地方编纂的《徽州府志》，就从物产中把有关黄山产虎的记载删除了。最后看见的一只山中大虎，约略在一九五二年十二月中旬，太平县仙源镇新明乡，一个名叫陈和的猎户，向草丛蹲伏的一头斑斓猛虎射出最后一发子弹，打穿虎的脑壳。之后的很多年里，人们再也没有听到任何有关老虎出没的传闻。

随着物种、自然界珍稀品类的急骤减少，昔日大黄山的雄姿飒爽正在昼夜不停地隐退和黯淡下去。山的憔悴，人类的眼睛不易看得见，一般世俗的心灵，更不易去感受。在暴风骤雨般的二十世纪中国，徽州成了安徽的部分，黄山之美之险峻，也被粗暴单一地划归到了商业化的风景旅游范畴。过去的百年，人们只一味地索取猎奇，很少或少有对这片神奇的古徽州象征性山水所实施的保护和更大范围的生养之呵护。在旅游管理部门和"无知加无畏"的游客两相合谋之下，黄山，正在沦落成中国境内的一棵摇钱树。高山大巴和最便捷安全的缆车把人运送到半山腰游客想省事省心的地方，第一时间打造出了一日游、三日游之类现代性的旅游快餐。去一趟黄山，好像是去洗一次山上的温泉。真正的大黄山的语汇，没有多少人加以认真理会，甚至，更多的游客坐缆车下山时，还在一个劲地抱怨：到了黄山，什么也没看见，而且弄得一身的雨水、臭汗！中国南方精神的山水之灵性、灵魂，就此万劫不复，遭遇到了人的品质的简慢轻蔑。黄山，中国自然山水的布达拉宫，多少光辉的经历在此诞生，多少诗歌的想象力从这里出发，多少宣纸的绵柔笔墨出自这群山的呼吸和生养！罗聘、戴震、朱熹、渐江、江永、胡适、汪由敦、黄宾虹……别的不说，光自汉代会稽太守陈业来山里隐居算起，黄山与中国文人的结缘，也已经有一千八百多年了。

外地游客来黄山，最便捷的方式是乘坐飞机或高铁。北京到黄山（屯溪），空中距离为一千二百零二公里，飞行时间两小时；铁路区间距离一千六百八十公里，高铁很快，八个小时。广州方面，飞机、火车都很方便，广州至黄山（屯溪）空中距离九百五十一公里（屯溪机场），空中飞行时间一小时二十分钟。广州至泰州的旅游列车行经黄山（屯溪）站，行程时间约二十多个小时，也很舒适便捷。京福高铁，很快也要通车运行了。

　　以前上海有旅游专列，经苏、锡、常、宁过马鞍山往屯溪，行程十二小时，如今高铁一通，更加方便了。杭州、合肥，每天有飞机火车大巴直达黄山脚下。

　　上黄山去的路线有四条：南面从歙县的汤口，北面从太平县的辅村，东面从歙县的苦竹溪，西面从太平县的焦村。这东、南、西、北四条线全部开通，也是近年的事，且都可以到达山上风景区的中心点——狮子林。但绝大多数的游客，都是选择南大门，汤口的南线上山，这条线路，也是古往今来上下黄山较广为人知的传统线路。从汤口乘上高山大巴到温泉，再转折上南大门，那里就有登山的步行道或供游客自选的高山缆车。

　　一九八二年十一月，一声火车汽笛声绕经古徽州的绩溪祁门，传到了峥嵘崔嵬的黄山脚下，这是上海至屯溪（黄山），后又到江西鹰潭的著名旅游专列，又名沪鹰线。在亿万年的胜景自行生长的漫长岁月里，黄山首次迎来了作为现代世界诞生的标志之一的铁路线进驻，由此，开启了一个南北各地游客云集的新黄山时代。巨壑万丈、葱茏高古的大黄山式的寂静，首次被现代世界的脚步声打破。从此，蜿蜒行进在沪鹰线上群山环抱之中的一小列火车专线，朝迎日出，暮送晚霞，开始不间断地把一批批慕名前来的游人在黎明前后的站台上吐出。著名画师李可染、钱松岩、亚明、宋文治、黎雄才、黄永玉、杨列章等闻名，纷纷从南北各地纷至沓来，进山写生。披霞踏雾攀青壁，搜尽奇峰打草稿，画出了一批又一批作品，黄山忽隐忽现的特性，也通过画家们的眼睛，更多地传诸四方，为越来越多的中外人士所熟知。

"漫将一砚梨花雨，泼湿黄山几段云。"《黄宾虹先生年谱初稿》载：一九四七年，"先生八十四岁，在北平"，"是年南归之念迫切，致友人函有'老且病，不能拨身归黄山之恨'之语"。晚年居住杭州，宾虹老人又在一幅画上题诗道："黄山别后无消息，愿作西湖老画人。"在中国绘画史上，有弘仁擅用笔、石涛擅用墨、黄宾虹则两者兼而有之的美谈。黄宾虹老人晚年作画，风格变恬淡为凝重浑厚，正如几百里黄山处处呈现的山岩图景：天然多巧石，奇松姿态美，山岩多皴法。晚年宾虹老人的画风，已把故乡山水的烟云胜概，大致收入笔端。曾经一度出现在渐江和尚笔底下的黄山白龙潭上、朱砂峰西一带石壁上的横解索皴法，历经数代画家的精进提炼，又一次来到了画面更加雄阔、孤傲的新一代画家的笔下。"敢言天地是吾师"。（弘仁诗句）

"道无终始，物有死生"，"天地一指也，万物一马也"（《庄子》）。

曾几何时，黄山被一种太古洪荒的寂静所统领和环抱，犹如高原雪线之上的皑皑积雪。翻开伟大的中国古代绘画，人们再清楚不过地领略到东方山水特有的终古和寂静。对山的体认和确证经由一种美学样式或观念而最终融入中国百姓的日常生活。这种传统久远的审美类别和习性，在十九世纪中叶开始慢慢被打破——先是鸦片战争前后的西方贸易和传教士，之后是在新的现代世界面前惶惑和慌作一团的国人自己。现代世界全部的开始都是由生活空间特有的一份寂静祥和被新的噪音进入和渗透，最终打破开始的。外部世界的红尘以及内部心灵的动摇联袂引领了人类黑暗的新纪元。在黄山上，人类过去五十年扔下的垃圾废物，超过了往昔五千年来的总量，甚至是此总量的数倍。其间，过去二十年的垃圾总量，又远远多于前三十年！正如来自美国自然文学的经典作家安妮·迪拉德所言："在北极光出现之前，全世界指南针那敏锐的指针都要不安上数小时，在飞机和船上，它们在钉栓上激荡着，在书桌抽屉里，在阁楼上，在橱柜的盒子里颤抖着。"（《听客溪的朝圣》中译本第301页）。当林则徐在广州虎门口岸焚毁鸦片，英国人的舰队虎视眈眈抵达中国的海岸线；当孙中山和黄兴们一次次组织暴动和革命党徒，袁世凯做着称帝的大梦；当俄国人在东北修建中东铁路，而日本关东军猎食着美丽肥沃的东三省，谁还有闲心去关注古老徽州的大黄山美景？当一九四九年新中国的到来，打倒一切"牛鬼蛇神"们时，黄山，这枚中国，很有可能是世界境内绝无仅有的一只指南针的指针在绝望和不安中不停地跳动，可是，人类焦虑的眼睛，有谁能够将目光转移到这里来？黄山之外另有一座黄山，作为自然生态之精华的黄山，可是众人忽略不计；黄山之外另有一座黄山：孤零零的黄山，可是人们看不到，或有意无意地别转过脸去，将之忽略不计。上下五千年，除了山中的猎户、樵夫、山下村民，几个诗人和僧侣、画家、深山间道者之外，没有多少人真正领略到这座大山的神奇的馈赠。事实上也仅有屈指可数的几十、百余人，才真正走到了它的脚下。这部厚厚的大书，不可能被真正读完，迄今也没人可能领略它全部，哪怕一半的内涵所在。普门法师、徐霞客、渐江和尚……也仅在它寂静的扉页和题词上稍作停留和沉思。所谓"笔如钢条，墨如烟海"，黄山曾经给予地球人，给予中国古代文人、古代的仁人志士们什么样的精妙启示？人们又是怎样回报这座大山给予他们的变化和静谧之美的呢？

一九一六年，美国国家森林公园颁布的法律口号是："不得对其造成破坏，以为未来世代所享有。"

"以为未来世代所享有。"

还有爱德华·艾贝所言："荒野的概念不证自明，但它需要捍卫者。"

——黄山、秦岭、崆峒山、雁荡山、庐山、泰山……它们的捍卫者，又在哪里呢？

美国自然主义文学最早的开创者爱默生曾经说过："纯洁是人类最美的花朵。"

另一位自然主义作者戈登·汉普顿曾经有《一平方英寸的寂静》之说："一切都只需要一平方英寸的寂静。只要能捍卫这一平方英寸的寂静，我们就可以拥有世界上第一个静谧的所在。"

没错，中国的大黄山区域的寂静和安谧，当然不止是以英寸计量，而是一公尺、一里、一百公里计。黄山今天的山道上，也仍旧有太多面积原始的浓得化不开的树荫寂静松涛声；可是，人们扪心自问一下，这太古山岩深处的"第一个静谧的所在"，今天，又确确切切地在哪里呢？光明顶上吗？汤口附近吗？莲花峰峦吗？散花坞里的"梦笔生花"，抑或"黄山谜窟"的横无际涯、高低错落间？

钓桥庵？剪刀峰？试剑石？鸣弦泉？

后海晚霞？九瀑盘旋？

——邂逅一座真正的深山，某种程度上，比邂逅一场刻骨铭心的爱情更难，概率更加渺茫。今天的人类世界的交通，轻而易举就能够把在路上的旅行者送往全世界的各个角落。战国争雄时代、大航海时代、地理大发现时代纷纷过去；多少探险的勇士、多少沙漠和陆地的先行者被人类自身遗忘。写作《莱尼和他们》的德国作家海因里希·伯尔早在五十年前就曾说过："一部人类文明史，乃是忘恩负义史。"黄山每天不明真相、不分青红皂白接待的旅客游人中间，有一多半正是忘恩负义之徒。这是不言自明的事情。伯尔自己就写过一部悲伤而孤单的《爱尔兰日记》。一年中间的三百六十五天，每天、每夜都有人在路上，在山路上，在黄山或庐山上，可是，邂逅一座深山老林真正的美丽和忘情的人数，又可能有多少呢？永动机和跑步机之枯燥乏味，时刻在现代人的生活中重现。黄山上真的有几个人在雨过天晴时停下来，毫无缘由地对一座人间仙境似的黛黑青山感觉诧异的？他的心跳仿佛转移到了对面峭岩的沟壑表面？他有一种削发为僧的冲动，像古时的一个名叫虇峰的和尚？他被满山满坡扑面而来的云雾呛了一口，他在山道上踉跄了一下下。他淋了冷雨之后不久就开始感冒。他支起的画架一不小心被山风刮走。他摸出背包里带的半瓶子烧酒把自己灌醉？他们一行两男一女，合用一顶户外帐篷，从玻利维亚的巴塔哥尼亚高原一路走到了中国的黄山。他从情人谷带回来的相机，突然掉落在地，摔坏了。他坐在缆车里边看边皱眉头。他试图疾走几步赶超大雨中的游客。他在"天梯"

的中段坐下来，而且准备瘫坐着过夜，再也不想走路了，事实上浑身上下所有的力气也都耗尽了。他做梦看见自己像林中一朵高山杜鹃正含苞欲放。他已经想好了回去跟她说什么，因此最紧要的事情是快快下山去。一阵风，仿佛把他先前的视野所见吹走了。酒店的房间如此狭小，进了房，再也不肯出来了。他对着清晨的日出食言了。他感觉一整天黄山上挤满了大三年龄段的男生和女生。他们好像集体行进在通往一个大的派对的豪宅途中。在大约一千八百米海拔的山道上他独自坐下来，不远处有一张长椅，可是再没力气走过去。他看微信，屏幕早已滚满了水珠，也许是脸上的汗，也许是雨水。没想到山上天气这么糟糕。无疑，科技能够搞定时间和空间，但搞不定人心之念想，人心之渴望。人们想退回遥远的往昔，退回到一六一六年或一六一八年，徐霞客第一次、第二次来黄山游览的年代，这是不可能的事情，跟未来一样遥不可及。"我们唯一的天堂，是那个失去了的天堂。"普鲁斯特说这句话的时候，现代世界还远远没有今天这样拥挤和狰狞呢。人们可能会在多大程度上，跟一座大山相遇呢？

一六一八年十月，徐霞客的文字：

……扶杖望朱砂庵而登，十里上黄泥岗，向时云里诸峰，渐渐透出，亦渐渐落吾杖底。转入石门，越天都峰之胁而下，则天都、莲花二顶，俱秀出天半。路旁一歧东上，乃昔所未至者，遂前趋直上，凡达天都侧。复北上，行石罅中。石峰片片夹起；路宛转石间，塞者凿之，陡者级之，断者架木通之，悬者植梯接之。下瞰峭壑阴森，枫松相间，五色纷披，灿若图绣。因念黄山当生平奇览，而有奇若此，前未一探，兹游快且愧矣！时夫仆俱阻险行后，余亦停弗上；乃一路奇景，不觉引余独往。既登峰头，一庵翼然，为文殊院，亦余昔年欲登未登者。左天都，右莲花，背倚玉屏风，两峰秀色，俱可手揽。四顾奇峰错列，众壑纵横，真黄山绝胜处！非再至，焉知其奇若此？遇游僧澄源至，兴甚勇。时已过午，奴辈适至。立庵前，指点两峰。庵僧谓天都虽近而无路，莲花可登而路遥。只宜近盼天都，明日登莲顶。余不从，决意游天都。挟澄源、奴子，仍下峡路。至天都侧，从流石蛇行而上，攀草牵棘，石块丛起则历块，石崖侧削则援崖。每至手足无可着处，澄源必先登垂接。每念上既如此，下何以堪，终亦不顾，历险数次，遂达峰顶。惟一石顶，壁起犹数十丈，澄源寻视其侧得级，挟予以登。万峰无不下伏，独莲花与抗耳。时浓雾半作半止，每一阵至，则对面不见，眺莲花诸峰，多在雾中。独上天都，予至其前，则雾徒于后；予越其右，则雾出于左。其松犹有曲挺纵横者，柏虽大干如臂，无不平贴石上，如苔藓然。山高风钜，雾气去来无定。下盼诸峰，时出为碧峤，时没为银海。再眺山下，则日光晶晶，别一区宇也。日渐暮，遂前其足，手向后据地，坐而下脱。至险绝处，澄源并肩手相接。度险下至山坳，暝色已合。复从峡栈以上，止文殊院。

初五日。平明，从天都峰坳中北下二里，石壁岈然，其下莲花洞，正与前坑石笋对峙，一坞幽然。别澄源下山，至前歧路侧，向莲花峰而趋。一路沿危壁西行，凡再降升，将下百步云梯，有路可直跻莲花峰，既陟而磴绝，疑而复下。隔峰一僧高呼曰："此正莲花道也！"乃从石坡侧度石隙。径小而峻，峰顶皆巨石鼎峙，中空如室，从其中迭级直上，级穷洞转，屈曲奇诡，如下上楼阁中，忘其峻出天表也。一里，得茅庐，倚石罅中，方徘徊欲升，则前呼道之僧至矣。僧号凌虚，结茅于此者，遂与把臂陟顶。顶上一石，悬隔二丈，僧取梯以度。其巅廓然，四望空碧，即天都亦俯首矣。盖是峰居黄山之中，独出诸峰上，四面岩壁环耸，遇朝阳霁色，鲜映层发，令人狂叫欲舞。久之返茅庵，凌虚出粥相饷，啜一盂乃下。至歧路侧，过大悲顶，上天门，三里，至炼丹台，循台嘴而下，观玉屏风、三海门诸峰，悉从深坞中壁立起。其丹台一冈中垂，颇无奇峻，惟瞰翠微之背，坞中峰峦错耸，上下周映，非此不尽瞻眺之奇耳。还过平天矼，下后海，入智空庵，别焉。三里，下狮子林，趋石笋矼，至向年所登尖峰上。倚松而坐，瞰坞中峰石回攒，藻缋满眼，始觉匡庐、石门，或具一体，或缺一面，不若此之阆博富丽也。久之，上接引崖，下眺坞中，阴阴觉有异。复至冈上尖峰侧，践流石，援棘草，随坑而下，愈下愈深，诸峰自相掩蔽，不能一目尽也。日暮，返狮子林。

初六日。别霞光，从山坑向丞相原。下七里，至白沙岭，霞光复至。因余欲观牌楼石，恐白沙庵无指者，追来为导。遂同上岭，指岭右隔坡，有石丛立，下分上并，即牌楼石也。余欲逾坑溯洞，直造其下。僧谓棘迷路绝，必不能行。若从坑直下丞相原，不必复上此岭，若欲从仙灯而往，不若即由此岭东向。余从之，循岭脊行，岭横亘天都、莲花之北，狭甚，旁不容足，南北皆崇峰夹映。岭尽北下，仰瞻右峰罗汉石，圆头秃顶，俨然二僧也。下至坑中，逾洞以上。共四里，登仙灯洞。洞南向，正对天都之阴，僧架阁连板于外，而内犹穹然，天趣未尽刊也。复南下三里，过丞相原，山间一夹地耳。其庵颇整，四顾无奇，竟不入。复南向循山腰行，五里，渐下。洞中泉声沸然，从石洞九级下泻，每级一下，有潭渊碧，所谓九龙潭也。黄山无悬流飞瀑，惟此耳。又下五里，过苦竹滩，转循太平县路，向东北行。

当天黑下来，黄山呈现出世界其他地方相类似的景象来。白昼争奇斗妍的山峰一座座相继在暮色深入退隐，变得肉眼难以识别的模糊斑驳起来。游人仿佛停留在一个荒岛上。周围的山崖，底端环绕着天气晴好时的海浪。身边的树林峰崖仿佛多出了许多奇怪的崖洞石壁。静静的晚风自暮晚时分的休憩处重新出发，开始向着人迹罕至处吹拂。黄山的夜，远离一切人类社会，似乎是一个更属于古代的夜，一个远古的夜。黄山的白天，今天已经被游人占据和搅扰，清晨日出和黄昏夕照之时，正是游客们攀爬南北各山头、喧哗纷扰的时候。新一代的植被、动物们，似乎也习惯了这样大面积不自然的人声。一半的游人实实在在地观景，爬

山；另一半的游客扮演着勇攀高峰、领略大自然风光的虚妄自
我，而夜幕降临，正是趁夜摘下各自面具的时候。他们在入睡休
憩之前，大多在宾馆酒店附近的山路上散一小会儿步，这时刻留
下来的游客，似乎比白天景区所见的同样姓名的他们，显得坦诚
和松弛一些。所有的相机背包，都被摘下来放回了房间或户外帐
篷。人们不再像白天那样到处乱走乱撞，斤斤计较于眼前景物。
在夜色中他们跟岩石、松林相似，跟山上的夜空气相似，他们开
始加快一天的上山经历，争执或盘点明天的旅行计划，回味大山
的味道，也回味自己。安静下来的黄山，这里那里都有一点住地
灯光和手电筒光束，但整体而言，黄山恢复了它自洪荒以来盘踞
虬曲的那一整块的巨黑。在那样一种巨黑色里面，昔日险峻、人
迹罕至的荒凉和蛮横，又一点一点地慢慢回到了群山起伏的沟壑
深处。无论是声势壮观的飞瀑，还是怪石林立、岩壁峥嵘的山体
地貌，这时候，都被天空密布的繁星所笼罩，所留存。山体呈现
出一份洪荒以来天体神秘环绕着的静谧柔和，这份夜的柔和，随
着气候变幻、月亮的阴晴圆缺而有时繁星满天，有时风狂雨急起
来。飓风碰撞在夜色深处看不见的崖面上，发出大小不一的"噼
啪"声，时而有被刮断的松枝落下。周围的天地，正如大海一样
一尘不染。黄山似乎也不叫"黄山"了，顷刻间，人类文明的艰
苦卓绝，被夜凉如水的山壑完全地堵塞，清空。

> 看大自然的花草树木如何在寂静中生长；
> 看日月星辰如何在寂静中移动……

　　我们需要寂静，以碰触灵魂。

——特蕾莎修女

　　中国南方的各山丛中，黄山好像是一座明天的山，无论热情的游人去过多少次，总有某部分不可登临之处。它的南北纵深的巍巍峰海，总有许许多多的人迹罕至处，有人类无法涉足的奇异空间，如立体的绘画，如无声的诗展现成立着。黄山是未来之山，它的不可抵达性，远远多于古往今来人类猎奇的眼光曾经或反复浏览过的那些景象和画面。"风生万壑振空林"，诗人李白的心灵，早在遥远的唐朝年间，已经预先感知到了这一点。在去往玉屏楼途中，遥望披着轻纱的莲蕊峰，它像一只孔雀拖着娇艳美丽的尾羽，紧紧依偎在那巨大的花蕾之上，正仰天回望边上劈天摩地的黄山主峰——莲花峰（1860 米）。莲花峰独出于群峰之上，像是用苍松叠叠的画笔勾勒出来的一朵含苞欲放的新莲。当四周的天风吹拂，白云飘荡，"孔雀"微微地振翅，仿佛瞬间的开屏，又像是一刹那的展翅翱翔，一幅神奇的"孔雀戏莲图"瞬间展现在了世人们眼前。底下气势磅礴的天都峰，齐天耸立，嵚石垒成，宛如云海之上的仙山城廓。边上，闻名海内外的"耕云峰"与之对峙相望，峰顶有巧石一块，酷似一只活泼可爱的松鼠，翘着尾巴，那么大，肥硕壮健，跃跃欲试，仿佛一时间想腾空跳起，跃过万丈巨壑，到对面的高出云表的"天上都会"去一游。而当神奇的白云铺展成浩瀚大海时，它一会儿沉入海底，销声匿迹；一会儿又机灵地浮出水面来，冲浪击涛……此外，"姊妹牧

羊""仙女绣花""犀牛望月""鳌鱼驮金龟"……都在此神奇的
峰峦周遭，构成一个完整的黄山式的大家庭，一个不属于现世，
跟人类世界相阻隔，其乐融融的自然世界的"山水之家"。在那
里，"仙人下轿"正有一名得道了的仙人迈出一只脚从容下轿；
"天鹅孵蛋"时，白鹅岭的高出云表的脖子正伸得很高，翼下还
有许多的圆石簇拥。在无数巧山争先恐后拥到你眼前之际，在半
山寺，游人抬头可见一只头朝天门坎方向的振翅欲啼的"公鸡"，
这就是著名的"金鸡叫天门"山峰。再往前，一组巨型的巧石，
好似几位老汉，身着古时的长袍，携手扶肩，正顺着山梁攀缘而
上，领头的老汉手上好像还挂着探路的拐杖，胡须长长的在胸前
随风飘拂，这是龙蟠坡上的"五老上天都"。在山峰的另一侧，
"仙女"正静静地坐在家中，终日飞针走线，神态是那样安娴自
若，专心致志，以至于呆望的游人都不愿惊扰她，只在远处把她
细细地观赏一番。"仙女"们待在她们的明天，永远的未来时空
深处；她们不在游客们四处追慕着的今天，不在此刻，更不在流
逝经年的过去；出自大自然想象的部分，黄山上一多半的造物奇
巧，闪烁着似乎出于未来世界的瑰丽多彩的光华，像一颗颗奇异
幻觉般、太虚幻境的明珠，镶嵌在宁静的群峰簇拥的天然画屏之
中，仿佛人类结伴前来一游，只是为了证实自己从未到达，或在
途中经过时，偶尔瞥见了各自的未来世界、未来图景一般。在幽
邃秀丽的黄山西海，在排云亭，在"蓬莱三岛"散花坞中的"梦
笔生花"，或者，在白云飘忽的曙光亭，黄山的布散于澄澈大气
中的韵律，是那么飘忽无踪影，那么若隐若现，是世界上最令人

心醉神迷的爵士乐，最庄严雄伟的交响音符。呼号的山风从头顶掠过，好像纽约大都会音乐厅内轻轻一点的指挥的手势。人们在今天试着去往明天的山峦，这是多么冒险离奇、多么胆大奢侈的一件事情！中国南北各地的名山大川，只黄山一座有资格让自己隐没在明天、未来世界，而不复现于此刻！只有黄山不独立在今天的人类时空，它就像一名独自离家的游子，一名漂泊海外者，一个个性倨傲的逃学的孩子，于众目睽睽之下，光天化日，从这么多漫天遍野的游客们的眼皮底下逃走，从他们的摄影机镜头、汗水、雨披、饼干和各种身份证牌底下顽劣一笑，逃之夭夭。其他别的山峰，阿里山、武夷山、五台山、华山、泰山……从各个方面，已经与人类的风俗习惯、人文情感并置或并行，唯黄山不在此列！也许还再加上西域高原的冈底斯山、白雪终年的葱岭(帕米尔高原)、天山山脉等。再加上同样伟岸的大秦岭，或者半座大别山。听啊！呼号的山风又一次掠过头顶，如那汹涌澎湃的海涛，震撼山岳；又像是排浪拍岸的潮汐，那些山峰周围的黄山松，一根根针叶如此短小、坚实、粗硬，而且抱紧成黑黑的一簇簇，带深沉的绿色，为他处所罕见。作为松树家庭里一个独立的品种，历千百年沧桑，终于逐渐地走过一年年、一个个冰雪消融的日子。在地质史上，远在两三百万年前，黄山就已经屹立在这里，熬过了一个个极寒的"冰川期"，今天的黄山周围，仍有不少的冰川纪遗迹。从遥远的"冰期"到"间冰期"，多少的山峦森林，承受住了各种大风季节的风势和地心引力的影响。

黄山松树的枝干的盘曲，有的远看已经类似于一种罕见的藤

蔓，它们"寄命岩罅，饱吸石髓"，养成了"沉蔚壮激之气，以
应霜雪之变……自混沌以来，不知经历几千岁月也"（许楚《帝
松歌》序）。所谓山愈高，气愈寒，岩愈危，松愈奇。"黄山奇松
多矣！有负石绝出，干大如胫，而根盘屈以亩计者；有以石为
土，其身与皮干皆石者；有卧而起，起而复卧者；有横而断，断
而复横者；有曲者为盖，直者如幢，立者如人，卧者如龙，不一
而足。"（清·释海岳《黄山赋》）也许，这些山上的松树，在
山上山下云集的世界各地的游人面前，才真正抵达了大黄山的今
天和此刻。它们吮吸这里的自然雨露，极细极密的根须能够分布
到崖面的所有海拔高度，所有的倾斜度、所有贫瘠的土壤深处，
风吹雨淋不倒，万象更新不灭！绕石穿隙，蜷曲纤长，顶平如
削，干瘦枝虬，苍翠奇特。如古人诗句的声声长啸："风欺雪压
一重重，生长畸形百不同；唯有后山云谷里，撑天笔立啸寒空。"
以及："万树光连峰尽白，六华飞点鬓先斑。眼空银海三千界，
怅望仙居不可攀。"这诗的最后一句，正说出了我们眼前的黄山
的奇特处——可远眺，能游赏，但不能进入。

"……当一个人在刹那间同时听到河水的千万种声音时，那
应该是何种言语呢？"（悉达多）

无法进入的黄山的黧黑宛如砚石中的一块老坑，是地老天荒
式的原始浑朴。它已经和消逝的地球的古纪元相交融，黏连成一
体。它是山中峰峦之上不可剥离的岩面、地层、矿物质。它是一
小条色彩斑斓的落叶层间的小蜥蜴在夏日山中的一探头。它的小
尾巴长长的，其长度连世间最博学的动物学家也不敢相信。生物

之进化到了离奇难辨的境域。没有人真正明白动物、植物之间的学科跨界或差异。宇航员、士兵、科学家、画家、农民、矿工、地产商、建筑师、医生、教授、联合国教科文组织成员、秘书、诗人、作家、船员、操盘手，甚至死去几回的幽灵们……每天在黄山的山道上分散着这么多各式人种、各种职业的游客和游人，或步行道，或乘缆车。可是，到了黄山上，他们最终只剩下一个身份，只剩余下人类世界里的一个群类：淋雨的人。

地老天荒般的黄山上的大雨，并不冷，却寒冽无比；并不急，却使上山的人们寸步难行。雨落下来，宛似黄山松的坚韧的针刺。多种多样、各类形状的雨，或卧、或立、或俯、或仰；时而粗短稠密，时而如云如雾。大雨，也像游人一样循着飘带似的石蹬道一步步向上攀登，又像山中的层层绿荫，遮掩得游人们一时喘不过气来。雨似松涛，同时也像怪石、云海、温泉的"黄山四绝"一样离奇而任性，像冰凌的重压，像伞形的盾牌，像丛簇的玉树，像涓涓的细流……从山中的大雨，人们也许感觉到了一点宁静群山的脉搏在跳动，"处处路通琉璃界，时时身在水晶宫"。一场场大雨，一年四季的任何时候，以崭新而净洁的面孔，在山中迎接着游人。去黄山游，人们必定要做好大雨倾盆的心理准备。这雨，事实上正是黄山之美巧夺天工的奥秘之所在。雨晴、雨中、雨后的黄山，诚若人生的几重境界。浮锦溢香的大黄山山脉，之所以如此虚幻缥缈若仙界，很大程度上，在于这千古雨阵的泼溅，这浓墨重彩的山峰之黑、之黛绿、之冷落、之萧瑟、之昂首怒放、之势若奔雷。（……慢慢形成了特大的冰块，十分壮观。）山中大雨，像是有人用巨剪精心修整，事先剪裁过的一样，一整匹、一整匹地落下来。"青冥倚天开，彩错疑画出"以及"翠壑丹崖千丈画，白云红叶一溪诗"。啊！离开了山中充沛的雨声、雨水、雨帘，黄山又何成其为黄山！那隔溪相望的一场雨，就像几千丈长的黑色天鹅绒帷幔悬挂在一名上山游客的四面八方。也许，唯人类之外，只有天神透过大眼，在饱览此地的春夏秋冬呢，这里的万山红透、峰林尽染的艳丽山色呢！

夜来八方四千偈（苏东坡）。

清晨打开窗户，山峰如一道道翠青色的轻烟，伴随着山中悦耳的鸟鸣、浓郁的松果花香扑鼻而来，这是黄山上特有的雨过天晴的一天。迤逦千里的青山翠谷，随处可见，如一曲曲美妙动听的音乐般叮咚而来。"山空滴沥如下注，轻觉飘洒若风雨；却按宫商仔细听，二十五弦俱不信。"这是谁的诗呢？不知道，反正是古代诗人的游山之作。读来，诗人一定也精通乐理。他好像是在用一双闲不住的欢乐的耳朵在游往深山呢。黄山之奇，奇在雨中，奇在雨和晴空之间。"山中一夜雨，到处是飞泉。"感觉如此壮观！人们根据古往今来的山中瀑泉的形与声，赋予了各地的瀑布诗一般的美名啊，诸如百丈瀑、鸣弦泉、九龙瀑、人字瀑、三叠泉、铁钱泉、钵盂泉等等，以及岩音小筑、锁泉桥、观瀑亭……这其中的九龙瀑，幽谷层林间，源出天都、玉屏、炼丹、仙掌各峰，出函相源，然后在香炉峰和罗汉峰的双峰之间的悬崖峭壁上一级、一级，分九级落下，一折一潭，瀑折为九，潭诸亦九，九龙飞瀑由此得名。千仞青壁，腾空起舞，一落千丈，澄碧

如翠。潭底绿岩玉石，清晰可见，山风吹落，碧波荡漾，就像有
无数绿色的绸带在水面抖动，美丽极了。

　　大雨过后，黄山上的飞瀑流泉，更是数不清、看不尽啊，多
少大小不一的飞流，或倒挂在万丈峭壁，或缭绕在林中沟壑，有
时奔放，有时娴静，跟云海、白雾交相辉映，争相媲美着。山的
无限生机，就此活灵活现，冉冉上升。那万道清溪翠谷一色，朝
晖暮霭云雾齐飞，宛似一曲上天的歌曲："鸟语花香清绝地，瀛
海归来第一山。"这"第一山"的"一"或者"山"，难道未能
把游山玩水的游人的心，变作山中聚而飞翔的小鸟？

> 我们在这片水中洗碗，
>
> 它有芬芳露珠的香味。
>
> ——加里·斯奈德《荒野体验》

　　黄山不比雁荡山紧邻大海，靠着海岸线和浩瀚南太平洋。黄
山也不像庐山靠着长江。黄山也不像泰山、崆峒山，靠近黄河。
黄山更不是大别山、长白山，前者为淮河流经，后者跟北方旷原
接续成一片。黄山也不是峨眉、五台，有浓厚的佛教氛围。所有
这些华夏大地上的名山巨川，唯黄山最山野自然，独成一体，唯
黄山独在江南范围。可以说一身兼备江南山水之秀灵，而同时又
粗犷独出，不惊不惧。既拱出江南地表，又远避江南范围的中心
而僻居自然之一隅。人们可以说黄山非佛非道，不南不北，正是
这种貌似无所持守、心不在焉，构成黄山山脉奇特的、一时难以

辨别和归类的卓越特性。作为自然界名山一座，从一开始，它就拒绝了草原、乡村平原和海洋这三大时空特性。它有它自己的自然属性，一座山。一处深山老林的特性，在它的东面、南面、东西方向，有同样有"江南第一名山"之称的道家洞天福地齐云山。有现属江西省的上饶婺源县，大鄣山、三清山、铜钹山。再偏南方向，是武夷山、怀玉山，其中多个山脉仍属大的黄山山脉之走向，例如道教的龙虎山。在黄山的西北角，是风景同样秀丽崎岖的牯牛降和佛教四大名山之一的九华山。如同一首诗歌的不同分行，上述这些声名略小的名山环绕在神奇的、终年云遮雾绕、波诡云谲的黄山方圆大约五百公里范围，构成了中国东南山地特有的一个大的山林风景带。而黄山在这其中，仿佛缓缓现身的一条游龙嘴里吐出的一颗明珠。黄山古称"黟山"，通俗的称谓就是"黑色的山"。为什么是"黑山"呢？因为整个黄山的山体，多是花岗岩，经长期的风雨侵蚀，形成黄山特有的外部青黑色，既是岩石、地表的特性，同时，又和黄山特有的身处江南腹地的地理和气候环境相关，黄山所在江南多雨，常年潮湿，易霉变，冬天阴冷。而山的西南部分位于黟县境内，山区多青石，更是从里到外都呈青黑色。此类青石，石质坚硬细密，不仅是上好的优质建筑石料，还可做石雕，做成打击乐器，叩之声音悦耳脆生，据说，在石质方面，仅次于著名的灵璧石。

"黄山奄然居中，以降势委和于四表，有坤道阳光土德焉，故名之黄山。"（《新安文献志》）这是古代人以阴阳五行学说，结合山势地貌，解释黄山名称的由来。古人以为"天玄而地黄"，金木水火土，与青赤黄白黑相对应，土居正中，中为黄色。而黄山在中国古代人眼中，居于崇山峻岭之正中，因以黄为名。

另外，轩辕黄帝炼丹一说，前文已提及。有人考证出，汉代人所著《八仙传》中，有陵阳子明"上黄山"，指的就是今天的黄山，那么说明至少在中国的汉代时，这里就叫"黄山"了，也许不一定要等到唐朝玄宗皇帝的正式一诏册封罢。

潘之恒，字景升，号鸾啸生，别名天都山史、天都外史。他是明朝嘉靖时期人，生于邻近的徽州府一个徽商家庭，年轻时有文才，自从有一年初游黄山后，就迷恋上了此山，于是寄情于山水，多游黄山名峰，探奇寻幽。到了晚年，索性在黄山汤口的温泉附近，建了一座自家的别墅，"一生沉酣黄海莽浪中"是他的自题诗作。"余认此峰四十余年，凡向背转仄，晴雨寒暑变态，皆得其神情。"他精心编撰了一部有关黄山的志书，书名就叫《黄海》，这是明代以前中国境内资料最多、内容最为翔实的一部黄山志书，由他一人独力编成。书中，有关于圣泉峰又叫圣水峰的目击文字：登岭峰之巅远望，可见"池中波浪腾沸，从池涌出一布水向峰顶东南而下……"

关于黄山的云海，另有清人潘耒记载："他山云海，亦时有之，而山少地偏，境界不能空阔。黄山则四面数百里皆山，各山烟云，汇成大海，浩渺无涯，而此山独高，登之无所不瞻，风掀目耀，变眩万端。"诗人袁枚在《游黄山记》一文中，更加突出了置身云雾的惊诧：正在文殊院（今玉屏楼）休憩，突然"云走入夺舍，顷刻混沌，两人坐，辨声而已"。不一会儿，云雾退出了山门，引得他兴奋异常，顾不上休息，立刻登山追赶去。至清凉台，他目睹了"云铺海"之生动情景："食顷，有白练绕树，僧喜告曰，'此云铺海也。'初然，熔银散绵，良久浑成一片，青山群露角尖，类大盘凝脂中有笋脯蠹现状。俄而离散，则万峰簇簇，仍还原形"。

《宿黄山狮子林晨起登清凉台看云铺海》是诗人留给黄山的诗作。

明代的方拱乾，同样有黄山一游，留下《游黄山记》一文，写他在光明顶东麓夜宿，半夜时，竟眼见四周白云骤起，一轮圆月当空。瞬息间，月亮的四周生出奇妙光轮，"华垂七轮，轮内作十余色，轮外作千百色"，"轮影垂垂动光彩，吐月摇空空欲改"。

> 盘空千万仞，险若上丹梯。
>
> 迥入天都里，回看鸟道低。
>
> 他山青点点，远水白凄凄。
>
> 欲下前峰暝，岩间宿锦鸡。

这是唐代的岛云和尚题写在黄山绝壁上的一首诗。同时，这也是迄今为止有文字记载的登上天都峰最早的人，之后，虽有明代普门法师、徐霞客等人相继登上峰顶，但天都峰一直无路可攀，直到民国二十六年（1937年），当地才组织人员修凿出一条长达三华里的"通天梯"。

没有留下文字记载的那些登上天都峰的古代勇士们呢?

黄炎培先生曾记载:"……黄山以产朱砂著名……余于黄山尝倚枯松,偶折其枝,中尽赤色之朱砂,其根亦然……山之富于汞养可想。"

《黄山领要录》是清代当地一册类似旅游指南的小书,其中记载道:有一名书生,在山房窗边上磨墨写字,刚磨好墨,正拟书写,忽然"干云一朵"飘进窗来,顿时把桌上的墨舐了个一干二净,闻者无不称奇。

又一回,一群游客在慈光寺吃中午饭,突然飘过来一阵云雾,这边在大吃大喝,那边临席的几桌友人,顷刻竟消逝不见,众皆大惊失色。约十几分钟后,雾散,临桌友人方才重出江湖。

所谓"移步变景,不可思议"。

山的特性,是音乐,尽管东西方文明在其各自的观念类型出自不同的语言属性和习俗熏染,但是在我的聆听中,黄山酷似那名西方音乐史上著名的神童莫扎特。像无数支莫扎特乐曲那一首独一的、温柔的战曲,一首低回缓慢的钢琴奏鸣曲,一首回旋曲。黄山的醉美降 B 大调的,或者降 E 大调的山峰〔《大古组曲》《嬉游曲》《C 大调交响曲("朱庇特"交响曲)》〕……在我的眼前含翠带露地错落升起。这是一场持续奏响的音乐会。演奏大厅的灯光、乐池永远金碧辉煌,大门永远开启着,人一旦进入剧场,永远有《魔笛》式的神奇乐曲对着着了迷的观众热情迎送。黄山,是晚年耳聋的贝多芬,是足不出户的埃里克·萨蒂,是玛略卡岛上独自聆听雨声的肖邦。黄山也是哀悼天鹅之死的圣桑,是普契

尼，是诺诺，清歌缭绕的舒伯特，是庄严雄阔的巴赫。但黄山
更是那个临终时说出"我的舌尖上已尝到了死亡的滋味"的三十
五岁的音乐人沃尔夫冈·阿玛德乌斯·莫扎特。他写信给在维也
纳附近的巴登疗养的夫人说："……你简直无法想象你走后的时
间是多么漫长！我无法向你描述我的感受，是一种空虚，让我心
痛；是一种渴望，无法满足又永不停止；这种状况始终存在，日
日增长。"（《莫扎特书信》第四卷 150 页）

　　黄山是中国的，更是世界的。从世界音乐的属性来倾听，来
分辨，黄山风景的"大雄无与并，苍浑莫之先"，以及峰峦叠嶂
之间"流映四出，转觉多姿"的或虚或实，大概只有瓦格纳的音
乐差可比拟。瓦格纳、贝多芬、巴赫、威尔第、马勒、肖斯塔科
耶维奇……

　　"面对上帝的眼睛"或"天神的眼睛"，是维也纳一座著名
的教堂圣彼得教堂的别称。黄山，这群山之中的音乐，似乎也在
面对天神的眼睛或者天神的聆听。白昼明媚的阳光下，群山之下
传奇的大徽州，依照古代建制的一府六县地域，在万木葱茏、百
鸟争鸣声中隐约可见。北面，是著名的红茶之乡祁门，唯一以旧
黄山名作为县名的黟县——多数的游人更乐意以一种亲切得多的
方式戏谑它为"黑多县"——本已莫名地怅惘，更哪堪盛年不
再，壮志未酬；东面，是现今已归并到江西省上饶市境内的龙尾
砚石的故里，同时也是理学大家朱熹故里的婺源境，然后是休
宁、屯溪（黄山市）；在黄山的西侧，是藏于群山深闺之中浩渺
碧波的太平湖——湖畔有一县城，以湖水名，太平县，以及池

州、青阳、牯牛降。传说八仙中的张果老来黄山，倒骑一头毛驴，晃晃悠悠，走的就是这条西线古道。多少年以后，诗人李白来黄山，也是从池州著名的秋浦河上，乘船行舟，然后登岸徒步，穿村绕民居，经过大诗人屈原的流放地池州陵阳镇上的东山脚下。迄今那千年古镇上仍保留有一幢偏僻的古桥南流桥。李白经今天的石台县，过牯牛降的山脚，到达黄山北侧的碧山，从那儿才最终寻觅到黄山主峰的路径。在黄山作为"幻方"图形的四面八方中，人们可以展开许许多多生动有趣的想象。它的东面在过去的三千年、四千年里发生过什么？西面呢？产生过哪些人物？为什么普门法师、徐霞客、贾岛们古昔时游黄山，要走今天的南天门？而黄山北麓，一派延伸出去的浩浩荡荡的群峰翠谷，那其中又有些什么游人难以涉足的风景区域？例如，婺源境内的卧龙谷、庆源、徽饶古道，进入浙江开化，或江山境内的深山老林，大鄣山、仙霞岭、擂鼓峰等等。多年来，抚今追昔，我一直派生出一个强烈的心愿：想在黄山旁边的某个山峰之上，某个高度、能见度较为适宜的海拔点，从另一种陌生的视域看一眼美丽的黄山，就好像从我的身体里陡增出、钻出来一名古人似的。而对于徐霞客、袁枚他们当年独一无二的黄山行艳遇，我打心底里充满了一份嫉妒，一份终身难以排遣的遗憾。黄山，已经人为地太热了。今天，山体上的每一个侧面，都被游人的眼光所灼烫过了。我不能够使它恢复到，哪怕部分地恢复到古昔黝黑的山体冷漠的模样和形状上了。与此同时，像飞行员从空中静观，透过高空噼啪作响的耀眼气流层来鸟瞰机翼底下的大黄山那样（我曾经

作为一名乘客在机舱里俯瞰过喜马拉雅群峰、念青唐古拉山以及
雪域高原），把整个类似建筑学中的"幻方"图样的黄山山体整
个儿从头到尾结结实实地看一遍，看个饱。这里要用到的一个词
是："饱览"。无论现代人还是古人，没有人能真正饱览到完整意
义上的大黄山美景、山体的美色；正如没有人能够毫无歉疚地说
出他已"饱览了大海"一样，即使他祖祖辈辈，以及他自己一辈
子生活在海边。大自然太诡异了，太过辽阔浩渺。美丽无双的黄
山亦同样。在地球的今天，一名中国境内的民航飞行员，也许能
碰巧有此眼福，他碰巧飞的是华东航线，是东南航线。他驾驶的
飞机常常掠过江南四省，从太平湖（熠熠闪烁）、屯溪机场、杭
州、上海、南京之间穿梭往来，假若有心或者稍许用心，他在飞
行途中稍稍低垂一下眼睛，就能看得到一个以万千山峰连缀组合
的群山合抱的"幻方"，一个黛绿色的长方形或不规则四方形。
我想知道：这地球上了不起的山峦深谷的四方形是否完整而清
晰？是否仍旧云遮雾绕到如同天堂与地狱交界的灵薄狱？这中间
是否可能辩识度不太高？是否有无法事先预知的残缺？黄山山体
的主要色调是什么样子——土褐色？深紫？乌青？黑色？那种传
说中的黑色确实存在吗？黄山，它是否像一艘空中航母？大地之
上拱起的"挪亚方舟"？它孤独吗？它像十九世纪的一首诗歌吗？
它仍旧保留有古风吗？它是今天的东方的指环书吗？它已酣然入
梦、不再醒来了吗？它信马由缰了吗？它身心疲惫吗？梦幻，忧
郁，或是潜意识？这些都是无法用以描摹的大黄山气质。那么，
它真的独具风采吗？它是"诗书耕读"的中国古代文明，尤其是

江南农民逝去的先民们高耸着的集体的方尖碑吗？它的表皮已经开始斑驳脱落，它年久失修了吗？黄山，辽阔的长江中下游平原突然在此消失的群山中的巨人，古往今来的在路上的羁旅行役之人，望见它，面对它，难免会产生一种难掩的激动。去一趟黄山就像去面见一名活着的伟大人物，一个伟岸之人，伟人。谁又能够从黄山上下来，从黄山回来，跟未去之前一模一样，好像什么也没经历、什么也没有发生过一样？谁能够说他见过比黄山更美的山？在哪里？叫什么山名？见过几次？有限的可能从空中、从更高海拔的地方觑见黄山的幸运儿，在今天，仅限于有飞行员资格的民航驾驶员，至多，还有风景管理部门的少量的地方官员（他们乘坐机舱战栗不已、噪音震耳欲聋的直升机）。在大黄山莽莽苍苍的深山密林里，他们的机身看上去就像五星级酒店大堂空间里的一只蚊子。飞机底下那一条长长的、五彩或七彩的斑斓色带是黄山的主体，抑或前山部分。能看得见情人谷吗？飞机上能看见得光明顶吗？或许，暮春的雨雾或夏天的热浪可能会使得大地壮美的景色模糊不清，使得飞机驾驶员的护目镜蒙上一层水汽。作为华夏文明的始祖，黄帝的修心炼丹场域，人类进入二十世纪才得以发明升空的飞机是一种多么不牢靠、多么让人揪心的空中瞭望塔！也许我应该攀爬与黄山临近的高山，例如，海拔几乎与黄山等高的牯牛降，相比较大名鼎鼎的兄长，这名同宗同血液的群山家庭中的弟弟，在距离黄山仅几十公里的不远处，寂寂无闻，几乎已遭世人遗忘。

　　中国人有句老话："四海之内皆兄弟。"今天，无论在地球的

哪一方区域，在巴西里约热内卢的大街小巷，抑或是在观赏黄山
风景的山道上，每一名中国人身上都怀揣着这句精致的格言，他
们的目光在这句格言上彼此热情而坦诚地相互辨认，很少有人知
道，这样一句读过一遍即铭记终生的极其通俗的格言里，包含着
一个帝国成型的复杂概念，一个高度抽象的国家和文明概念。
"四海"即四方，一种基于完善的宇宙秩序而生的古代的世界观，
同时，又是佛教曼陀罗的一种表现模式。这是一个九个小方格组
成一个大方格的形式，汉语中称之为"井田制"，一个大方框内，
分成井字形的小方框，小方框中的数字纵向或横向相加，其和相
等——九方圣土，古代称"九州"的井田体系。

在一部名为《幻方》的研究中国古代城市的厚厚书籍里，德
国当代学者阿尔弗雷德·申茨开明宗义地阐述："亚洲东部、太
平洋西岸的中国，西北以帕米尔高原、西南以喜马拉雅山脉、南
方以横断山脉和热带丛林、北方以广袤无垠的草原和沙漠、东南
以绵延一万八千多千米的海岸，构成了历史的'四限'。"……他
所说的中国疆域的四面八方，简称"四方"，分别面对草原、沙
漠、大海和无人攀登的雪域高原。

他接着说："当中国在公元前的最后几个世纪出现之前，曾自
以为处在世界的中心，即原始混沌的'四海'之中央。在天地之
间，皇帝作为人民的代表，肩负着统治天下万物的责任。……我们
发现了作为聚落的原型和整个居住的世界——一个定居的农业社
会所集居的世界。在中国，这一原型是一种'幻方'——九宫格
的形式——'幻方'的形式体系，是一种总体的模式，广泛用于

划分空间，以形成重要的空间秩序，而这正是基于中国人对于永恒的世界秩序及其原型结构的理解。"

"'幻方'模式的重要性"在于其对自然的基本力量——阴阳的和谐结合，正像神圣数字所产生的几何形式表现出的那样。奇数等同于天上的阳的力量，而偶数则象征地上的阴的力量。

首先，大地根据四个基本方向被分为四个朝向，代表大地的四个方位空间，也就是"四域"。在此之上，给横安置3×3个正方形，其分为九个部分，这是奇数，代表上天的阳气。这两种划分，形成了阴阳和谐的结合，由位于中心的、代表着人类的"四域中最为高贵"的统治者，保持这种平衡。汉代班固（卒于公元92年）的描述里（见《白虎通义》），我们读到：地球的运作通过提供所有生灵滋养而获得平衡，苍天提供精神理念，而人类赋予这两者秩序组织。

就考古研究的结果来判断，在中国历史上，第一次将"幻方"概念作为一种模式用于王城的，是周王城——即今洛阳城附近地区——周公旦（约公元前1100年）设计的"成周"。贯穿整个周王朝（公元前1046年—前256年：西周，公元前1046年—前771年；东周，公元前771年—前256年），这种模式，为几个诸侯在势力范围所兴建的王城，提供了理想的理论基础，但是，仅"成周"王城各司其职以方形布局，周边9里×6里的长方形，依然是奇（阳）数，但是，原来的方形被放弃了。这方形，在后来的帝者中再也没有使用过。

然而，阴阳一体的基本概念，有不同的诠释方法和多种应用，正如城墙、各种街道和街区模式布局的度量体系中所使用的偶数和奇数制。"幻方"基本原则最为复杂的应用，也许要算隋唐长安（581—618，618—907）的城市布局。这个城市，依然具有宇宙秩序最初的观念，也就是"古代人"的世界观念。后来，元代（1271—1368），众所周知著名的大都布局，是一个利用古典文献所开的旧廓有趣的尝试，但蒙古高原上来的皇帝，也许并无嗜好接受"古代人"的世界观来改变其作为"狩猎者"那种史前捕猎生活方式所决定的世界观。在宋代（960—1275），中国"古代的"世界观，由于新儒家思想家和哲学家的理学思想而得到进一步的完善和系统化，但没有规划及兴建新的帝都，也就没有产生"幻方"系统应用的例子。明代（1368—1644），有了一个新的开始，兴建了新都城，在旧城内，重建了帝王宫殿府第。明代创立者朱元璋（洪武）的务实态度，带来新城规划中理性方法的运用，多次尝试了再生复杂的"幻方"系统。皇宫前的"御街千步廊"，在其最终形式上，被认为是最初 9 里×9 里"幻方"的一个重要部分，它可以被今天的人们看成一个难以看到的，但是理想的将皇帝包围在其中心的一个"幻方"最明确和真实的部分。游牧民族满族（1644—1911）的皇帝们，没有真正采用农业定居社会"古代的"世界观念，但是，他们维持传统汉族习俗制度、延续王朝秩序长达几个世纪。在几座新建立的小城市中，多少可以发现"幻方"观念的轻微痕迹，但是这些城市，大概仅仅由一些受过良好教育的文官建造，而不作为皇家政府的重要行政中心。"古代的"世界观，在中国人心目中根深蒂固，因为大多数人与基本的农业定居生活密切相连，倾心于生死轮回说，相信一种永恒的轮回是宇宙世界模式的原型。然而，在中国以及世界范围内，其他更新的世界观，正在年复一年中改变这种生活的方式，至少在很多细节上如此。

为了更进一步地说明，让我们先暂且比较一下，"古代的"宇宙秩序的观念与"现代的"关于城市文明的观点之差异。现代人，感觉自己被置于一个巨大而无限的宇宙之中。因为其有限的精神能力，现代人依赖那永远变化的历史过程，即"始终"——其开始和终结及其意义，如同宇宙的无限一样不可知。作为一个由不可知的造物主的意志生成的创造物，降生于这动荡的历史坎坷进程中，他是一个个体、一个独特的产品，从根本上是不坚定的，或者说是有着个人的意志，以求自我实现的。所有形式的道德和社会秩序，对他来说，只是一个迷信的退化与解说，旨在抑制人所谓的真实本性和自我，这里，所有的文化和社会形式，是基于"古代的"世界观念，一种可以认知的宇宙，有着良好的体系，并清晰地界定出人类在宇宙中的地位：作为暴虐的自然的协调者。"古代人"倾其所有力量，通过教化和改善性格，以引导其"自由意志"和"真实本性"——从而能够担负起作为"人"所具有的使命；"现代人"试图增强其"自由意志"，满足其"真实本性"，锻炼其技能和智慧，来实现他所称的由不可知造物主所赋予的独特个性。令人惊异的是，这与作为"狩猎者的人"的世界观念非常接近，也是要满足其"真实本性"，"饥饿"以及"性"的本能，并试图增强其生存技能，来更有效地利用周围的环境。然而，现代人已经扩展了关于自然和宇宙的知识，远远超乎其自然感知的限度。用所获的知识，人类创造了一个几乎完全人造的人类环境，让自己完全独立于不稳定的自然环境和气候之上。这样一个人造环境似乎就是那特大喧嚣的都市。因此，"现代人"主要指特大城市的居民，占大约 15%—20% 的世界人口。虽然中国以农业占主导，然而，自二十世纪至今已经有了大规模的令世界瞩目的现代化进程。

如果中国可以被看作是一个代表了整个世界的模型，它也为我们提供了其他关于"现代人"的信息。在"农业的"和"城市的"人口之间，我们发现了所谓的"漂流的"人口、无根的人群，他们已经与农业社会脱离关系，而在都市之中，却还没有找到，或许再不会找到新的位置。任何地方，都不需要这些人，他们属于人口中的非农业人口部分，但是，他们也不是城市人口，他们也许构成了整个人口的另外 20%，并且与日俱增。随着人口的增长，特别是非农业城市人口的增长，就会看到一种类似的新"游牧"状况，就是说，人们与其环境的关系，与其生长地及家乡、省份或国家的关系，变得日益淡漠和薄弱。因此，一批日益增长的无根的人群……对他们来说，"古代的"世界概念，已经变得毫无意义，然而，他们也很少会积极地参与到现代人——都市文明的世界公民的积极生活中来；结果，现代人的世界观念，对他们越来越少有价值和意义。最终，留给他们的是作为"狩猎者"的观念，他们被完全置于那由喧闹主宰世界的严酷环境之中，其大部分的生命是为着生存而斗争，或为着一个更好的条件

而做殊死一搏，结果破坏了越来越多的自然环境，而日益减少了
自己生存的基础。

一个地方肯定性正面的特点被凝缩为所谓的"气"，也就是
给予生命的一种呼吸，被认为是一种温柔流动的物质，在一个地
方汇聚，而在另一个地方会很容易消散。风水术的目标就是去发
现一个地方，那里，这种蒸发性的物质，"气"可以聚集而不会
消散。在很多情形下，聚落坐落在一座孤立山峰的正南坡，这样
它就能够保护居民免受北方的邪恶影响。上古之后，我们知道很
多的大型建筑群、宫殿或者办公建筑物坐落在这样的地点。我们
也知道，在一些实例之中，其中一座孤独的山峰也升起于特定地
理空间的南端，这样建筑群便坐落在南北山之间，受到两边的
保护。

当中国人的世界观于公元前最后几个世纪从远古的传说涌
现，"神奇方形"的概念为想象中永恒世界秩序的系统化提供了
模式。原则上，它是一个静止而固定的概念，因为它包括对于人
类来说已知的所有一切，包罗万象。变化被认为仅仅是阶段性的
变更，并且在宇宙和永恒条件法则的永恒框架之内。阶段性的变
更包括人口规模的变化，在约两千年里，在中国内陆不变的心
脏，即中国内地的十八个省，今日称为中原，来回变动着大约十
亿人口。这整个的十亿数字是普遍性的，是内陆不变的、帝国或
汉民族框架中永恒的状况，正如"神奇方形"所表达的概念，也
正如大禹在传说中历史的黎明时期所做的宏伟规划所展现的那
样。而普遍的和看上去永恒的状况包括一种几乎不变的城市人口

比例，大约 6%—8%，居住在总数目几乎从没有改变的行政中心
城市之中。

自从十九世纪以来，西方"无极限发展"的理念并未证明是
我们人类的唯一的真理，永久性框架的概念近期在西方世界引起
新的关注，并在某种程度上，作为"有限资源""宇宙飞船地球"
或者"人类环境的生态文脉"的概念而得到复兴。这再一次表
明，人们认识到自然法则，并且重视人类对于其自然环境资源有
限的依赖，以小心的开发取代赤裸裸的掠夺。我们也许必须为未
来的永久框架寻找新的概念，而中国，也毫无例外地必须舍弃旧
的观念。"神奇方形"也许是一个象征，一个旧日世界的"失去
的地平线"。

天地者，万物之逆旅；人生者，百代之过客。当把类似"幻
方"的地理概念落实到今天的大黄山景区，我们不禁哑然。黄山
山脉的南北走向，无意中，冥冥之中，似乎暗暗契合了这种古老
的人类思想的图形，当然，仅仅是在大自然的神奇造化范畴。它
既是《白虎通义》一类阴阳五行学说的巧合，也是"……地上各
样行动的活物"（《创世记》）。正如博尔赫斯所说的那样："作
家本意在刻画世界，最后却发现自己笔下的世界，宛如一面镜
子，映照出的无外乎我们自己。"

因此，"我就是我所生活的世界。我的所见所感无不源于自
我"。

中国两座最主要的山脉，大秦岭和大黄山，我都是在很晚的
年岁，中年之后才慢慢走近和认识它们。一九九六年，我三十四

岁，第一次抵达黄山周边的古徽州地界，到达屯溪（黄山市）、歙县、黟县、绩溪、宁国和江西婺源。我从黄山脚下路过，却一次都没看到黄山到底是何方神圣。我看到一拨又一拨的游人，从黄山上下来或正待乘坐旅行社的大巴中巴中车上黄山，我自己却无动于衷。一九九六年秋天，我在古代徽州府衙门，在歙县住宿了几晚，在屯溪市里，住宿了十天。我们借宿在一个二十刚出头的旅行社导游家里，他是一名勤奋刻苦的小伙子，随时跃跃欲试，准备迎接天上掉落下来的好工作的机会，每天清晨都白衬衫、领带，把自己打扮得很是精明强干。凑巧的是，他之前导游带团，走的唯一景区就是黄山的线路，也即在过去的一年多时间里，他上上下下爬过无数次黄山。他对我们闲聊时提及的黄山话题，既不过分冷落，也不十分感兴趣。我当时有一个建筑学系的同伴。我们当时的热点是皖南古民居和古村落。可是，在黄山脚下的城市，话题总免不了要碰触到黄山。在数十天里，我只有一次主动提到对黄山的好奇："在黄山上，冬天落雪好看吗?""很神奇，"那小伙子说，"我遇见过两次，有两天冬天落雪，我在山上。"他说完，目光茫然，等待我的其实不会再有的第二次提问。

于是，很多年后，黄山打着领带，穿着带有穷人家竭力摆出一副体面模样实则辛酸的白衬衫坐在我面前，是个好学、易激动，脸上有雀斑的涉世不深的青年模样。

我走过屯溪南岸的青弋江上的大桥，去找一名当年写出轰动之作《巨砚》的小说作者，一名当地的读书人，跟他在江边找个大排档，喝酒，吮吃螺蛳。

　　我至少四次到屯溪，将近十次取道此地的火车站去往江西婺源。一开始，去婺源的班车每天仅一班，早晨六点五十，错过这个时间，就只能等第二天了。十年后，大约在二〇〇五年，这趟在深山里绕行的风景绝美的长途班车，车次增加到一天两班。早晨六点五十，中午十二点半。

　　增加了班次，乘客仍寥寥无几。记得刚得知班次增加的时候，我还莫名其妙地愤愤不平，有一种奇怪的失落感。认为一天唯一的一趟，更适宜地老天荒般的山里人家的平静俗世。而且，我有一个顽固的习性，进婺源那样遥远的深山老林，必须要人第二天一早赶个大天亮，日出时分出发，看晨曦在茂林修竹间冉冉升腾……

　　我很少有偶一念及黄山之时，几乎连一秒钟都没动过要独自上黄山的念头。原因很简单，我不晓得黄山是什么，我对它一无所知。

　　我的行囊通常携带各种书籍，可是，从那时起，你在黄山市区就几乎找不到一本写黄山的稍微像样点的书。所以，我的灵魂世界和我的书本世界，在当年都远离这座名山。

　　有一次，大概是从屯溪去池州，我们乘坐的大巴车路过黄山脚下的汤口镇，在镇子南侧的省际公路上一掠而过。我看见了各种路牌箭头指向"黄山"，我看见了"情人谷"三个字的字样，同时，层峦叠嶂、郁郁葱葱的山岭。

　　我的第一个感觉是：黄山底下生长着很多茂密的竹子，很多的丁香树，很多的树木。

　　"生活是一件沉重的事情，因为它会使母亲们哭泣。"（可可·香奈尔语）。当我乘坐的大巴车，沿着中国徽州山里的省道或国道一路向前时，我观察到一座又一座扑面而来的大山和盘山路口的各种高山林木风光带。这是高铁通车之前，很多高速公路网尚没有完成建成之前的南方境域，人们还在以一种更加古老耐久的朴实方式，出门去往外地，向北或向西，去往福建的深山，去往湖广或江苏。在大黄山莽莽苍苍的林海深处，一道又一道柏油铺设的盘山公路，大白天里有着空旷的视野；沿公路两侧的风景带，堪称中国乡间最美的风景带之一。从皖南、从池州的九华山下前往江西省上饶的公路，其中一部分是明清古老的徽商出行之道——徽饶古道的声名在外的线路之一。只不过古道由山中的千年青石板以及每隔大约五华里，石块木料筑就的一幢幢明清风格的歇脚亭垒筑而成，古时仅供步行或骑马。如今，笔直宽敞的山际公路早已替代了山中古道一度辉煌千年的日常交通功能。两个小时过去了，我听见同行的乘客嘀咕：这是黄山。然后汽车一头扎进远看像是更加茂密的群山间，又两个小时，我问前面座椅（乘客仅车厢的三分之一）上的乘客："这是到了哪里？""黄山啊！"他抬了下头，似乎对我的困惑感觉迷惑。整整一天，我们的大巴车都在黄山山脉的纵深处转悠。无边的青山绿水，无边的美景。

　　我动心了吗？我想过要去攀登一次黄山了吗？我没有，我只是把沿途打开的可移动的车窗玻璃片再往前推开三寸宽的间距，一任山里的清风尽情地吹拂我旅途中略略发烫的头脑。

如果你把手插进去，

你的手腕立即就会发痛，

你的骨头会开始发病，

你的手会灼烧，

仿佛水是火的化身，

吃的是石头，燃起暗灰色的火焰。

如果你品尝，它先是较苦，

然后发咸，接下来肯定灼烧你的

舌头。

它就像我们想象的知识：

黑暗，咸涩，清晰，活动，完全自由，

从世界那冰硬的口中

拖出来，永远源自岩石般的

乳房，流动和吸收，因为

我们的知识是历史的，流动的

而且涨满的。

——伊丽莎白·毕肖普《在鱼屋》

在美国，《一平方英寸的寂静》一书的作者戈登·汉普顿在他的著作中说："人类终有一天必须极力对抗噪音，如同对抗霍乱与瘟疫一样。这是诺贝尔奖得主暨细菌学家罗伯特·柯赫在一九〇五年提出的警语。今日，宁静就像濒临绝灭的物种。城市、近郊、乡村，甚至最偏远、辽阔的国家公园，都避免不了人类噪音的入侵，人类的历史已经走到一个重要的时刻：如果我们要解决全球的环境危机，就必须永远改变现今的生活方式。我们比以往更需要爱护大地，而寂静正是我们与大地交流的重要管道。

"不受打扰，宁静地倾听大自然的声音，尽情诠释它们的意义。而维护大自然的寂静就跟保育物种、恢复栖息地、消除有毒废弃物、减少二氧化碳等等一样，不仅必要，而且不可或缺。寂静并不是指某样事物不存在，而是指万物都存在的情况。它深刻地存在于我称之为'一平方英寸的寂静'的地方。它就像时间一样，不受干扰地存在着。我们只要敞开胸怀，就能感受得到。寂静滋养我们的本质，人类的本质，让我们明白自己是谁。等我们的心灵变得更乐于接纳事物，耳朵变得更加敏锐后，我们不只会更善于聆听大自然的声音，也更容易倾听彼此的心声。寂静就像炭火的余烬般能够传播。我们找得到它，而它也找得到我们。寂静有可能失去，却也能够复得。尽管大多数人以为寂静是可以想象出来的，其实不然。要体验寂静使心灵富足的奇迹，一定要先听得到它。

"寂静其实是一种声音，也是许多许多种声音。我听过的寂静，就多得无法计数。草原狼对着夜空长嚎的月光之歌，是一种寂静；而它们伴侣的回应，也是一种寂静。寂静是落雪的低语，等雪融后又会化成令人惊讶的雷鬼节奏，玎玎琤琤地让人想闻声起舞。寂静是传授花粉的昆虫拍扑翅膀时带起的柔和曲调，当它们为了躲避一时微风小心翼翼在松枝间穿梭时，虫鸣与松林的叹息交织成一片，可以整天都在你耳边回响。寂静也是一群飞掠而过的栗背山雀和红胸鸸，唧唧啾啾、拍拍扑扑的声音，惹得人好奇不已。

"你最近听过雨声吗？其实雨季的第一种声音并不是湿淋淋的雨声，而是无数种子自耸立的树上掉落的声音，很快跟随而下的是轻柔飞舞的枫叶，它们就这么静静地飘下，宛如冬日驱寒的毯子般覆在种子身上。但是这场宁静的交响乐只是前奏而已，等强烈暴风雨的前锋抵达后，就可听到震撼人心的演奏，这时每一种树都会在风雨交加的乐声中，加入自己的声音。在这里，即使是最大的雨滴也可能没有机会撞击地面，因为高悬在头顶三百英尺处的厚密枝叶与树干，会吸收掉许多水分……一直要到这些高空海绵变得饱和之后，水滴才会再度形成与掉落……撞击较低的枝丫，再如瀑布般坠落在会吸收声音的厚密树苔上……接着轻轻掉至附生性的蕨类上……然后扑通一声无力地滑进越橘类的灌木丛里……再重重打在坚硬结实的白珠叶上……最后无声地压弯山酢浆草如苜蓿般的细致叶片，滴落地面。无论日夜，在雨停后，这场雨滴芭蕾总会再持续一小时以上。"

他继续说："现在的问题不再是噪音是否存在，而是会入侵的频率，以及持续多久。现今对'安静'的测量，是以噪音入侵的间隔为准（按分钟计算）。根据我的经验，在美国要找到连续十五分钟以上的寂静，极度困难，反倒是全天二十四小时都存在一种以上的噪音来源。即使在荒野地区和国家公园，白天的无噪音间隔期也已减少至平均不到五分钟。我估计安静地方的灭绝速度，远比物种的灭绝速度来得快。今天，在美国只剩不到十二个安静地方。我再重复一次：现在安静的地方已经剩不到十二个。我所谓的安静地方指的是，大自然的寂静能够支配许多平方英里的所在……"

念书，祈祷，音乐，转化，参拜，心灵交流，凡是美好的事物总是出自安静的地方。和平和安静几乎是同义词，经常同时使用。安静的地方是灵魂的智库，是真与美的诞生地。

美国作家约翰·缪尔，他曾描述他在一八七四年冬季的暴风雨中听到的声响：

我自热情洋溢的音乐与运行中漂流而过，穿过许多峡谷，从山脊到山脊；我经常在岩块的阴影下寻求庇护，或驻足观察倾听。即使在这首宏伟颂歌飙到最高音的时候，我仍能清楚听到个别树木变化多端的音色，像是云杉、枞树、松树和无叶的橡树等等，每一棵都以各自的方式表现自我：它们唱自己的歌，创造自己的独特纹理……光裸的枝丫与树干发出深沉的低音，轰隆隆的像瀑布；松叶迅速而抽紧的振动化为尖锐的声响，啸啸嘶嘶，接着又降低为丝般柔滑的低语；月桂树丛的沙沙声在小山谷里回响，叶片互相敲击，发出类似金属的清脆声音——只要专注倾听，就可以轻易分析出所有的声响。

莫瑞斯·赫尔佐格，一九五〇年春天攀登喜马拉雅山南坡的法国登山队队长。他有一本精致的旅行文学类著作《安那坡那峰》，是他于一九五一年在医院的病床上口述完成的。他说："……我们置身于一个人类从未见过的野蛮和荒凉的盆地中。在纯净的晨曦中，生命的缺席，这种自然的彻底贫瘠，只是加强了我们自身的力量。当人类的自然倾向向着大自然中一切富饶和慷慨的事物时，我们怎么可能期待其他人来理解我们这种来源于贫瘠的奇特兴奋呢？"

"……大山面前，我们是如此的微不足道，想到这里，我不禁笑了笑。所有要努力攀登的决心都消失了，似乎地心引力也不再存在。这般精致透明的风光，这般纯粹的精华——这些都不是我了解的高山。他们是我梦想中完美的高山。"

在他的书里，当这名法国登山队的队长面对贫瘠时，我正在地球最美的林木带之一的黄山的山路上四处无目的游逛，面对着中国南方山林的神奇的茂密斑斓。任何人下山钻进距离他最近的那片山林，远避公路的话，他必定会迷路好几天。他在沮丧和绝望中将会发现，他面前矗立着的，不是简单、单纯的森林和高山，而是深奥离奇的大自然。"就像褪色的愤怒的大海的巨浪。"（乔治·马洛里 1921 年给妻子的信）。因为，"高山——就像沙漠、极地的冻土地带、热带雨林和其他所有的野外景观……在地质和天气的影响力下，会逐渐重组，但还是会继续存在，超越人类对于他们的认知。但他们也是人类认知的产物。几个世纪以来，他们因人类的想象而存在……""如今，高山被认为是自然世界最精美的存在形式之一，人们为了对他们的热爱，心甘情愿去死。"

后一句话是英国当代最好的旅行文学作家，剑桥院士罗伯特·麦克法伦说的。

初夏季节，天气有点热，旅途中周围的山麓也一反常态，显出湿乎乎、慵懒的热气来。毛竹坡的清香，松林、峭岩和太阳下干燥的热土层，清香完全地被气候蒸熏，挥发出来了。长途大巴车的车厢也像超市里的榛果、杏仁巧克力薄块，一时间松弛绵软下来了，不久之后，好像整节车厢都要在空气的瞌睡昏沉中融化掉了。空气里，有一种典型南方山区的荒野的清寂味道。这里的村口上的古树，往往是香樟、古柏、红豆杉，树龄多有八百至一千年以上。

当我只身一人，四周只剩下繁星密布的夜和层峦叠嶂的群山之际，我的呼吸里有一种南方山林习见的温柔和坦诚，其中夹杂着一丝命运的孤寂的沁甜。我常年在外，早已把自己的生平喜好丢在脑后；我急急忙忙去往一处不知名的小镇的旅馆投宿。丢下行李冲好凉，立即就奔赴楼下时而荒凉、时而喧嚣的异乡街头。我有许多陌生的激情，许多孤身一人上路时才有的豪迈和内心精妙的变化需要平复。在一座六百年的古桥底下观赏浩荡袭来的青弋江。从暮晚在江流中静若蝉蜕的一只竹筏上感知古人所言"静水流深"，甚至暗暗地猜摸起对岸村落结构的一种文体来——我向来自以为，大地上的所有风景，最终可抽象归纳为一种语言的文体。山水自然，是一个又一个隐秘的文本，它们像厚薄不一的书一样，像小说和诗歌一样，说出了人类曾经的，或许今天仍旧活着的喜怒哀乐，今天仍旧活着的命运。每一幢老的建筑、旧宅、房檐和门窗、月亮下的风火墙，它们都有安静，甚至可以说是安详的语汇。是的，小溪、田野、树丛——不要说街上不认识的行人——每一样自然界静止不动的事物的单元，都有各自最日常的喜怒哀乐。伸向无边的暮晚深处的街道半是写实、半是论述地在天黑之前向着每一名眺望它的活人们的眼睛喁喁私语着。树林、电线杆、商店……之间有一份专属于它们彼此的独白、竞争和内省。它们是……单一的被毁损严重的时间的纪念品。它们是失望而去的恋人和动人心魄的肉体、两性间的相交集。空气和不知名的年代相互交缠着。命运……这是一种孤注一掷的撤退，好像登山队员拼死敲进峭岩的深雪里去的冰斧。底下的江水，有时也像是这空中闪闪发亮的斧刃。我到达的完全记不起来镇子名字的小镇外面，好像群山环绕的遥远的峡谷里有一场战争正在进行。不知不觉间，夜完全漆黑一片，星星，好像在北方的旷野上，人弯下腰，用手指试了试雪。无助的感觉弥漫而来，那是刚刚升起的河滩上的月亮。我们该如何看待我们正在经历的这个新的夜晚？现实，奇崛而多变；古老而新鲜。"逆境其实是甜蜜的……他们把我们的力量显示给我们，召唤来我们的精力……如果没有遭遇困难的必要，生活可能会更容易，但是人类的价值会降低。""在悬崖边缘，要尽可能多地注视周围的险境……上帝在人面前故意设置困难，是为了使他们解决问题时的头脑更为敏捷。"一八五九年，塞缪尔·斯迈尔斯的话语，传入我的耳际："伟人，在生活面前，从来没有所谓的特权。有时候，出身最贫穷的人也会担纲最高的职务，那些明显最无法逾越的困难，并没有成为他们前进道路上的障碍。"

　　"……造就人类的不是舒适，而是努力——不是平顺，而是困难。"站在青弋江的河滩上，远远看一眼远处的黄山，或者说，朝黄山所在的方向模模糊糊看一眼也是困难的。因为水流中或可有这座大山的寂静的生命。我知道我已旅行到距离黄山不远的地方。在古代，周围这些村落、河床、小镇可能都已经是黄山的范围了。很有可能，黄山作为中国南方一座高山的名字，其实是某类空间的专属的称谓，好像它是天堂的一部分，是人间仙境和桃花源，是人丁兴旺的一个村落。这种在路上的体验，由旅行社的宣传单包裹起来的多数现代人，是很难获取到的了。一六一六年，当第一次远上黄山的江阴人徐霞客，旅行到南陵县和宣城相交界的某个村落，天黑停下来歇脚时，他是否也像我一样邂逅到一个初春晴朗的夜空，繁星满天；他的神情中，是否也有一种跃跃欲试，即将登临黄山之光明顶的自豪、憧憬和兴奋？

在徐霞客的年代，登临黄山的困难不仅早于西方一两百年的登山水平（约翰·丹尼斯，英国作家，史上首个单身穿越阿尔卑斯山脉的旅行家，1688 年），而且足以使同时代哪怕再胆大妄为的冒险家们望而却步。

深夜，山峰突然从繁星密布的夜空深处醒来。松枝、藤萝、溪谷、黛碧的峰峦一齐苏醒，欠臂伸颈，宛似育婴堂、孤儿院里的孩子们一个个从睡梦中醒来。互相说话，打量，谈论着楼下窗外的人间，谈论着各自的梦境。

从出产于冰雪之国的瑞士制的缆车舒适透明的车壁望出去，冉冉升起的大黄山景区仿佛地平线上的一场冲天大火，而且观望它的人必定是名不谙世事的少年。或者说天都峰、清凉峰、猴子观海等成群的山峰光焰夺目，在云涛雾海深处一一露头时，整个的黄山景区，宛似一个人不安的少年时代。这场大火无情、无声地燃烧，似乎瞬间吞噬掉了人生的所有财富，包括史前及之后的文明的神话本质。这是不可想象、离奇夸张，也无法形容的自然奇观。一个人仿佛被活着带离了他被葬身多年的蠢蠢欲动的火山口。带离他的直升机或天体悬浮机器相对平稳地悬空在这一巨型火山口上方。救援机器用一根灵活的缆绳将他拦腰绑牢。他竟然不太确定自己是否已再度复活！是啊，在尘世上他的面孔已湮没经年。这一刻，目睹黄山云海的这一刻，人身上所有的器官，都只剩下了视觉，强烈的视觉！其余的功能，瞬间陷入黑暗。

山！多么深沉的词。青绿的颜色，赤褐的身躯，清新，矫健！人们会说，是这字的本身在转动，蓬勃向上，向着阴暗的太阳倾泻光芒，直至生命的冥想之半明半暗的意识世界，直达树林的絮语、水的忧烦，仿佛影子与风信子，仿佛树林里的哲学家，围绕着钟楼的旅行。

山！恋人们合上的嘴唇。几万万年的星云的矿物质，没有语言的人类语言，没有死亡的生命本体。寂灭。一场黑暗的全然遨游。人人体内皆有一名亲友们多年未见的亡者归来。大量的前世。不知名的今生。星星的地球表层的替代品。失物招领处一册突然掉落的红色日记本——你从缆车上下的另一头徐徐归来。你是不可复制的年代的幽魂！一切被宽宥后的暴力，一切没有记忆的门。"自我的一体化从其深层意义看，是生命的另一半的问

题。"（荣格《移情的心理学》167 页）

你仿佛自大地蜂巢深处涌出。你像一个资讯时代后台控制室数据库中闪烁明灭的抽象数据。你呆呆地凝视这一奇迹，身边的奇迹和外部世界更为广袤的奇迹。你在登山缆车机械而平缓的运行中，你在这一节奏中聆听另一种节奏：空气和雨雾的群山的节奏以及你自身呼吸和血液的节奏，此三者无声地，一生中如此罕见地相互依存和并置。多么可怕的并置！多么不可思议，然而又是多么的美丽。在今天的地球世界，人们乘坐缆车登临黄山云海，仅用七分钟，也许最多十几分钟的时间，相当于古人在藤萝密布的古道石阶上攀爬二三十步，仅仅一个悬崖的身段或空间距离。没有任何消耗，无须汗水和体力，几乎像是婴儿休憩在妈妈的襁褓中。缆车之运行，亦像婴儿的襁褓般舒缓平稳。与此同时，雨滴像更加透明的婴儿落下来，一粒粒清澈的雨珠不作声地相凝结，好像周围的雾凇的眼泪。茫茫雨幕之中一根钢铁的缆索刺穿了前方的巨岩。雨的呼吸、山的呼吸、缆车的呼吸和人的呼吸相交织，构成一种后现代的画面空间。你有一种感觉，你仿佛被关闭在了有关大黄山的未来的实验室里。缆车内过分的平缓安静反倒使你有一种沦为实验品的窒息感。发射向外太空的宇宙飞船中可怜的小动物们，大概也会作如是观罢？舒适之余是悲凉。悲凉莫名不知从何而来，而只有面前的隔着一层厚厚钢化玻璃的缆车厢上的雨滴能够拯救你，能够提醒你，你仍是悲凉的人类，你的生命仍旧清新，质朴，富于大自然的旷野生气。啊，那些四面八方、悲从中来的纷飞的雨丝！从车窗的位置，从车窗位置向雨雾深处看，一颗颗晶莹洁白，欢乐纯真，多么像蚕蛹飞快地吐出来的蚕丝！这里，那里，目不暇接的欢快，比人类更酷肖地球上的一流居民。好像附近的山峰，正在参与一群旷野长大的孩子们的打闹，令人有一种挥之不去的喜悦和惊奇。高山缆车，就在这沙沙雨声里上升，一直到接近云谷寺高度的云开雾散、阳光明媚的海拔；一直到缆车陡然间钻出一朵朵的积雨云……

我想起埃莱娜·格里莫的一本自传《野变奏》，一个法国女钢琴家的自传。我想起她的第二部自传《女钢琴师的心灵之旅》中的一段话："——我跳跃，奔跑，从高处的草地上滚下。同时我感觉自己是风，是马，是汹涌的潮水，是轻柔的风信子。我在波涛中翻滚，最终与我的身体和睦相处。我的灵魂和未来之间的和谐在这里有了简要隐约的迹象，给了我突如其来的直觉。第一次我有了一种重大的预感，一种命运的预感。仿佛每个人都会经历这样瞬间的成长，就在这一刻，心走在了身体的前面，提前长大了。"

缆车轻微的"吱嘎"声，好像是山峰本身发出来的，好像缆车一类的人类机械，它们的材料、发明和原理，先前就已经藏匿在了亿万年伫立不动的岩石、山体的深处。人们只是像在井里吊一桶水似的把这一机械从山岩深处提溜而上。一桶桶的井水清冽可口，看上去漆黑深湛，倒进容器内，又无色，透明，清澈。无人能够参透这山的奥秘、空气和大地的奥秘。我们从哪里来？我们做什么？我们去向何方？这一切在地球表面并不存在。因为哲学是地球生出来的。地球哺育并生养了它们，地球也随且将哲学吞噬。生硬，苍茫，不可知。几乎与此同时，地球也把上下升降中的缆车以及缆车里的人（人类）一并吞噬。

是的，黄山之外另有一个黄山。

孤零零的黄山。

二○○五年六月的一天，我在屯溪乡下的一个古村落住宿，准备第二大一早问路上山。

2015 年 6 月—7 月

西藏的睡眠

（此文献给维色，唐丹鸿）

……尘世混合的天空

——加斯东·巴拉什

西藏宛如一幢巨大的建筑——也许是世界上迄今保存得最为完善的建筑。它的墙壁上饰有闪亮的经文和宗教图案；它的内部通道布满了各式各样、大小不一的寺庙，而其寺庙内部又遍布众多风格隐晦、诡秘的回廊、庭院、阁楼、藏经室。它有着最为公开的秘密的密室、最大颗粒的泪滴、最为强烈的高原紫外线或最最低迷浑厚的男性（喇嘛们）诵经的嗓音。阳光强烈地照射在西藏斑驳厚重的外墙上，也一直把烘烤着的酥油的热气透过蓝莹莹的光线照耀进它即使是在白昼也十分深邃黑暗的寺庙内部。西藏的光线不分昼夜，你可以在白天和黑夜两个不同的地点同时遇见灿烂和昏暗，遇见太阳和月亮、神秘的星星、不可知的晨曦……一大清早，你在旅馆的床榻醒来，你的鼻子和视觉告诉你：空气和光线里有某种清冷的月光成分……月球似乎还清晰如初，垂落在某堵破烂的、其空地通常挂满了经幡的泥墙后面。年幼的孩子们向你伸过衰老的乞丐之手，他们通红发黑的小脸蛋上通常都已经失去了你可能在内地其他省份看到的儿童脸上的稚嫩，并且像西藏各地的成年人一样过早地结实，足以抵御高原的寒流。牦牛在滚满卵石的旷野地里跑，因为空气中的能见度过于清晰，样样东西——动物啊、毡房啊、大山皱褶中蠕动的越野车啊——看起来都给人一种无依无傍、无家可归的感觉。羌塘草原像被鹰的尖喙撕裂剥啄过的头皮，一块一块向着溪流边蔓延生息；远方地平线上斜拉开来的风马旗像穷苦人的旗帜，老远让人闻到灵魂深处虔诚的气味。一道道雪水、溪流从年轻的唐古拉山、从其他山顶流下来，你用指头蘸蘸，冰冷彻骨。事实上你只要挪动一下你的膝盖，就知道这些高原上雪水的寒冷。你简直不敢动弹。到寺庙里和到草原上去是一回事情，后者的神像、灵位和那些密密麻麻的经文，只不过更广漠无垠、更浩大不可见罢了。地面上即使是那些坍塌的玛尼石堆，即使是普通的、长得嫩绿的青草，闻起来也有一股长途跋涉、磕等身长头、酥油和奶酪的气味，你抖也抖不掉，走到哪儿都相伴随——像一句萦绕不去的古歌词（例如"祈求白色大雁，赐我临空双翅……"）；像一段经文：六字真言。空气都皲裂开了皱纹。白塔下面的转经筒经过了不知多少代人的手的抚摸——你摸上去有一种单一的、非常单调的时间感。岁月一层层穿透你的手心、手背；一层层像古代的泉水环绕那些岩石的祭坛，仅仅片刻工夫，你就跌落进了时间的云海。你感觉自己是在无知的婴儿和老人之间徘徊，年数飘移，像转经轮上黄铜的花纹——仅仅顷刻之间，边上的寺庙，寺庙顶上的云朵（蓝天仿佛是个可见的子宫），使你有一种回到了人类初始年代的感觉。你的身上打开了某个归宿之门——漫长、漫长的回乡之路，你像羊儿那样在山坡上跑，如此乖顺、弱小，你的灵魂已进入它身体，已只剩下赤裸的动物性。你没有立即蹲伏在墙跟前开口哞叫，那是一种动物——同样是一种人生而为动物——再进化成人的友善，一种打破其缄默之前的礼貌和停顿，又肃穆，又安宁，被画在寺院的墙上，依次是大昭寺、小昭寺、哲蚌寺、乃穷寺、色拉寺……并且作为一个小的精灵的形象，你的脸是一种难看的果绿色，其色泽像死一样鲜艳，也像死一样黯淡无光。转经筒"骨碌骨碌"在阳光下响，在游人的心里转，其声音使你联想起一种儿时的玩具，木头的或者篾竹排片的……只不过在西藏这样的风光旖旎之地，它的式样（潜在的）和声音又扩大了数倍。你像个玩腻了的孩子那样懒洋洋地侧过身去。你显得很老练（看上去庄重），不过同时又残留着某种惶恐，如同不小心被重物撞掉下来的油漆一样。而你不可能像那些家里太穷、身上太脏的孩子一样遭到同伴的轻蔑和拒绝，于是你惆怅地相信，如同那些傍晚背着柴往村子里走的老人，你的错误在于衰老无言——长久的木讷。每一样新的东西都迫使你、要求你、恳请你做出反应，而你在每一样的东西面前保持沉默——让别人去揣摸吧！但是，为什么要让别人去？——那么，看呀？——黑暗中的酥油灯，沉重而油腻的铁栅栏的门帘（小昭寺），一只藏族女孩子的手（如此秀丽而灵巧的手腕），诵经的青年喇嘛；看呀：帕廓街上白云朵朵，尼泊尔人和印度人的服饰、语音；火供节那天的烈日，操一口流利英语的满脸皱纹的藏族老太太。看呀！听呀！丁零当啷的银手镯，美丽的诵经声音，朝圣者身子沉重地磕倒在地……直到今天，你才知道人身上各种器官会发出不同的声音。贴着地面的脸庞多么轻柔稚嫩（连老年人也一样）。膝盖是重重的沉闷的声音，像树桩戳在地上，但是五个手指——十指的声音却仿佛传自遥远的地下，像一种轻舐着树林里的干树叶子的火舌。而心跳——心跳的声音！——因为靠近青石板地，会发出一股热气。心一定是在其主人的理性的外层感觉到了地面的潮气——地面阴森森的寒气。心找到了其地下的母亲。她的心跳回荡，久久萦绕在大地的深处，其节奏沉实，绵长，仿佛一只失去知觉的秒针、折断了的时针——而其强硬的指针还在表盘上（难以觉察地）走动！如今，大地的心脏对应她那些在地上的儿女，血液涌上来，充盈着心脏周围的肌肉。大地的心脏猛然间——因为神的指引——寻觅到了她在尘世的黑暗中的可怜的儿女们——那一颗颗小小的心脏！——一颗颗小小的心脏都有话说，都争先恐后、抢先在泥土和泥土之间倾诉，讲解，并且同样在泥土和泥土之间奉献上一颗小小的心灵，无始无终，既无来由，也不知去向的心灵！空气中，心与心相互询问，探求，隔开世俗的呼图克图（活佛），通过经文上的图样、字形和花纹，于是，灵魂镌刻下隽永的训示、格言、诗句和功课。心在冲撞，在罪孽与柔情、天与地、水与土、冰雪与火焰之间冲撞；在行星（那些飞掠过拉萨城夜空的行

星啊……）上冲撞；在藏地一百二十万平方公里的辽阔疆域冲
撞。那屋顶下面画有红色和黄色彩带、呈梯形状的门窗上空——
土墙、喇嘛红色的寺庙外面，月亮如一汪清泉，向空气灌注下源
源不绝的光亮，暮色中一切都在出奇地变幻，像灌木丛中的鸟
儿。布达拉宫边上，鸡鸣之声不绝于耳，使得西藏在其浑厚剽悍
的宗教的外表下面又平添上了一层远古乡村的静谧魅力。月亮下
的土层似乎有松燥之感，空气里似乎能翻耕出刚出土的中原的红
薯，或者在凉风习习的枝叶间摘落苹果，那一定是古代汉朝人的
海滨果园——青岛或日照（多么美丽的地名！）一带出产的水果，
距此地海拔四千米以下。空气里也有着同样焦脆的板栗香、橘
香——除了那弱不禁风的南国的香蕉或槟榔，一般性情寒凉坚实
的植物和水果，你在拉萨街头都能看见。帕廓街一带到处都是各
式各样热闹的摊位，以及带一点异国情调的货物样式。藏菜馆门
口用鲜艳的深蓝色笔触画着藏传佛教中的吉祥图案，门帘底下藏
有一个摆满各色酒瓶的吧台。此地有最虔诚的宗教，同样，也有
最世俗的娱乐。妖艳的四川德阳来的陪歌女郎、藏犬、弯刀、出
格的斗殴以及喝得昼夜不分的酒鬼。天堂和地狱几乎同时到达人
们的身旁，迪厅音响震耳欲聋，布达拉宫对面是西藏香巴拉图片
社的"柯达快速彩色"冲印。白天大街上到处都是蝗虫般穿梭往
来的出租车。黑夜来临之后市区建筑、电视塔和附近山上的寺庙
轮廓影影绰绰，似乎反而比白昼来得更为清晰夺目。布达拉宫的
常年不懈的光亮体现在人群头顶上方，在恰好是我们在拉萨市区
的地面上要略微仰起头脸来的那个角度，不知道历史上是否有人

留意过这个角度。这是一个神秘的角度，神的莅临、神的角度，大大值得世俗的建筑师们研究，或者讲习经文的年轻僧侣和喇嘛们慢慢去了然于心。我的同伴中的一位非常要好的女伴对我说："站在这儿，你能感觉到整个拉萨的气场！"她的话仿佛至今还在我悉心摹习的文字中间回荡。到了这样阔大、这样高海拔、这样清凉而神秘的地方，人不是感觉内心恬淡、宁静、有力就是要觉得心慌（气喘），因为他的精神和物之间刹那间拉开了距离，一种莫名的恍惚、一种呆滞、惊喜加恶心会梗塞在他的喉咙里——一方面他如同世俗的人那样伫立，另一方面，他作为人存在的物质和肉体，都在建筑的各种各样奇特的构图、锐角、对等线和造型之间荡然无存。他只是那夜晚寺庙墙上的一块砖、一道裂缝，甚至裂缝也不是，他是露珠，他是他自身伫立的一道阴影。

　　我在拉萨的那段时间里曾长久地注视过我头顶的夜空。很多年过去了，我已经很久没有像在拉萨那样对夜空、对璀璨的星空出神过。上半夜，我看到大熊星座在布达拉宫的西南角上。北斗星亮晃晃的勺柄向仿佛是第三维的夜空垂落下来，线路清晰，图像迷离，被高原的夜凉如水的秋风吹得一闪一闪，仿佛梭罗在其伟大的《瓦尔登湖》里面形容过的一把冬天失落在湖底心里的钢斧！其中还有各式各样的繁星宛如碧海间的波纹，一圈圈地在黑暗里荡漾，组成新的奇异的蝴蝶斑纹、植物图案或热带雨林式的层层叠叠的轮廓。我仿佛是在一个庞大圣诞夜的节日灯光和人群之间徘徊。我得到了一个意外的圣诞树礼物！树上的繁枝流光溢彩，光焰夺目！整个银河系又像一支庞大的舰队，像哥伦布当年驶往美洲去的陷入惊涛骇浪中的美丽航行，甚至其无人匹敌的雄心也深嵌于布达拉宫上端的星空的风帆上。一名祭师在为其洒下圣水……我在其中寻觅古代中国的"牛郎织女星"。我非常容易找到了小时候常见的由三颗亮度相仿的夜星组成的"扁担星"。下半夜，一颗流星划向北部的高原，"嚓嚓"有声，像尾部拖有光焰、掉落到寒塘中去的火棒。整个银河系仿佛为之一颤。有些幼小的星星一个劲地晃动，仿佛奋不顾身，要扑过来拉它，又被其他同伴劝阻。深远的地平线之上的群山部分得到感应似的在难以察觉的夜色里发出惋惜的声音。奇妙的雅鲁藏布江的水，静静地流——在滚满卵石的河滩上，要把它那浑白色的，仿佛掺有太多石灰质的岩石粉粒的清澈水流，流进草原上的黎明——那更远的远方，那布达拉宫上端的星空，是古代炼金术士的星空。美丽的半人半神的希腊文明，似乎还在这星空之下垂挂。遍体赤裸的雅典娜女神正从自己的宝座上站起来，要把她一顶嵌满宝石的皇冠，赐给远道而来的年轻的小亚细亚君王。这是一种人在其屏息中察觉到神迹的夜空。古代爱琴海的夜空。冰岛史诗的夜空。从印度过来的恒河流域的飒飒晨风正吹过亚东、泽当、察隅的喜马拉雅山口。像一股早晨的雪水，涓涓细流在宽阔的河床中间流淌。

在那里，在西藏的夜空下，不知为什么，我身体的知觉里有一种机敏的本能。它促使我随时对最奇特的现象做出反应。雨点击打在我头皮上，或者黑暗过道里的一名喇嘛突然在远处向我显露他害羞的笑容……他的眼神里有某种远古的、动物般的信赖；

他一边微笑着，一边用手去护卫他那件露出半边臂膀的绛红色藏袍。有一次，夜半时分，一阵大雨把我们和其他几名白天的游客驱赶向布达拉宫广场的山脚下。在这之前，我一直有种畏惧的直觉，我和我的三个朋友坐在广场中心的喷泉旁边，兴奋地说着话，在回味白天的旅行。我的脑子一直在转动，我心里一直忐忑不安，因此说话时常常走神，并且，抓住了一个空歇就向他们做出回旅馆的提议。正当我的话音刚落，我自己已经起身急乎乎地要往拉萨城西边走时，我脚下的水泥地开始无声地、没有丝毫征兆地出现大颗大颗雨水的湿斑。我惊讶地看着地面——事实是我来不及惊讶，我的惊讶正在从我头部的感应到地面的中途——也就是说，在我的发现还没有来得及变成一种理智的反应之前我已经用手去摸（确切点说是遮护）自己的头、头部、头发，因为它大概天黑以来一直在提醒我，不断督促我要当心！可我竟然做不出什么反应，也弄不清楚我身体的什么部位不对劲——如今，我一下子明白过来！——我在内地，在西藏以外的长江平原上，在我的家乡我当然是不怕下雨的，更不怕雨淋。恰恰相反，我有点喜欢被雨淋，下雨天大多数时间里我都不带伞，除非是和女孩子在一起逛街，你撑着伞走，你手里的伞把、伞骨和伞面有时会别有一番情趣。你独自一人在雨地里走，那雨中的乐趣就非撇下伞不能谈。我大概早就习惯了江南的雨，它的巷子、弄堂和砖缝，它的阡陌长河，它的杨柳岸晓风残月，它的油菜地和煤球厂的厂房——即使是江南的冬雨，在它的阴冷肃杀之余也不免时常带来一点月季花坛上花草的特有的柔媚，或井廊边微小的树的馥郁。

它大概——那些江南的雨——早就习惯了一路嗅闻到深巷屋宇的花草的幽香。这些雨丝是已经被江南的花香熏陶过了——一半熏出来的这故乡的雨夜中的花草，既有隐蔽的树如点燃的灯盏，又有千古幽兰的缕缕气息，并且还有其他更混杂、气味更野的蜡梅、蔷薇，夏末初秋的夜来香以及凤仙碧桃、荷叶朵朵！我一辈子哪里见识过这高原的雨的野蛮寒冷，更不用说在西藏这样的世界屋脊！我想起自己也像一个深夜冒雨爬上房顶的人，上又不得上，下又不得下，刹那间我们一行人已被浇成落汤鸡！也根本来不及从广场逃到布达拉宫宫墙下。

世界一下子只剩下雨声，城里的行人车辆可谓闻风而逃，只有我们这些下面来的可怜而无知的外地人，仿佛天生要挨一顿严厉的老师的惩罚一样。我居然像个小丫头似的从口袋里掏出一块薄薄的手绢来遮在头上——与其说遮，不如直接说就是摊！而且也仅够遮住一个头顶心（我似乎在用一枚闪亮的镍币遮挡风暴之眼）。那手绢的布，我第一次知道它是那么薄！布缝里全是寒凉的雨！而我当夜的体质，我身体中一定有某些东西和这沾了水的绢布一样单薄。我回去立即就发烧了！那雨仿佛刺穿了我的颅骨。我有两年没有任何伤风感冒了。我的体质在熟悉的朋友中间一向口碑极好！而且我喜欢水，也许打生下来那天起就爱上了落雨天的夜晚，无论是在冬天或者夏天我都离不开水，而且我私下里以为我对诗意的领悟理解也就是对雨的理解——但这理解注定要跑到海拔高到三千七百米的地方来经受一次新的异域的洗礼。我立即就降服了，刹那之间我就已懂得如何顺应这雨水，这高原的屋脊上的冰雪的戒律！

在众人逃之夭夭的布达拉宫广场上，那雨落下来时很直，雨线笔挺，雨点生硬，很少有我习惯了的雨水中的柔媚之感。而且——我只得说——雨的气息和水分都非常非常的冷！这是一种彻骨的冷，仿佛来自雨的骨髓，而且是骨髓被吸空了的那种冷！仿佛是西藏的圣湖中的水、雪水，雨落下来也不是一点一点，而是一摊一摊……

在如此澄澈的星光下，如此硬实的雨点中，我继续我在西藏的旅行，它是时间、体质、心智或任何交通工具都难以估算的。或者正因为我强壮，我反而变得柔弱了？连续两天，我们颠簸在国产越野车上，穿行于藏北草原。又有一次，我们似乎一整夜都在吃一只火锅。我弄不清自己整天在干些什么，我印象里面最明晰的画面是：（我）躺在旅馆的床上，或跟在一群藏民后面在寺庙里朝拜和转经。我迄今记得那床白白的其气味像是在医院里的被褥。我的朋友朱朱就睡在我边上的一张床上。平常，我夜里常常要做梦，动作猛烈地翻身，而我居然彻夜难眠。我不得不仔细听着黑夜里的每一种声音，正如我不得不俯首帖耳跟在浑身破烂的朝拜的藏民后面对佛像磕头一样。我这辈子从未这样虔诚过、这样疲惫过，这样不眠、辗转、迷茫并且烦躁过！我的灵魂仿佛在高原的寒冷的地带受着月光的照耀。因为这照耀的光线的过于耀眼我因此难以入眠，不能合眼。我不敢把我的一阵阵的失眠告诉同伴，我的突如其来的病情已经把他们旅行的心思扰乱。那高原的月光似澄澈的雪水，星空只不过是一粒大的卵石，浸泡在里面。招待所（我们住的旅馆）的空地上不时传来午夜归来的卡车轮胎碾地的声音，附近楼下的一个自来水管坏了，宛如我的睡眠，彻夜不停地漏水。风吹着石阶上的树荫，那石阶我小时候只在连环画的画纸上见过，它从一个小树林的山坡上一路筑下来，中间又往边上一排平瓦房或者走廊弯过去。堆石阶的石块残缺不全，那是北方院落的建筑风格，自有其简朴而厚实的味道。我上学时曾为之久久着迷。现在我在等待着拉萨城里的第一批雄鸡啼鸣在早晨亮起，星光就在我窗外的头顶上，我只要在枕头上略略再偏过一点就能看到更多的繁星。我回想着我在前一天夜里面和早上听到的鸡叫，不知为什么，这声音一遍遍又回到我的心里，宛如逝去的光阴又回来寻找它的记忆。西藏或者拉萨已经变成一个远古的村落，这村落的总体结构和土房造型，在冥冥中似乎有某种穆斯林式的白色和俭朴。村民们顶着水罐去田间耕作。我一定是阿拉伯文学读多了，但也难怪——我到西藏来，而我心里面仅有的一点与此地有关的知识和见闻，就是我读过的那么一些书：《一千零一夜》《鞑靼西藏旅行记》（古伯察）。

在其他时候，拉萨是一座忧伤而宁静的城市。雍容华丽的布达拉宫矗立在其市区上空，白云朵朵在宫殿金顶上徐徐飘过，宛如草原上的哈达；不远处山上的峭壁岩石，都能在晴朗的天空底下看得逼清。就我而言，我从未见过离人类的建筑这么近、这么干净的青山，其峰峦恍若湖畔的倒影，空气清冽透凉，直刺肺叶。阳光耀眼，但一点也不灼热，虽然是在烈日当空的中午，风的声音老远就能听见。你若在布达拉宫广场上溜达，你就能注意到，大部分时间里那些风都像是被驯服的野兽，蹲伏在宫墙和山脚下面。起风的时候，情形最为壮观的，要数大昭寺门口——帕廓街一带的铺面。阳光仍旧耀眼，风里带着些微笑的尘粒，把大昭寺门口的经幡塔、萦绕不息的香火和风马旗吹得一阵狂舞。而在帕廓街上，到处都是丁零当啷的首饰声音，各种面积和样式的摊位所用的彩篷被风吹歪，像是那些起风的海滩上一顶一顶的遮阳伞。刹那间，在各式各样惊奇的叫嚷声里有藏语、汉语、印度语和英语——各种迥异的语音此起彼伏，伴有一连串的服饰和手势。空气里到处都有好闻的印度香、藏香味。接近大昭寺的那个街口广场上停满了各式各样的越野车。在西藏很少能看到那种车身窄长低矮的轿车，但却能看到世界上最名贵漂亮的越野车。他们中间有不少停在那里，等待着游客中间有人想要去珠峰，去江孜、日喀则或当雄——直至拉萨以外的任何地方。只要你有钱。如果你是独自一人旅行，你可以在旅馆门房的留言簿上写明你想去的地方、你愿意出的价钱，别人就会来跟你结伴合伙同行，因为这样人多了便宜，价钱大家分摊掉。在大昭寺附近的旅馆里有各式各样这样的留言和结伴旅行的情况。英国人、法国人、荷兰人、日本人……几乎全都是外国人。他们占了游人中间的三分之二。帕廓街上最有名的旅馆叫"亚旅馆"。门前挂着牛头，旅馆内的数不清的铺位，都价钱便宜，二十元一夜左右，并且它遵照了欧洲一些山区小客店的习俗。在同一个房间的铺位是男女混居的。据说这家旅馆作为拉萨城里的景点之一，在欧洲的名气仅次于布达拉宫，而且里面入住的时间最长的是一个法国人。他已经

连续不断在这儿住了三年！我想他大概是想来西藏做喇嘛而不得
入其门。我到里面去的那院子里还全是木匠和建筑工人，内院什
么地方还在装修或扩大其面积。建筑的模样看上去像典型的藏族
人住的院子，两层楼的矮墙，画着西藏特有的吉祥图案。距此地
几乎只有百来米就是小昭寺。旅馆附近的餐馆也是很便宜。一碗
煮得很好、上面有几片香菜牛肉豆干的面才两元钱，一杯加奶的
饮料才五毛钱。餐馆在一条弄堂的二楼，顾客人群几乎是清一色
的欧洲人，很多都是剃了光头的小伙子，身上有一种纳粹冲锋队
员的气质。连我偶尔碰到的两名中国女孩也讲的是英语。我疑心
她们是从太平洋那边的美国来的。这家餐馆的名字我忘了，但却
记得它的口味和价钱，我希望下次去拉萨时它仍在那里。老板是
个中年妇女，像外国油画里走出来的又高又瘦的老女人，永远穿
灰黑的衣服，会讲英语，动作刻板，但却效率很高。我想说，她
像梵·高笔下剥土豆的那些穷人。但餐桌本身却弄得干干净净，
墙上挂着过路游客留下来的描绘西藏风景的画，画得不难看，有
几幅颇具后期印象派的那种风格。

　　我到那里去找一个我从印度来的朋友，他是中国人，但他有
护照可以神秘地满世界跑。大家说好了夏天在拉萨碰头。他从上
海—香港—新德里—加德满都到拉萨。我从无锡—成都进藏。在
他旅馆的房间里我们认识了一名英国来的十九岁的女孩萨拉。她
高中毕业，到中国来"打工"，在广东江门的一所中学教英语已
有一年。此次期满，她离开广东的第一桩事就是奔拉萨来。她用
结结巴巴的中文说这是她"梦寐以求"的事情。我从未在任何地

方见过像她那样好奇的眼睛，好奇到似乎目光都不大转动了，永远那么瞪得大大的在看她所看见的一切。在"亚旅馆"，她已住了十天。很快就要回伦敦，但她还想到中国来，到"北京大学念书"。拉萨这个地名正好把她的名字的中文译音倒过来念读——一模一样，想到这点，我不禁一个人大笑起来，弄得萨拉和我那位朋友都莫名其妙，一直到最后我都没有把这一"秘密"告诉他们。我们三个人一起度过了我在拉萨过的最后一个夜晚。在另一个朋友家喝酒，吃了他款待我们的红烧牦牛肉和特意从拉萨河里捞上来的拉萨鱼。我特别记得他用的那个"捞"字。似乎鱼之类的动物在拉萨，只要劳你大驾——到河上去用两只手捞捞就可以获得！

西藏的那些深蓝色天空下的庙宇大多沿山峦而筑。一个个仿佛是其庞大建筑物风格隐晦而统一的房间无限延续的过道。人们据说从未从世俗的角度数清过布达拉宫究竟有多少个房间。它在建筑的外观上其实更像城堡，一个硕大无朋的城堡，由无数个面积更小的城堡组成，像一只建筑学上的美丽的蜂巢悬挂在高原的阳光下……又像一枚绽开的、液汁丰美的石榴，自唐代以来一直在生长、巩固和繁殖，以至到今年这样的令人叹为观止的规模。人们在它的宫墙脚下，受着各式各样美丽的幻觉和诱惑折磨，仿佛只要随意卸下墙上的一幅唐卡，或者推开其中一扇小小的房门，就能窥见绝世奇迹，看到佛祖的真身！或者根据古老的神谱记载，宫墙下面会有一头蓝色的骡子，这是一位名叫多吉玉仲玛（或多吉查杰玛）的女神的缀有珍宝的坐骑。她是坐落在我们在一个星期天早晨到达的哲蚌寺后面的日沃凯帕山上的女神。传说她另外也是十二丹玛女神的首领，"脸上带着傲慢的微笑，女神白色的身体在太阳光芒的照耀下宛如一颗水晶"。她的坐骑，那头蓝色骡子身上佩有鞍鞯和饰物。女神"右手持占卜神箭，左手持盛满珍宝的容器；穿丝斗篷，戴宝石冠"。而其他女神"骑一头十叉犄角的公鹿"或者"身上饰有花冠、骨饰，腰缠丝衣，挂有胫骨法号；右手握檀木制成的法板，左手挥舞一把大斧，坐骑是一头白狮子……"（内贝斯基语）。那布达拉宫城墙阶梯上的白昼，无形中被这座世所罕见的、人工的宏伟建筑赋予了何等恢宏华丽的奇特形状！一块块走廊上的花岗岩、青石板，白色遮阳上的法轮图案——而在其内部秘密的大殿过道，千百年来又有多少高级僧侣、喇嘛的脚步声从这里踏过。他们的绛红色衣袍的影子深嵌在那些绿松石、金子和白银内部，其虔诚的面容被做工精巧的藏刀凿刻在玛尼石片上，被每天沿西藏的神山转经和祈祷的善男信女们携带在布口袋里。当我随上午的游客在一个阳光灿烂的日子里上升攀行到布达拉宫的金顶，我从那里俯望下面的广场和全拉萨城，感到仿佛身处在蔚蓝天空的中心。视野里有一种轻飘飘的声音，我的眼睛在阳光下仿佛不止在微笑，而且在快乐忘情地歌唱。我意识到那是一种和神灵相遇的秩序，一种西藏上空的微风得以察觉并吹拂的瞳仁深处的舞蹈。这就是八十年前的俄国诗人曼德尔施坦姆在其于彼得堡所撰《石头集》里的句子：

黄金在天上舞蹈

命令我歌唱……

无论是大昭寺、布达拉宫，还是哲蚌寺以及相对僻静的乃穷寺，我都在那些寺院墙上，那大幅大幅壁画、门饰、图案或飘逸的经幡形状上，在它的色彩或六字真言无形的音符上，听到、看到、感觉到了一种狂喜、庆贺、繁复、飘逸。这种外部隐晦的建筑内在意图的狂喜，这种空气或水一般纯净的庆贺，对人的感官会产生一种魅力、一种显贵的鼓舞，它在内容上通过那些古代的巫师和神灵们的法力驱散、摒除外界的、世俗的邪魔——它不仅是人的，同时也是神的狂喜。一小块寺院墙下耀眼的阳光，当你走近时你会感觉它同时也是占卦的神器。据说天气好时站在金顶上能看到底下的四川省，这几乎是一个物理和光学的难题，但同时又涉及抽象的心灵，也许《青史》的作者薰奴贝能够回答它，或者第五世达赖喇嘛。当我游览这个古代城堡时我被它漫长的建筑历程和意图惊得目瞪口呆。它使我想起某种和中国北方的长城相类似的东西，我一时间说不清楚，但有一点可以肯定，长城的内外样式更单纯……但布达拉宫也同样有一种单纯的而又华丽的成分。它是建筑学的黄金品质构成的，并且基于对高原独一无二的空气、地理、水的认识。它富有一种翱翔的感觉，因此建造在山上，并且渐渐成了那座山本身！仿佛砌到墙基里去的岩石从一开始就生长在那里。你怎么看，它都是创世的形状，比旷野上散乱的大块岩石更有秩序，更稳固——总之，它不可能由人——普通人去搬来。它的被挪动，是神的挪动；它的外部形状，也是神

所造就的形状！而且它是和善和赞美的结果，并非像长城是国家
动乱的结果……它建造在那里，供那些神灵们居住，或服侍神灵
的人居住。它是全体藏民有关天堂和家园的抽象观念集体的呈
现，是高原中的高原，是清越婉转的藏族民歌里的最高音——整
个拉萨城里音色最泛亮的部位，是音孔——琴箱！其他周围的寺
庙，都是这把无与伦比的世界屋脊提琴上绷直的琴弦……我的另
一个比喻（同样跟音乐有关）是：在西藏的旅行中，布达拉宫犹
如一场音乐会后半部徐徐幕启的大合唱，或者交响乐团演奏时尾
声部的定音鼓——大鼓。它是西藏大地上的定音鼓，是人类建筑
史上最伟大的童声合唱。外地来的游人最好是最后进入它的大
殿……当我在那个星期一的近午时分登上它阳光猛烈的台阶，进
入黑黝黝的宫殿内部过道，我就感觉到一种神奇的晕眩，我的肺
紧贴在那里的墙垣上。无数游人和喇嘛在我的身边组成一个无声
转动的旋涡。在看到了那么多大面积的壁画和嵌满宝石的佛祖真
身之后人们连窃窃私语都忘记了。周围只有屏息静气的身体的前
拥后挤，茫然和纷沓的移动声，在这里，一个人的感官记忆似乎
只剩下他做过的梦，只剩下他的灵魂中最抽象的那部分精神仍在
活动。人们一个个朝拜、仰慕、陶醉、赞叹他们在殿内各个角度
和光线里所看见的神迹，不时有朝向灿烂晴天的石砌窗门把外面
强烈的阳光投射进来，提醒他置身何处。有一次，我看到一个厚
石垒就的窗洞竟有一米多深。我的意思是墙的厚度。我永远也不
能想象什么样的人工可以把它凿出来，凿成狭长的方形。而同时
我仿佛在古老的壁画中梦游，沉醉在千年的回声里。而在外面，

透过宫殿墙垣的窗洞往外看，底下一角的布达拉宫广场地面上的人群渺若飞鸟，或许只有古代的诗句可以替代此刻我内心的感受：

> 我们要活到幻术使我们在午夜
> 看见曙光时才死去。
>
> ——波斯诗句

> 智者心中的每一个秘密
> 都要像凤凰一样深深藏起。
> 不见那蚌壳中孕育出珍珠，
> 那珍珠是心海中水珠一滴
>
> ——欧玛尔·海亚姆

当我从布达拉宫的另一个入口处出去时我的视觉和头脑一时完全不能适应外面凡间的猛烈太阳光。我像是醒着看见自己做了一个梦，并且同样清醒地看着自己——摆脱梦境，从黑暗中坐起来。我在内地生活时很少有过这样奇妙的纯精神的经历。我很少见识过如此浓郁、其色泽光线又如此鲜艳夺目的宗教氛围。对于雪线之外的中国人来说，也许西藏的意义就在于它的偏远和独立性，在过去的半个世纪里确保了民族的形象和生活方式的完整。内地的大多数寺庙都在"文革"前后遭受到了冲击。和尚们被迫还俗，只成了一个个和假山亭廊相类似的"景点"，已完全失却了其空间位置的抽象的道德价值，经过多少的风风雨雨，多少代人的贫穷无知和怀疑，中国人已经不再考虑前生后世，或各自的精神在天地间的寄托，宗教已经成了落后和愚昧的代名词。西藏是在一个没有奇迹的国家和时代里的奇迹！它在地理上的险要、偏远，它的民族独立性及其源远流长的宗教文化的深厚，使它得以在一个又一个动乱的世纪里幸存下来，巍然屹立于古老东方的最高处——世界屋脊；屹立于雄伟的喜马拉雅雪山脚下，像一朵美丽的雪莲花，被远道而来的朝觐者窥见。我能够而且肯定，它将在下一个世纪里对人类生活产生更大的影响。它已经成为神秘东方的象征，集各国精华于一身。在人类继美洲印第安人、玛雅文化、流浪的吉卜赛人和非洲人之后，它将成为又一个世界注目的焦点，成为人类关于其信仰和生态以及对未来世界观念把握的一个重要参照系。它将获得新时代的优礼和尊崇，无论在宗教上、民族文化上、地理上，还是在物理和化学上……我怀着深深的遐想走下布达拉宫的台阶。我像是一个目睹了奇迹的人那样头晕目眩。有一次我乘火车经过西北某个无名的小站。正好是月半时分，时值深秋，我在那节车厢上也有过类似的幻觉和体验。车窗外是十分荒凉的北方的盐碱地，那溶溶月色仿佛使大地表面的一切都变成了十分陌生的矿石，像电视里所看见的月球表面，我一下子竟想叫喊起来；而火车仍在晃动，这种晃动使长时间枯坐的乘客一筹莫展，把人变得像是盘子里的一份肉冻。

拉萨的街上走着康巴汉子，他仿佛是岩石和草原的化身。他身上有某种非常坚硬的东西，连我这样内地来的魁梧男人也觉得害怕，他就像一头野兽那样靠近你。藏袍的布料似乎更厚，更重，颜色呈褐土色，他的脸上仿佛残留着草原上的风暴的光亮。连他看人时的眼珠子也十分有力，但最厉害有力的是他的腰，典型藏族人的腰，像牦牛一样的结实浑圆。他浑身的力气、他的魅力全体现在他的腰上，而他仿佛事先知道你的想法，于是在腰部悬挂着一柄西藏地区典型的那种弯刀。刀仿佛是他唯一允许自己带的奢侈品，走路时在身侧一晃一晃。但他们中间几乎全是虔诚的藏传佛教——格鲁派或噶举派的信徒。有一次我在大昭寺门口转悠，在研究那些磕头的人的声音（膝盖、手掌……），就在祭坛边上的一扇木门槛上。我因为站的时间长了就想去那里坐坐，我坐了有多长时间，我自己已经不记得，只记得一个十来岁的男孩常常从磕头的地方跑到我的身边来，并且瞬间从一个年幼的信徒变成了乞童，中间没有任何过渡，他告诉我这段时间他就住在拉萨，在大昭寺附近沿街的石阶上。他"每天要跪磕一千个等身长头"。我看着这么年幼的孩子居然已经以这样的方式步入人世，不禁心潮起伏。鼻子、脸、前额、手掌上都有长时间跪磕留下的印痕。他的手看上去乌黑肮脏，大概几年没洗过了，看到他重新又回到青石的位置上跪下，我心里苦恼得几乎透不过气来。我抬头看天——天气是如此明净、蔚蓝，像佛教的经幡一样美丽。我把眼睛闭上，坐在那儿休息，我旁边的门槛上坐着一个藏族中年男人，他跟那名小乞童一样脏，他的眼睛半闭半合，也许天亮以后就一直坐在这里，你能从他身上闻出一种长途跋涉的气味来。他沿途到拉萨来，究竟走了多少路，翻越了多少山岗，没有人知道，同样也没有人去问这个问题，他就是一名康巴汉子，我从他的鼻子外形和特有的酱红色的肤色上慢慢判断出来。有那么一会儿，我以为他睡着了，他像飞翔的苍鹰那样凝然不动。他头上扎着一条布带，无数藏人特有的细小的辫子散落在身后，他的诵经声音突然从那一盘我正看到发呆的头发和辫子里飘出来。起先，在我没听到声音前，我看到那些辫子莫名地颤动。紧接着，一连串嗓音温厚肥硕的经文在拉萨正午的阳光下从他的嘴里飘出来。他仿佛驾着一匹烈马，但又像是皮色乌黑的温顺马驹，他的声音忽高忽低，像是被云彩驱赶着的草原上的牲畜。同时，仿佛有一阵奇异的风吹进他的体内，吹动了他的心脏、脾脏、血液和肌肤，仿佛吹动了大海的水面，一直到他突然发声喃喃自语的喉咙。他的身体现在只剩下那诵经的喉咙，他仿佛把自己变成了一只角质号角，在烈日下五体投地，对神拜伏。仿佛他身上褴褛的衣裳现在也有了某种奇异的金黄色。他的声音顷刻间混合在大昭寺门前无数诵经人的嗓音里，也夹带着附近帕廓街上世俗的尘埃中游人的脚步声和货物、首饰的叫卖声——然而他的声音如此雄浑，使人的头皮耳朵微微地发麻，渐渐这发麻的声音又遍流向全身。那声音里有一种古老的音韵、一种心满意足的苦楚和幸福、一种享乐……非常复杂，迄今除了藏族人自己的民歌和音乐，我从未听到其他民族的音乐采纳过。那声音又急促又缓慢，又灿烂又苍凉，像是有人用手掌在拍一只黄铜的钟形罩，总之有某种金属内部的"嗡嗡"声，使我联想起一切寺庙里佛祖塑像面部的神秘微笑，永远、永远从上天的高处向凡界俯瞰；永远、永远好像在阐述着人世的烦恼和佛祖的神明……

我被那康巴汉子诵经的声音弄得十分痴迷，已经不知道如何去寻找分布在帕廓街各处的我的同来的伙伴。我又被卷入了帕廓街上色彩绚丽的人群。我看到那么多各种各样黄铜和白银的转经筒，我恍然觉得自己也是那些货摊货物中的一件：一把古代的尖锥形箭镞，一柄柄上嵌着绿松石的匕首或者藏刀，一串玻璃珍珠或一枚银子做的上面镶有吉祥图案的门饰。我在所有这一切物件里闪闪发光，渐渐地在大白天里被货物丁零当啷的声音催眠。我身上流着热汗，但不知不觉，那仿佛是流在别人脸上……我从帕廓街的人群头顶上重新仰视边上的大昭寺，它只有三层楼高，但同样有令人敬畏不安的迷宫性质，其内部有无数大殿和密室，至少对我这个只进去过两次的俗客来说……那康巴汉子在大昭寺角落诵经的午后，寺内正举行十分隆重的火供节仪式。无数勺酥油被寺内的喇嘛或祭司浇到火堆上，"毕毕剥剥"地烧。火光冲天像决堤的洪水，到处都是烧热烧焦的酥油味和蜡烛油味。那主持仪式的大祭司每浇一勺酥油到火堆里，太阳仿佛就要重新亮一次。人群中处处都是艺术家模样的某地电视台工作人员，穿着摄影背心，大小镜头一齐推拉，对准火供场面……蔚蓝的天色仍旧使人晕眩，它要一直到午夜时分，才能平静而不再耀眼，像大海一样进入自己的睡眠。白云朵朵，白中泛青，白得彻彻底底，不同寻常，比任何画家画出来的白色都要白！像白夜那样白！

在拉萨，阳光的颜色就是转经筒的颜色。阳光不仅是可见的，也是可以用鼻子闻、用耳朵听、用手去触摸的；阳光可以用

手去转动，它发出"骨碌碌"黄铜和木轴的声音。它在寺庙顶上
有着夯实的土墙的形状，上面是一对神羊的吉祥图案。阳光被六
字真言的笔画深深地刻写在玛尼石上，被一双双恭恭敬敬的手供
到幽暗的酥油灯盏的白棉线做的灯芯里。拉萨，白天到处笼罩着
懒洋洋、清亮亮的睡意。月光停留在北方的天空下，翻越山冈的
转经人看似犹在梦境，到处都是侧卧而睡的野狗。这里是狗的乐
园。我到拉萨去时，之前的一周据说已经被当地政府勒令派打狗
队歼灭了无数。但在各地通往寺院的路上，仍有数不清的养得很
肥壮的狗随地乱躺。那西藏地区的狗看起来像天空掉落到地上来
的云块，模样大多倦慵无力，大多嗜睡，因此而肥。狗色以白色
为多，黑色其次。在很多地方，你只能遇见喇嘛和狗两种活物，
前者沿寺院绛红的墙根匆匆而行，长长的衣袍在风中晃动，看上
去宛如中世纪欧洲山地的僧侣；狗在山坡上、台阶上、门口小路
上到处席地而睡，偶尔能看见它们做梦，在梦里动弹，也许梦见
了愉快的转世，而且听不见它们吠叫，似乎佛祖常在，天下太
平，它们也可以将自己的美差转为睡眠了。我不知道狗有没有高
原反应，反正我有。刚到贡嘎机场那天就有。首先，因为空气能
见度很高，觉得眼前什么东西都发亮。我记得我们在机场的安检
处看见取过行李的旅客推来手推车——一辆一辆的手推车在明亮
的机场大厅内滑翔，使我在兴奋之余胃部略有些恶心想吐，但又
不好意思说。因为我刚来到世界上最庞杂的建筑物——或者可能
是最高的钟楼底下。当走到机场外面空地上时我只穿了一件薄薄
的 T 恤。阳光像一只矗立的集装箱。我感到阳光照射在自己身

上，有点异样又有点新鲜。我不敢对别人说，我像是刚从地下的
矿坑里爬起来的矿工。我一辈子第二次感到阳光照射的新鲜可
爱，第一次在出世之初。贡嘎机场外面不远处的青山峡谷，看上
去那么逼清真实，同样也像我用双手从黑暗中捧出来的矿石一
样。我记得在后来的旅行中，小昭寺门口有一只我平生所见最大
的转经筒，它有一口汉朝铜鼎那么大，是黄铜的表皮，底下堆着
许多的木花。那巨大转经筒的四周用一根很粗的铁箍把它围起
来，人们照例可以用手推着它转，里面据传嵌满了无数的经书。
另外一次，我到色拉寺去，我在那里看到了更多转经筒和更多的
狗。寺庙里的院落十分冷清，我跟在一大群拖儿带女的藏民之家
后面转经磕头。那里的围墙似乎更长，更高。天空被挤在两堵墙
之间的缝隙里，是一线悠悠远远的湛蓝。天空蓝得一动一动——
一动不动的那种蓝。我很想把这类寺庙的建筑格局描绘出来，然
而我只能说它是迷宫。黄色和石头的迷宫。在我前面的转经者有
五个大人，三名小孩。最小的小孩似乎刚学会走路，但已经来转
经，五个大人中也有三名是藏族妇女。笑嘻嘻的脸，身上背着干
粮和行李，但显得心情幽默轻松，一点不像我懵懵懂懂，一副受
了惊吓的蠢样。他们在佛像前面磕头时总是向左微偏一下头。自
然偏的角度是最后正好把自己的额头抵上供桌和佛像的脚。他们
做得非常灵巧自如，我自然一一模仿。然而不光我的心，我的头
也是笨的，笨而且倔。我在那些黑暗的摸索中第一次感到自己头
颅的分量，这种感觉我一直记在心里。这是那些友好和风尘仆仆
的藏民以及佛祖给予我的礼物。我将珍藏着它。我在那样磕头时

犹如是在一幢完全陌生、既无出处也没有入口的建筑物内部摸索。我像瞎眼的人那样看，像世界上最聋的聋子那样听。确切点说，我在西藏那段时间里既不能听见，也不能看见。我失去了原有的感知能力，我在焦虑的心情中等待自己的新生。重新认识世上的光阴、太阳、水、天空、石头和空气。那些藏民磕头，我也磕，几乎完全是出于本能。我变得非常驯服。这里只有善。他们一家（或不止）大大小小，小的跟在后面，而我跟在小的后面，最小的那名男孩在殿内砖地上绊了一下，几乎摔倒，我立即伸手去扶，同时头还搁在佛像底座。我的感觉在这一刻变得十分灵敏了，我也要找某一个时刻，搀扶一下自己，而且我这样做时内心有一股柔柔的温情。它使我像一叶小舟似乎要漂向汪洋深处——那汪洋我已看到了，在我的手之于幼小者的搀扶中我感觉到了空间里的那片汪洋。

我的头磕得很疼，因为碰到的大多是砖头、岩壁或硬木。我又不知道该怎样磕，我的身子弯到怎样既合理又体面的角度。我当时以至回来后也一直在琢磨这件事。当我闭上眼睛，在神像面前磕拜以示敬仰时我的胸脯在哪里？我的肩膀该处于什么样的位置？而且当你这样做的时候，你什么也看不清楚。殿庙里的光线很暗。那一家子藏族男女又做得很快很利索。我必须跟上他们。我在庙里看不到其他游人。我一边走，一边联想起古代波斯的一句格言：

年轻人在一面镜子中所看到的，

老年人则在一块烧砖中看到。

我在镜子和烧砖之间穿行。或者说，我在镜子中的水银和烧砖上的瘢痕之间奔忙。我既非前者又非后者，也就是说，在我这样的情况下，我什么也看不见，什么也没有看见。但情况会不会相混淆？我既是前者又是后者？两者都在我的身上加以结合？各种可能性都包含在世界的运行中，情况会不会有时也会出现例外？因为我既理所当然地看到了镜子，也看到了烧砖，我或者还能看得更多？更深？

藏地的夜色来得很晚，在内地的晚上九点钟，在拉萨城里还亮如白昼，一切也仍像白昼那样运转。青朦的夜色刚来时仿佛一阵空气里难以察觉的白蒙蒙的水气。念青唐古拉山脉之上的星星一粒粒悄然嵌入草原上的溪流中。那湍湍激流从雪山上流淌下来时带着冰雪消融的跳荡的水分子，以及原野上黑沉沉的牦牛群身上毡房和岩石的气息。雅鲁藏布江上的渡船越过了明洁的江中心，船工们把一节拖在水流里的缆绳收上来，湿漉漉的冰冷江水凝结在木头船帮上。你在当雄过来的一长段山路上，在靠近桑耶寺的河流和空地上，或者罗布林卡的花园里，你驻足聆听，你有时能听到风从遥远的地方吹来山背后潺潺的水流声，正如你在正午时刻的拉萨能感觉到阳光里融雪的蓝色阴影……在能见度很高的黄昏时分，在大昭寺门前忽高忽低的喇嘛们的诵经声中，西藏像个白天里困倦的大男孩子，慢慢地想要合上自己的眼皮。布达拉宫像其庞大建筑群的看门人，他的警觉而默然的瞳仁里开始出现远方的雪山和羊群。藏民们在劳累了一天的放牧或转经路途上开始默默地布下自己的帐篷，或者朝溪流边的帐篷里走去。它那雄伟崔嵬的宫墙的石缝也恰好对应山中溪流间形状各异的卵石。这些卵石亿万年来被圣山的雪水冲刷着，渐渐现出斑斓迷离的色彩和图案。水流清得如同有人刚刚点燃的薪火，在夜色里泛亮起来。看得见那烟气在夕阳的地平线和月亮之间袅袅升起。这水流的雾气遍地弥漫在山地和旷野，使得那个既是主殿又是看门人的布达拉宫略微伤感起来，因为他想起数千年来红教、黄教等宗教在这块土地上的纷争，想起那些壮烈赴死的无名的藏民在德格县境内和金沙江边，在江孜、盐井、安多、色拉寺内，在堆纳村和羊卓雍措湖；他想起更为荒凉的山地的佛塔、玛尼墙、夜宿湖畔的藏民，各地的经卷、秘文，一本名叫《拉露纪念文集》的书以及各种宝石。在沟壑纵横的大山之间黑夜完全降临了，睡着的人嘴里念叨着"星霞""策代"等名词。在拉萨城里，猫在旅馆房间的角落里打鼾。而在西藏，人们普遍认为猫打鼾是在背诵六字真言：唵、嘛、呢、叭、咪、吽。

　　在大昭寺，我特别记得一个帮着点油灯的藏族小女孩，她大约只有八九岁那么大，她在佛像底下的一长排层层叠叠的灯盏之间穿行，时而帮着把一根根细小的棉芯插进黄铜的灯盏，时而又细心地往一盏一盏灯里面灌油，当她干这事时看上去那么虔诚而热情，那么聚精会神。她不时地呼吸一下，喘一口气，她的叹息听来还完全是乖顺年幼的孩子。她的两眼瞪得大大的。她还有一个跟她年龄相仿的同伴，在大殿的另一头奔忙，不时地来到她身边，送给她一捧火柴棒似的白棉芯，一会儿又像蝴蝶似的飞走。在那寂静的大殿里，我几乎能听得见她们俩身上的幼小的心跳。她们走来走去，身上散发出一种小动物般灵敏的热气，使我十分感动。她们用藏语交谈，但一看见我就说汉语，有一名年长的藏族妇女在佛像底座的另一头，蹲着身子忙碌，大概是她们俩中间某一个的母亲。她远远地抬头看我，但不说话。我身上背着背包走过去，我的装束完全像名无知的汉人。我的背后是大殿中央无数喇嘛的红色坐垫，排成长长的一行行，有的喇嘛已经陆续就席，准备一次诵经的日课。围观的人群和游客中只有一个人敢走近大殿深处的佛像。我也是不知不觉、迷迷糊糊走过去的。我站在无数的灯盏和两名女孩之间不知所措。那里的光线十分幽暗，状若黑夜。我不敢抬头看佛祖的脸。供奉在那里的灯盏繁星般数也数不清，每一盏都要在仪式之前点燃。我明白了这个情况，就抬起手来战战兢兢想帮两名小姑娘的忙，我把一盏灯内歪倒的棉芯扶扶正，又回头看了看她。她默许了我的举止，我试探着问她要手上的棉芯，她立即以一种未成年女孩的欢快神情给了我一大把，我简直有点感激涕零，于是格外用心地做起活来。我把我眼前的一排空的油灯全部插满棉芯，只待注入油就可点燃，可上上下下的油灯实在太多了，层层叠叠，一盏紧挨着一盏，空在那里。我又问她要一些棉芯，她用手示意我备用的棉芯在什么地方放着，她指的是那名藏族妇女。我不敢走过去，于是呆呆地愣了一会儿，还是向她要，她给了我，我永远记得她那只在幽暗的大殿里摊开的幼小的手心，手心底很干净，很细巧，似乎有一股美丽的热气在往上冒。我们肩并着肩在那儿忙碌。我有一种非常幸福、非常光荣的感觉。我插的棉芯根根竖得很直，她举着一把很大的油壶，在往这些灯盏里面倒油。她一定使出了平生吃奶的力气。她那张小脸在慢慢燃亮的油灯光里泛出了专注而热切的红晕。中间有一次我问她要棉芯，我们之间有过这样简短的交谈。

"你的手干净吗?"她问。

"干净的……"

"要是不干净，可不许做。"

她说着鼓起了脸蛋，看上去十分严肃，而且很骄傲，她的话使我格外虔诚和专心起来。

我们旅行的最后一站是当雄草原上的纳木错纳木湖，又名腾格里池。我们仿佛从此跃进了光的海洋，草原和寂静的海洋，这是我们迷失在其中的迷宫的最深处——最深、最大的房间。我们至今都不能肯定我们是否已经出来，摆脱了它过分猛烈和澄澈的光。在那里，那世间最美的湖边，我的眼睛似乎丧失了辨别和记忆能力，我从未在世界上的任何国家的文学作品中看到过对类似高山之巅上的湖泊的描写，它海拔五千米，它不是单纯的湖泊，它是我们头顶之上的大海！其广漠的占地面积，汹涌滔天的波浪，至今仍在我的耳畔轰响啊！人类的智慧和赞叹在此止步，转入更加深远、莫名的沉思、那或者是湖畔卵石的沉思，水的沉思。熟悉西藏的人知道我指的是哪个湖泊——纳木湖。它的美貌在西藏的民间传说中被喻为念青唐古拉山脉的贤良美丽的妻子。

它是世界上至今海拔最高的盐水湖，仿佛深嵌在世界屋脊之上的一颗明珠，闪烁在层层叠叠的白云和山脉之间。那些山脉刚刚够得上露出云海，我所看见的地平线已经是地球上最高的地平线了，除非我可能再做一次登山队员，去攀登喜马拉雅山脉。我们的旅行车从拉萨出发，到半路上就坏掉了。我们呼吸着大量新鲜寒冽的清晨的空气，开始向当雄县城出发，司机说要在路上开七个小时，其中三小时还完全是在山地上。于是，越野车一路颠簸，离开了拉萨城。

我在一半清醒一半瞌睡中看到了那个神奇的湖。它的蓝色一下子就醉入人心，一下子就把我一辈子所看见的所有蓝色——靛蓝、深蓝、宝蓝、瓦蓝、湖蓝、淡蓝……全部打消掉，或者全部吸纳过去了！当时我们的越野车到达唐古拉山口，司机按照惯例把车停下来，供游人休息或抢拍几张照片留念。我的那位女同伴本来在车的最后一排打瞌睡，突然兴奋得大叫一声"看！到啦……"于是几乎全车的人都喊起来，只有我没喊，只有我呆头呆脑，脑子也不知道在想什么。我只是近乎本能地往车窗外瞥了一眼（因为我坐得最靠前，在司机的身边）。我承认：那些人类历史和自然中的最壮观的场景，人类自己无法用语言把它们描绘出来。那湖就在那儿，在山脚下面，在我的视线略略偏左的一面，像一朵绽开的雪莲（我能找到的唯一劣拙的比喻），像世界上所有女性品质的温柔的聚合。那湖水的蓝也在那儿，均匀，平静，在海拔如此高的大气里似乎呈立体的块面。也许有着那么一丝我们只有到大气层的外面、在外星球系才得以窥视的那么一种蓝色的结晶，闪闪发亮，而事实上又没有任何光亮的痕迹。它只是蓝——
一动不动，不变地蓝；只是亮——一览无余，清清楚楚地亮！它
蓝得深远，蓝得对称，仿佛可以用几何学去研究。它的蓝是那种
数学的蓝。从远古一直到现在，丝毫不变，没有受到任何人类进
化的影响。它蓝得像一头巨兽，一块硕大无朋的化石，人类的声
音、火光、琴弦、武器从未唤醒过它，从未照耀过它，也从未伤
害过它。它是那种暴风雨中的蓝、漆黑深夜里的蓝；它是一切蓝
的风暴眼，一切蓝的摇篮。它蓝得如此大度，从容，人类的行为
差之远矣！连苍鹰都对它保持敬畏。它像一个空间中巨大的几何
形的深渊。它蓝得白皙，蓝得雍容，也蓝得仔细，蓝得广漠，人
可以终生对它朝拜，向它学习片言只语，在它身边获得片刻的沉
思……惊奇之余，我似乎忘记了自己的存在，我仿佛在重温但丁
《神曲》中的"天堂篇"的诗句节奏，而我立即顿悟但丁何以当
年要把他的这部全人类的天书称之为《喜剧》！我超验地体会到
自然界有着更为深远博大的内容和构思。人们只是也只能在它的
脚下匍匐。我看到了我所害怕但渴望获得的天地间的力量。我披
着一件军用毛毯（我们从旅馆一路带来）走到越野车外，立即有
一股山口的旋风刮来，要把我连同毯子一起吹向山脚。我不知道
吹过我头脑的风和脚下的风——哪一股风更大，更不可思议地厉
害！我在两个如此迥异的空间竭力稳住自己的身体。此刻，我往
回看，唐古拉山口的后面是层层巍峨的高山。山上积雪，有的如
喜鹊羽毛上的斑点；有的如一汪汪凝结住的雪水。山上的积雪飘
过来阵阵高原尽头的寒气。有段时间，我不得不用力抓紧越野车

的车身。布达拉宫广场上的雨点和灼热的太阳光此刻仍在我体内嗡嗡作响，我就像一个病人那样往前迈动一步，在感到自己可以放心大胆连同身上的毛毯一齐往前走时，我才开始放松我抓牢车厢的那只手。

许许多多气流在毛毯下面回旋。空气里湿度明显增大，也有着雪的粉末，一半仿佛是从伸手可触的云层里降落下来的，群山之间那条小小的汽车道，仍往我们绕行而来的路上回旋。我想起途中看见的那么多神奇而斑斓的雪山，正是它们促使我绝望地产生睡意。我开始懂得，当人类的目光集中于美丽的事物和女人身上时，那目光需要何等长时间的精力和体力。一个疲惫的人在一个美丽而高傲的女人身边走过，他只会越来越疲惫。表面看上去，他一时间精神焕发，双眼发亮，热情有加，实际他只可能在那样的花容月貌中发现自己的卑怯猥琐。对美的体验就是对悲伤的体验，正是这样古人才可能在流传千古的诗句里这样长久地喟叹。

> 洞房昨夜春风起，故人尚隔湘江水。
> 枕上片时春梦中，行尽江南数千里。
>
> ——岑参《春梦》

在群山之间，当我们的越野车驶进当雄草原，拐入通往唐古拉山口的峡谷之间时，我们看见藏民们放牧的大群大群的牦牛在往有溪流的地方走动，一顶顶帐篷像一朵朵巨大的乌云，镶嵌在西藏这样斑驳迷离的建筑群外墙上。随着山地海拔的越来越高，牦牛也越来越少了，各种声音里只剩下高原气流的横贯长空，飞鸟杳无踪迹，积雪熠熠生辉，宛如残留在废铁堆上钢青色的霜花。我们从来没有体会或品尝过这样美丽的冰雪气息，它从一座座大山坡面上向我们扑来，宛如阵阵雾霭。我们的脸就对着那些神奇大山的山面，虽隔着一层车窗玻璃（不敢打开），却仿佛脸贴脸，抵足而眠。那冰雪的雾气在山谷间回荡，犹如在冰箱上部打开时冲出的冷气。正当汽车拐过一个底下的山谷时，我们看到一辆满载乘客的越野车停在山路上，引擎已经熄火。车主在往自己那快要冻僵的脸上呵热气，一筹莫展。我们的越野车在抵达一个山口的高坡时也有过类似的危险，于是司机（一名藏族男人）只得请我们下车步行。不久，我们的车在山路上追赶上后面一辆车上那些倒霉的乘客，他们无疑已经步行攀爬了很长一段山路，他们的装束和神情告诉我们，他们都来自遥远内陆的广东。一个个戴着墨镜，披着加厚的大棉袄，在艰难而无奈地向前跋涉，看上去像一群刚刚出院的病人，有的头上还缠着布条。如果越野车修不好，他们将就此走到天黑，沿着山间唯一那条由两个常年颠簸的车辆车辙印印就的"公路"。而我们的车已经爆满，不可能顺便带上他们，只好彼此怀着遗憾的心情相互打量一眼，于是，我们的车继续前进，在唐古拉山的半山腰撇下那一条场面颇为悲壮（他们的目的地原是跟我们一样）的队列。

　　举世闻名的纳木湖在唐古拉山的狂风吹拂下显得如此安详整洁，恰如大山的妻子，娴静高贵，镇定大度。山口有一大堆游人留下的玛尼石堆和一个高高矗立的旗杆状的风马旗。风马旗上印有经文的布条已被昼夜的狂风撕扯得只剩下一缕缕断发丝般的破布筋。山口的风在此获得一个小小的声音，但听来仍震耳欲聋。我们裹着毛毯下车时，不得不对着风口大声说话。

　　我们在西藏蔚蓝的天空和徐徐的白云下翻山越岭，几乎刚到纳木湖边上时就遇到一个特别好的天气。我们的旅行车常常要在溪流和河沟之上艰难地行驶，溪流溅湿的轮胎有时一直翘到车窗那么高。外面的山脚下是无边的草原、沼泽。一条行车道蜿蜒向前，在广漠的大地上勉强能看得清一条路。那蓝色的湖泊越来越大，越来越宽阔，它像一朵洁白的浮云，飘浮在地平线上，时而离我们很近，时而又变得遥远，又仿佛一片巨大蓝色的云海，而我们的车身似乎要开到云雾里去。随着旅程的越来越远，车上的人都开始一言不发，不由得屏息静气。谁也没有真正看到水的感觉，每个人视野中所拥有的，都仿佛是一片天空、一抹纯净的色彩。我们犹如贫穷的画家突然被送往一大仓库的橙色、红色、蓝色和白色的颜料堆里去一样。每个人都忘掉了他们之前看到过的山水，他们经历过的最美丽的异域奇境。阳光犹如洞开的地窖门（那种松木盖板），被一只有力的手在他们头顶上掀起——掀起时带上来一股多少年不见日光的阴冷的地气，同时又往下冲进去在阳光折射中呈现颗粒状的地面的尘埃；每个人都在各自的座位上，获得了那惊奇的一刻！

　　湖中有个扎西岛，那是我们预备晚上过夜的地方。岛上有两块矗立的巨石，我们的越野车从其下面开过，仿佛一只蠕动的甲虫。巨石呈旧石器时代的工具形状，高耸入云，宛如我记忆中的复活节岛古怪石像的形状，同样的高大阴森，不可思议，仿佛远古的仙人们曾用它来开凿山路，后来就随后一扔，让它那样高大矗立。围绕着那两块巨石有长长的一堵玛尼墙，再过去就是一间小屋，用石块垒就，是全岛唯一的一间小石头屋，供来此朝拜和游览的人们来不及回去时晚上在此宿夜。我在没踏上扎西岛之前就已经听说了有这么一间小屋，可我还是被它的极度简陋和矮小吓了一跳，我们一行人几乎等车刚停稳，就急急地钻出车厢，往那湖边上张望。

我对于西藏的空间的认识，对于它特有的空气和水的感悟，在这个深藏于天空、深藏于白云和雪山之间的圣湖边上达到了极致。因为正是它那无边的高原风光、无边的旷野反过来能映衬它的宗教、它的巨大建筑物的形成和样式；仿佛正是这些空气，铸成了布达拉宫的金顶，正是这些跌宕起伏的白云，编织了旷野上的那些经幡——乃至藏地特有的乐器中的法号和锣。金色的阳光赋予大昭寺楼层隐晦曲折的线条，以及层层迭现的布达拉宫自上而下的宫墙，微风吹拂草原上的毡房和羊群，那就是深藏于古代传说中作为达赖喇嘛临时夏宫而设的美丽的罗布林卡，而那些雪山——那些无论你在藏地的哪个角落都可以看见的无边的影影绰绰的山巅，那些滚满卵石的河滩，造就了它的语言文学特有的音域和音质，造就了它四处传诵的经文。西藏的一切都可见于这块土地上的人对于其天空和土地的认识，我忘了说，那些雪山造就了人们沿途可见的玛尼堆。人们模仿神的作为，那些人手一片，堆得越来越壮观的玛尼堆，难道不是投射在西藏人传统心智上的对于山巅雪峰的无言赞美以及——最抽象意义上的领悟？年复一年，他们在西藏的四面八方展开的朝拜和转经仪式，难道不包含对其无限旖旎的风光的古老敬畏和留恋？因此，我认为理解西藏，重要的不在于那些宗教的具象，而在于宗教所由此派生出的那种精神——那个精神的空间，那空间里的水、气、火焰和土地。因了这块土地的缘故，西藏人把自己的注意力都集中到天上，他们的生活似乎自古以来，就一刻都离不开这里蔚蓝的天空、这里的白云、这里的神鹰和飞鸟；他们的精神也从未远离那积雪的山峰，无论是冈底斯山、喜马拉雅山雪峰，还是昆仑山、念青唐古拉山，都是最终哺育了他们的想象力、他们的神灵、他们的寺院的墙，都最终铸就了他们的空间感和时间感，他们的热衷于来世和灵界，热衷于赞美和艰苦跋涉的生活方式。天空是缠绕在西藏人头顶上的哈达，是缠绕在神灵身上的美丽的腰带。

> 在那东方山顶
> 升起白色月亮，
> 未嫁少女的面容
> 显现在我心上。
>
> ——六世达赖喇嘛

我也感到了这块哈达这条腰带的洁白和飘逸，我也感到了对于神灵深深的敬畏。我也感到了我身体内部的艰苦跋涉，当我的记忆又回到布达拉宫的白塔下，当我远远地站立在纳木湖边上的河滩上，或者砌满高高低低玛尼石堆的湖畔，我也感到了我自身的血肉需要有一只神鹰来把它撕裂啄食。我也感到了人世间永劫的黑暗以及人作为神灵身边的动物的深深哀伤，那哀伤被从前过路的人们随手寄托在那些刻满经文、朝向广阔的天地的玛尼石上——玛尼堆的白色颓丧的形状上。我也感到了匍匐、跪拜在神面前或者造物面前深深请愿的愿望；或者到终年积雪的山脚下去转经——后面这件事，也许我早已经就在做了，在一本又一本书籍的玛尼堆和现实世界之间，在更为遥远的云彩下长途跋涉……

纳木湖静静地躺在层层叠叠的念青唐古拉山山脉的怀抱。湖边有一个白塔映衬湛蓝的湖水，白塔下面有条长长的各种石片堆砌成的玛尼石墙，因为山的坡度的缘故而向左或右歪斜。那山坡上站着一匹孤零零的马，也不看人，也不吃草，陷入神灵一般的冥思里，只是偶尔晃了一下它的尾巴，你才能相信它是个活物。马的头部深深地向着湖泊的方向低垂，它的那双在暮色中听话的眼睛乖顺地斜向草地，仿佛温和地认可了天地之间的秀美和群山的悠远。它一动不动地站立着，像黑色暴风雨，像天边的一道彩虹，那马的静谧恰好跟湖面大海一般的咆哮形成对照。那匹马在我走过时，在我的记忆中的形象，仿佛是湖水的另一个倒影。那天傍晚，当我们披着毯子走过湖边时，恰好是这个美丽的圣湖一年四季中少有的一次被狂风吹刮的日子，深蓝的湖水顿时变成滔天的白浪，使我想起我有一次深夜在海上的旅行。刮过来的风浪声震耳欲聋，仿佛在这湖底深处有一场隐蔽的地震。湖水逼清，奇妙的湖底看得清清楚楚。风就这样横着吹到人脸上，像一把巨大的快要关牢的门闩。我们在风里每走一步，都十分艰难，宛如在齐腰深的河泥里迈步。我每过半分钟都要把脸背过去，歇一口气，倒着走几步，再猛地转身，我渐渐地掌握了在这高原的风中行走的诀窍和节奏。就这样我们打算绕着扎西岛步行一圈。据说如果要绕整个圣湖走一圈，至少要七至十天时间，那湖就有这么深广的面积。而每年来此转经朝圣的藏民们都要走完全程，连同小孩和老人。我的军用毯子在我身上已经变成了多么沉重的累赘，可我不可能脱下它，如果我不想被冻僵的话。我到西藏，几乎每天都有被莫名其妙的寒冷冻得簌簌发抖的时刻。我已经很害怕了，虽然季节是盛夏八月，但在这高原上，阳光像冬天一样闪闪发亮，也像冬天一样绵薄，柔嫩——成了一道道单纯的光线。湖水在夕阳之下翻腾，冲上来的浪有时溅到我们的脸上。很多水线之上的玛尼石堆，现在都像废弃的旧房子那样垮了，声音很响地坍塌下来，薄一点的石片眨眼之间就被水流卷走。我至今不敢相信我有适当的文字能力能够去描写这湖。它的圣洁在我看见的每一样事物上：空中古老的秃鹫，峭岩上的苍天，湖畔的卵石以及无边——我们已经接近无边——积雪的熠熠闪光的群山上。湖像水银一样清，像黄铜的灯盏一样朴实无华，像盲人的眼睛一样乖觉。它像西藏大地上的一把银勺子，远远地伸到群山里来。当我沿着那岛向西行，走到它头上，再往右边拐时，夕阳正静静地照耀在无边无际的湖面上。我突然有一种想法：这湛蓝的湖

水——这岛和湖会把人变成一名僧侣……此刻从我们来的路上，
岛的南边仍狂风大作。湖水像奔腾的溶浆一样在汹涌翻腾，泛起
来的白沫自湛蓝的湖底一直升到湖面，仿佛有千万个裂痕正把一
个清水的深渊在狂风中摔碎，人们几乎透过那些波浪的裂缝窥视
到时间的另一面——它的往昔。在我的经验里，纳木湖完全不是
湖，而是天上的人迹罕至的海，或者说，它是一个大海的襁褓，
是世界上其他更为辽阔的大海的最年幼的姊妹。作为大海，它的
沙滩也是我所到过的海岸边最为洁净的沙滩。那湖畔的沙滩根据
这岛的不同方位而变幻成几种不同沙砾的质地。在南边的朝向念
青唐古拉山山脉的风口，湖畔的浅滩多由大块大块光滑的卵石组
成，它保存着亿万年地壳运动最为完整的震动和变裂形象。那当
年在水中遍地流淌的溶浆一定最后在岛的南面渐渐熄灭和凝固
了。随着我们散步的路线，在岛的西面，太阳落下去的地方（夜
晚七点钟那太阳仍高悬在天空），湖畔的沙滩变得越来越柔软平
整——地上只是一些小小的砾砂片。再到岛的北面，风平浪静的
一面，砂子片又变成了美丽光洁的细砂，人走上去脚步要常常陷
下去，随着地理位置的变换，沙滩上的砂子片和细砂之间有着明
显的分界线，随着涨潮时留下来的水线而慢慢地向着全岛扩展。
而在岛的东边——太阳每天升起的地方，那白塔所在的地方，我
们已经可以看到青青的草原牧场一直可以延伸到湖边的水线，跟
那天空和湖泊的万顷碧波相连接了……因此在狂风大作的岛的南
边，我们最初散步的路上听到的那些震耳欲聋的波涛声里不仅有
水的声音，还有沙砾的声音——那在激浪中相互碰撞的圆圆的卵

石声音……

月亮升起来了——高原的月亮——然后又在云堆里覆没。夜晚是闪电和雷霆，仿佛又有人在草原上搬动巨石，在溪流和山谷的河床里拣拾那些圆圆的卵石，开始垒就新的庙寺的墙基、新的大地上的院落。一阵风吹倒了一堵长长的玛尼石墙，闪电几乎每隔几秒钟就亮一次，直射到我们睡眠的屋子，电光折射宛如峭壁矗立在窗外，同伴中有人因为害怕缺氧，而紧紧抓住睡袋边上的氧气罐。我在半眠半醒中又看见大昭寺门前的吉祥图案——看见阳光之下布达拉宫的金顶。我在不安的睡眠中一半清醒的知觉仿佛伴随有那道山中的溪流，当我们乘坐越野车经羌塘草原而进入念青唐古拉山山脉的怀抱，我们最初看见的就是那道溪流。归途中我们有一次又停下来看了看念青唐古拉山的主峰。据说从未有人到达那边积雪的峰巅。它那无边的熠熠闪烁的高山的气势里也绝无丝毫人类的脚印沾染过的影子。它带着远古的生机勃勃的雄伟气势。它不在时间的这边，而在时间的那边——时间的另一侧，它傲视人类的业绩，自己本身就是一个创世之神，在它那深不可测的目光里人类没有丝毫立足之地。它那白雪皑皑的景象恰似地理学上的鲁昂大教堂或者巴黎圣母院，积雪像午夜的钟声一样清越，飘荡在它的周围。我们的越野车在经过它下面的公路时又遇见了一大群牦牛，全身披挂着黑色的皮毛，色彩跟念青唐古拉的峰峦、西藏的天空和河流形成鲜明的对比。不知为什么，我由这些牦牛群想到寺庙里的喇嘛，它们之间似乎有某种相似之处，似乎有着秘密的关联——在同一条走廊里出没。此时，闪电和雷声仍在我的耳边、仍在扎西岛上滚满卵石的河滩回响。黑沉沉的夜，世界屋脊之夜，高原上冷清的夜空闪烁着一种陨石似的光，蓝光。我在这层冻得人簌簌发抖的蓝光里告别我在西藏的旅行。

1997 年 10 月